国家社科基金重大项目『历代词籍选本叙录、

珍稀版本汇刊与文献数据库建设』（16ZDA179）

雨

初龛

碧空

帘半卷

落红，

流莺

花

绣裙

名家撷芳｜陈斐 主编

吴 梅／编选
沙先一／整理

吴梅选
历代词二种

江西教育出版社
·南昌·

赣版权登字-02-2023-187

图书在版编目（CIP）数据

吴梅选历代词二种 / 吴梅编选；沙先一整理. ——
南昌：江西教育出版社,2024.8
（名家撷芳 / 陈斐主编）
ISBN 978-7-5705-2944-5

Ⅰ.①吴… Ⅱ.①吴… ②沙… Ⅲ.①词（文学）-
作品集 - 中国 - 古代 Ⅳ.①I222.82

中国版本图书馆CIP数据核字（2021）第278686号

吴梅选历代词二种
WUMEI XUAN LIDAI CI ER ZHONG
吴　梅 / 编选　　沙先一 / 整理

江西教育出版社出版
（南昌市学府大道299号　邮编：330038）

各地新华书店经销
江西赣版印务有限公司印刷
787毫米×1092毫米　　32开本　　14.75印张　　210千字
2024年8月第1版　　2024年8月第1次印刷

ISBN 978-7-5705-2944-5
定价：78.00元

赣教版图书如有印装质量问题，请向我社调换　电话：0791-86710427
总编室电话：0791-86705643　　编辑部电话：0791-86705903
投稿邮箱：JXJYCBS@163.com　　网址：http://www.jxeph.com

总序

　　小时候，在课堂上听老师憧憬共产主义社会，最神往心醉的是：在这个社会中，每个人都可以得到自由而全面的发展，以往人们被分工压抑的才华和爱好将得到尽情释放。人们有可能"凭自己的兴趣今天干这事，明天干那事，上午打猎，下午捕鱼，傍晚从事畜牧，晚饭后从事批判"。

　　而随着科学技术的发展，特别是人工智能的突飞猛进，机器可以替代人做越来越多繁重重复、创造性不高的工作，人的生存成本大大降低，逐渐有足够的时间可以投入自己感兴趣的活动。职是之故，社会上喜欢并探究哲学、史学、文学、医学、艺术、宗教等领域的朋友越来越多，而且越来越年轻化。我们不用像父辈或祖辈那样，只有等到退休，才能重温被生计压抑多年的"少年梦"。

　　这是社会进步、生活水平显著提升的标志。心理学家马斯洛将人的需要从低到高划分为生理、安全、情感与归宿、尊重、审美、自我实现等层次，认为人只有满足了低层次的需要，才会重点关注高层次的需要。这个洞见揭示了大多数人通常状态下的心理特点，颇为深刻！爱好、梦想往往是超功利性质的，与自我实现密切相关，而且通向生活幸福、人生意义等终极命题。今天，国人越来越有闲暇发展爱好、实现梦想，确实是值得大书特书、可喜可贺的事啊！

不过，"鹪鹩巢于深林，不过一枝；偃鼠饮河，不过满腹"（《庄子·逍遥游》），我们即使富可敌国、随心所欲，也难以尝尽天下所有的美食、赏尽世上所有的风景、读尽人间所有的书籍。姑且不论时间、精力有限的我们根本做不到，即使做到了，也可能觉得有些美食、风景、书籍不过尔尔，当不起我们的尝试。诚然，今天的美食家、资深驴友可以为大众推荐美食、风景的榜单，但是书籍怎么办？回望历史，古人早已想到了弥补这种遗憾的妙招——那就是编辑选本。心有同好，口有同嗜，那些由在相关领域精耕细作、识高见卓的名家泰斗编选，又经过一代代读者阅读检验的经典选本，往往能够"删汰繁芜，使莠稗咸除，菁华毕出"（《四库全书总目提要》卷一八六）。阅读这些著名选本，可以使我们更高效、更直接地享受该领域的精华成果。

本丛书即致力于整理名家泰斗编选、评注的经典选本。鉴于当前对诗词、国学感兴趣的朋友比较多，拟先从这些领域做起，逐渐拓展开来。

亲爱的读者朋友们，如果这些由名家赏鉴、采撷的一束束幽芳，有助于唤回您粉红的"少年梦"，让您感受到人间值得、山河大好，那我们就心满意足了。

是为序。

陈斐

壬寅霜降前二日于京华乐闲堂

前言

　　吴梅（1884—1939），字瞿安，号霜厓，江苏长洲（今苏州）人，现代著名曲学家、词学家、教育家。主要著述有《顾曲麈谈》《曲学通论》《词学通论》《中国戏曲概论》《元剧研究》《南北词简谱》等，又作有传奇、杂剧十二种，《霜厓诗录》《霜厓词录》等。

　　自1905年至1937年，吴梅先后在苏州东吴大学堂、南京第四师范、北京大学、国立东南大学、中山大学、国立中央大学、金陵大学等学校任教。他的著述与大学授课密切相关，多是在大学讲义、讲稿的基本上整理修订而成。《诗余选》《词选》也是如此，分别为吴梅在北京大学、东南大学等学校授课编选的讲义。为更好地认识《诗余选》《词选》的价值，以及两部选本与《词学通论》的关系，进一步体认吴梅的词学思想，有必要梳理两部选本编纂的背景。

吴梅1917年9月应北京大学聘，讲授文学史及词曲。吴梅在北京大学为"文本科教授兼国文门研究所教员"[①]，1917年秋《北京大学日刊》公布中国文学门的课程："第三学年：中国文学，黄季刚、吴瞿安（两人合作九）；中国近代文学史（唐宋迄今），吴瞿安（五）。"[②]据北京大学档案馆所藏《北京大学文科一览》（1918年），吴梅讲授的课程包括："词曲"，每周十节课；"近代文学史"，每周两节课。自1919年秋起，刘毓盘任教北京大学，主讲词史及词曲学。吴梅讲授的课程有所变化，由讲授"词曲"，改为主要讲授"曲"。据《国立北京大学廿周年纪念册》中的《各研究所研究科目及担任教员一览表》，吴梅在文科研究所国文门担任指导教授的是"文学史""曲"两门课。1921年10月《中国文学系课程指导书》，二、三年级全都是选修科目："史传之文（张尔田）、诸子之文（吴虞）、诗（乙）（黄节）、词（刘毓盘）、戏曲（乙）（吴梅）、杂文（吴虞）、外国文学书之选读（周作人）、戏曲史（吴梅）、

---

① 王学珍、郭建荣主编《北京大学史料 第二卷 1912-1937》，北京大学出版社，2000，第348页。

② 《文科本科现行课程·中国文学门》，《北京大学日刊》，1917年11月29日。早期文学史著述多分三期，上古至魏晋（上古）、魏晋迄唐（中古）、唐宋迄今（近古），吴梅所讲中国文学史为唐宋迄今部分，故又称中国近代文学史。

词史（刘毓盘）、欧洲文学史（周作人）、普通音理及和声学初步（萧友梅）、中国古声律（吴梅）。"另有二、三年级生补修之科目："文学史概要（甲）（朱希祖）、诗（甲）（黄节）、戏曲（甲）（吴梅）、小说史（甲）（周树人）。"[1]

北京大学讲学期间，吴梅撰写编选了《中国文学史》《词余讲义》《词余选》《古今名剧选》《诗余选》，校勘《词源》等，都是应教学之需要。其中，《中国文学史》对应文学史课程"中国近代文学史（唐宋迄今）"；《词余讲义》《词余选》《古今名剧选》《诗余选》对应的是中国文学课程"词曲"。具体而言，《词余讲义》《词余选》《古今名剧选》除了对应"词曲"中的"曲"的讲授，还针对选修课程"戏曲史""戏曲"；《诗余选》对应中国文学课程"词曲"中"词"的部分。

《诗余选》的编写时间应该是1917年9月的秋季学期，选录唐五代至清的词人词作：唐五代10人，北宋22人，南宋7人，金朝3人，元代4人，明代24人，清代50人，是一部通代性质的词选本。

值得关注的是，词选编纂史上虽不乏通代选本，如卓人月《古今词统》、沈时栋《古今词选》、夏秉衡

---

① 《中国文学系课程指导书》，《北京大学日刊》，1921年10月13日。

《清绮轩词选》、孙星衍《历代词钞》、陈廷焯《云韶集》和《词则》等，但以上选本对辽金元明等朝词，往往选录不多。仅就民国时期而论，通代词选也为数不多。相对而言，通代选录多体现在词史之类的著述中，如刘毓盘的《词史》、王易的《词曲史》、龙榆生《中国韵文史》等，但这些通代词史的讲授与选词，就编写时间来讲，也都要晚于吴梅的《中国文学史》《诗余选》。特别是胡适的《词选》（1927年）将词的历史分为三个发展时期，认为第三个时期"自清初到今日（1620—1900），为模仿填词的时期"，"三百年的清词，终逃不出模仿宋词的境地。所以这个时代可说是词的鬼影的时代"①。胡适作为新文化运动的领袖，其观点对民国学界影响甚巨，当时的文学史对于清词或存而不论，或寥寥几笔，基本上持一种轻忽的态度，遑论金元与明词了。

吴梅《中国文学史》《诗余选》之所以能具有通代的眼光，主要是因为文学史课程讲授的需要，另外，也缘于黄人《中国文学史》的影响。黄人工词，钱仲联《光宣词坛点将录》称"其词遍和定庵、茗柯、芬陀利室三家，才思横溢，荒忽幼渺，穷极情状，牢笼

① 胡适：《词选》，商务印书馆，1927，第3、5页。

物态"①。黄人《中国文学史》中，较为重视词体文学的讲录，对唐代至清代的词作均有涉及，体现的正是文学通史的编写理念。1905年，吴梅由好友黄人举荐，进入东吴大学任教。吴梅曾佐助黄人编撰《中国文学史》，他自己之所以专攻词曲，也是"又得黄君摩西相指示，而所学益进"②。因此，吴梅在北京大学编写《中国文学史》《诗余选》讲义时，对黄人《中国文学史》多有参照。

吴梅《诗余选》对历代词作的选录受到他词学师承的影响。卢前《霜厓先生年谱》云："宣统二年庚戌，先生二十七岁⋯⋯时朱古微、郑叔问诸先生客吴，先生过从甚密。"③《奢摩他室逸话》云："词老朱古微、况蕙风，皆与先生交厚。古微先生往来尤密，每值构衅蒸梨，辄避先生许。"④吴梅在其《遗嘱》称："游艺四方，诗得散原老人，词得彊村遗民，曲得粟庐先生。"⑤朱祖谋、郑文焯、况周颐对吴梅词学观、词风的形成影响尤大。郑文焯推崇清真词，朱祖谋推举梦

① 参见夏承焘主编《词学》第3辑，华东师范大学出版社，1985，第235页。

② 吴梅：《奢摩他室曲话·自序》，《吴梅全集》理论卷下，河北教育出版社，2002，第1139—1140页。

③ 卢前：《霜厓先生年谱》，《北京图书馆馆藏珍本年谱丛刊》第199册，北京图书馆出版社，1999，第735页。

④ 参见王卫民编《吴梅和他的世界》，河北教育出版社，2002，第8页。

⑤《霜厓先生年谱》，第732页。

窗词,《诗余选》选录清真词 15 首、梦窗词 16 首,可见一斑;况周颐对金元词、明词的重视,也直接影响了《诗余选》中对金元明词的选录。此外,郑文焯重词乐、朱祖谋重词律等,也影响到吴梅对词曲课程及《诗余选》的讲授。

吴梅弱冠学词,《霜厓三剧·自序》云:"年近弱冠,读姜尧章、辛幼安词……心笃好之。操翰倚声,就有道而正,辄誉多而规少,心益喜,遂为之不厌。"[①] 他对姜夔、辛弃疾的笃好,也影响了《诗余选》对词人词作的选录,其中选辛弃疾 8 首、姜夔 10 首。由于对稼轩豪放词风的喜爱,清代被选词最多者是继承稼轩词风的陈维崧,达 13 首之多。

难能可贵的是,上海图书馆收藏的《诗余选》中,还保留着一些批注、批校、圈点文字,有红色的圈点,有墨笔的批注,我们难以确认这是吴梅上课时用的底稿,还是学生听课时在讲义上随堂记下的笔记。不过,这部分内容却在某些方面反映出吴梅课堂讲授的偏重点,即《诗余选》侧重于词的作法讲授。这是当时北京大学对教学内容的具体要求,1918 年 4 月 30 日北京大学国文教授会议决议的 "文科国文学门文学教授案"

---

① 吴梅:《霜厓三剧·自序》,《吴梅全集》作品卷,河北教育出版社,2002,第 322 页。

之规定："文科国文学门设有文学史及文学两科，其目的本截然不同，故教授方法不能不有所区别。……习文学史在使学者知各代文学之变迁及其派别；习文学则使学者研寻作文之妙用，有以窥见作者之用心，俾增进其文学之技术。"① 吴梅讲授的《中国文学史》偏重文学史的发展脉络与源流变迁，词曲课程则侧重于文学写作的技术，这也是吴梅一直坚持和坚守的。

关于词体创作，《诗余选》的批注与讲授中较为关注词牌词调、声律声韵、用字造语、声情意趣等。譬如词牌词调，吴梅在讲稿中就"同调异名""同调异体"等做了梳理，指出《忆仙姿》即《如梦令》，《山花子》即《摊破浣溪沙》，《采桑子》即《罗敷艳》，《摸鱼儿》即《买陂塘》《迈陂塘》，《齐天乐》即《台城路》《如此江山》等；在宋祁《浪淘沙》（少年不管）的批注中，指出《浪淘沙》有三式，"一为李后主式，一即此式，其三是慢词，周清真有百余字之多"。又以后唐庄宗《一叶落》为例，指出"凡有上、下两段者曰双调，仅有一段者曰单调"，举周邦彦《瑞龙吟》（章台路）说明三叠词的体例，"词中用三叠，上二叠句法相同，谓双曳头"等。

① 王学珍、郭建荣主编《北京大学史料　第二卷　1912-1937》，北京大学出版社，2000，第1709页。

再如声律词韵，吴梅也很重视，强调应严于律韵，认为："倘宜平而仄，或宜仄而平，非特不协于歌喉，抑且不成为句读。"并举例加以具体说明，温庭筠《河传》批注云："首二句韵，第三句用平韵得叶，下叠三句仄韵，四句平韵，上、下各分两节。"于潘阆《酒泉子》云："上、下分四节，换头首二句易韵。"和凝《春光好》云："上半两节，下半换韵。"辛弃疾《摸鱼儿》云："上下两叠，收处应仄去平上。"另外，贺铸《青玉案》"彩笔新题断肠句"，吴梅批注云："平仄仄不可。"张翥《齐天乐》的批注云："应四处去上，'缓酌''岁晚''最恶''处着'，皆应遵守，今用入韵便不合。"

声情表达上，吴梅提出不同的词调有相应的声情，以冯延巳《蝶恋花》（六曲阑干偎碧树）为例，指出此调"宜用豪放语"。情景关系上，吴梅评价晏幾道《六幺令》（雪残风信）："见景生情易，因情生景难。"周济《介存斋论词杂著》曾云："北宋词多就景叙情，故珠圆玉润，四照玲珑；至稼轩、白石一变而为即事叙景，使深者反浅，曲者反直。"两人所论多有相通之处。此外，吴梅认为词的末句最难，孙光宪《浣溪沙》批注云："上半三韵三节，下半首二句须对，末句最难。"苏轼《行香子》（携手江村）批注中也指出："收句至难。"又在苏轼《水龙吟》（似花还似非花）批注中建议"以情结景，或以景结情"，意在指导初学者做好词的结句。

令词与长调，也有各自的声情表达，吴梅指出"小令以含蓄胜，长调以凝练胜"，小令体制短小，应含蓄不尽；慢词长调，应章法凝练。这一观念，后来在《词学通论》得到进一步的论述："至每调谋篇之法，又各就词之长短以为衡。短令宜蕴藉含蓄，令人得言外之意，方为合格。……长调则布置须周密……"[①]

对于初学者而言，还要注意词与诗、曲的文体区别，须上不类诗，下不似曲。《玉楼春》一体双调，五十六字，前后段各四句，字数句数颇似七律。吴梅以孟昶《玉楼春》（冰肌玉骨清无汗）为例加以说明，指出《玉楼春》"上、下分两节，须不类诗"。词体须与曲别，加之吴梅是曲学大家，特别注意词与曲的界限，其于张先《卜算子慢》（溪山别意）批注云："俗字如'怎生''那里'之类宜少用，多则曲化。"这一观念在《词学通论》中论述得更为具体、深化：

作词之难，在上不似诗，下不类曲。不淄不磷，立于二者之间。要须辨其气韵。大抵空疏者作词易近于曲，博雅者填词不离乎诗。浅者深之，高者下之，

---

① 吴梅：《词学通论》，杨扬标点，华东师范大学出版社，1996，第40页。

处于才不才之间，斯词之三昧得矣。惟词中各牌，有与诗无异者。如《生查子》，何殊于五绝？《小秦王》、《八拍蛮》、《阿那曲》，何殊于七绝？此等词颇难著笔，又须多读古人旧作，得其气味，去诗中习见辞语，便可避去。至于南北曲，与词格不甚相远，而欲求别于曲，亦较诗为难。但曲之长处，在雅俗互陈，又熟谙元人方言，不必以藻缋为能也。词则曲中俗字，如你、我、这厢、那厢之类，固不可用。即衬贴字，如虽则是、却原来等，亦当舍去。而最难之处，在上三下四对句。如史邦卿《春雨词》云："惊粉重蝶宿西园，喜泥润燕归南浦。"又"临断岸、新绿生时，是落红带愁流处。"此词中妙语也。汤临川《还魂》云："他还有念老夫诗句？男儿：俺则有学母氏画眉娇女，又没乱里春情难遣，蓦忽地怀人幽怨。"亦曲中佳处，然不可入词。由是类推，可以隔反，不仅在词藻之雅俗而已。宋词中尽有俚鄙者，亟宜力避。①

　　作为一种特殊的抒情文体，词之为体，要眇宜修，对于初学者而言，的确难以把握。面对如此众多的名家名作，可学与不可学便成为一个重要的问题。譬如，吴梅认为韦庄《菩萨蛮》"洛阳城里春光好，洛阳才

---

① 《词学通论》第2页。

子他乡老"，"此等句宜少学"；认为苏轼的《行香子》（携手江村）也因"胸襟不可及，随意豪吟"，而不建议初学者仿效；王沂孙的《摸鱼儿》（洗芳林），"似此词境地，为碧山别格，然不可学"；等等。

总之，《诗余选》偏重于为初学者提供宜于模仿取法的词作，课程讲授上侧重于词之作法的具体指示。其编选的旨趣，在欣赏作品的同时，更重于写作技能的指导训练。

二

1922年秋，吴梅移帐东南大学任教，被聘为"词曲国文教授"，据《国立东南大学一览·文理科学程详表》，他在东南大学开设的词学课程，有以下几种：

词选：每周讲授或讨论时数三、教学年限一、学分数三，讲授唐宋名家词；

词学通论：每周讲授或讨论时数三、教学年限一、学分数三，讲授词学律吕、音调、拍眼、制曲、句法、意趣、用事、咏物、节序、赋情、令曲；

词史：每周讲授或讨论时数二、教学年限一、学分数二，讲授隋唐北宋以来诸名家词之流变；

唐五代词、北宋人词、南宋人词、宋元以来名曲：研究科目，学分临时酌定。

《词选》是为讲授"词选"课程而编写，根据要求是"讲授唐宋名家词"，而实际上《词选》并不局限于唐宋，还选录了金元词人词作。从唐代李白到元代邵亨贞，计唐五代 10 家，北宋 13 家，南宋 16 家，金代 1 家，元代 3 家。

《词选》的选录时段与《诗余选》不同，词人词作也作了一些调整。具体而言，体现在以下方面：

首先，就时段而言。唐五代词，《诗余选》收录9 人 36 首，《词选》收录 9 人 41 首，变化不太明显。北宋南宋词，《诗余选》收录北宋词 22 人 103 首、南宋词 7 人 64 首，《词选》收录北宋词 12 人 70 首、南宋词人 17 人 186 首。仅就选录数量而言，由推北宋转而重南宋。《词学通论》有云："言词者必曰，词至北宋而大，至南宋而精。"又云："词至南宋，可云极盛时代"。① 由此可见吴梅对南宋词的重视。只不过，《词学通论》中选讲北宋南宋词人的数量是相同的，均为 21 人，一定意义上体现了吴梅折中两宋的观念。金元词，《诗余选》收录 7 人 27 首，《词选》收录 4 人 52 首，虽减少 3 人但词作增加 25 首。《诗余选》共收录明清词人 74 家，《词选》未涉及明清内容。

---

① 《词学通论》第 64、83 页。

其次，对词人词作的选录有较大的调整。周邦彦由15首增加到19首，辛弃疾8首增加到16首，姜夔10首增加到19首，王沂孙9首增加到11首，张炎9首增加到15首，吴文英16首增加到21首，周密9首增加到39首，元好问10首增加到22首，而欧阳修的词作则由18首删减到2首。此外，《词选》还对词人作了删汰增补，删去黄庭坚、陈允平等，增补了卢祖皋9首、高观国7首、史达祖15首、朱敦儒22首、白朴16首等。

从《诗余选》到《词选》体现了吴梅词学观念的某些变化，他受常州词学的影响，学词门径遵循周济提出的"问途碧山，历梦窗、稼轩，以还清真之浑化"。所以，无论是《诗余选》还是《词选》，都大量选录王沂孙、吴文英、辛弃疾、周邦彦的词作，强化这一学词路径。不过，《词选》中，这一思路更为明晰，周邦彦、辛弃疾、姜夔、王沂孙、张炎、吴文英、周密等人词作所选数量都有增加，又增补史达祖词15首。

对于南宋词，《词学通论》有云：

南渡以还，作者愈盛，而抚时感事，动有微言。稼轩之烟柳斜阳，幸免种豆之祸。玉田之贞芳清影，独余故国之思。至若碧山咏物，梅溪题情，梦窗之丰乐楼头，草窗之禁烟湖上，词翰所寄并有微意，又岂常人所易及哉。余故谓绍兴以来，声律之文，自以稼轩、白石、碧山为优，梅溪、梦窗则次之，玉田、草窗又次之，至竹屋、竹山辈，纯疵互见矣，此南宋之大概也。[1]

从中可见吴梅对南宋词人的品第与评价。不过，仅就《词选》的选词数量而言，周密的词多达 39 首，位居第一，其次是朱敦儒 22 首。这与《词学通论》所论似有偏离。

之所以这样选录，与《词选》作为课程讲义偏重于创作方法的指导，有一定关系。这在《词学通论》中也有所体现，譬如声律上，吴梅认为周密的词用韵最严。提及杨守斋"尝与草窗论五凡工尺义理之妙。未按管色，早知其误，草窗之词，皆就而订正之"[2]；又"草窗词，尽洗靡曼，独标清丽，有葱蒨之色，有绵渺之思，与梦窗旨趣相侔。二窗并称，允矣无忝，其于词律，亦极严谨。盖交游甚广，深得切劘之益。如集中所称霞翁，乃杨守斋也。……观其《一萼红·登蓬莱阁有感》一阕，苍茫感慨，情见乎词，当为草窗集中压卷，虽使美成、白石为之，亦无以过。"[3] 其次，

---

① 《词学通论》第 63—64 页。

② 《词学通论》第 7 页。

③ 《词学通论》第 95 页。

吴梅认为草窗词择题，便于初学效仿：

> 择题最难，作者当先作词，然后作题。……学者作题，应从石帚、草窗。……叙事写景，俱极生动。而语语研炼，如读《水经注》，如读柳州游记，方是妙题，且又得词中之意。抚时感事，如与古人晤对。[①]

再次，在作法上草窗词堪称典范，《词学通论》"作法"一章中认为：

> 凭高念旧，怅触无端，又复用意明晰，措词娴雅者，莫如草窗《长亭怨·怀旧》。词云……盖草窗之父，曾为衢州倅官，时刺史为杨泳斋（按：即草窗之外舅），别驾为牟存斋，郡博士为洪恕斋，一时名流星聚。倅衙在龟阜，有堂曰啸咏，为琴尊觞咏之地。是时草窗尚少，及后数十年，再过是地，则水逝云飞，无人识令威矣。词中千竹万荷，指啸咏堂也。"醉墨题香""胜流星聚"，指一时裙屐也。"隔花窗户""燕楼""飘零"，指目前景物也。"漫倚遍河桥""凉云吹雨"，是直抒葵麦之感矣。此等词结构布局，最是匀称，可以为法。（宋词佳构，浩如烟海，安得一一引入？仅举一例，以俟隅反）[②]

由以上可见，吴梅大量选录周密的词作是别具匠

---

① 《词学通论》第8—9页。

② 《词学通论》第40—41页。

心的。

对于金元词，吴梅堪称民国期间金元词研究的知者，从《诗余选》《中国文学史》到《词选》《词学通论》《辽金元文学史》，都给金元词以系统地论述与选录，体现了吴梅独特的文学史眼光。《词选》中，元好问入选数量（22 首）仅次于周密（39 首），与朱敦儒并列第二，元代三家分别为白朴 16 首、张翥 8 首、邵亨贞 6 首，吴梅从金元两代词人中选出元好问、白朴、张翥、邵亨贞为代表。另外，他在《词学通论》中更是精选出 42 首词作，其中金词 22 首，元词 20 首；《辽金元文学史》中更是多达 63 首，其中金词 26 首，元词 37 首。吴梅认为元好问的词"深得稼轩三昧"，甚至"竟是东坡后身，其高处酷似之，非稼轩所可及也"，"遗山所作，辄多故国之思"①；认为白朴"其词出语遒上，寄情高远，音节协和，轻重稳惬。凡当歌对酒，感事兴怀，皆自肺腑流出，真如天籁。……词中如《咸阳怀古》《感南唐故宫》诸作，颇多故国之感。赋咏金陵名胜，亦有狡童禾黍之意。而《沁园春·辞谢辟召》一词，竟拟诸嵇康、山涛绝交故事。是其志尚，非同时诸子所能默契也"②。在那个风雨飘摇的年

① 《词学通论》第 123 页。
② 《词学通论》第 136—137 页。

代，吴梅强调作品所承载的故国之思、葵麦之感、志尚节操等，以之熔铸情怀，砥砺品格，也是别具慧心的。

总而言之，吴梅在大学课程教学中非常重视词曲的创作，尤其注重作法的指示。从北京大学到东南大学，再到中央大学、金陵大学，一以贯之。在中央大学讲授的专家词课"清真词""梦窗词"，研究班开设的"乐章词""草窗词"等，莫不如此。"清真词""梦窗词"课的纲要为："逐篇讲授词中定律不可移易处，随时指出，庶几得所准则。"也正因为如此，吴梅讲授的"词学通论""词选""词史"以及专家词，"从教学内容的选择来看，他尤重已充分律化的文人词、在字句安排上更见功力的慢词，旨归依然在于'词律'与'作法'"，"了解作家作品本身不是教学的最终目标，通过选定作品，深入理解'作法'才是根本目的"。[①]

不仅如此，吴梅还在课堂教学之外，成立学生文学社团，进行文学创作的实践。1926 年春，东南大学学生结"潜社"，推吴梅为首，定期社课，编辑出版《潜社丛刊》。课堂内外，所倡导实践的是"有声的词学"[②]。吴梅对作法的重视，不仅是为了指导学生学会填词制曲，更为重要的是，培养学生的一种学术

---

① 邹青：《论吴梅词曲课程建设及其育人观念》，《文化遗产》2020 年第 4 期。
② 陈水云：《有声的词学——民国时期词学教学的现代理念》，《文艺研究》2015 年第 8 期。

眼光，从作法、词律、词乐等视角研究词学。他通过
课程讲授、词学社团等，培养一大批的词人，与其同
时，也培养了赵万里、李万育、王玉章、李冰若、赵
祥瑗、陆维钊、张世禄、唐圭璋、胡士莹、沈祖棻等
词学研究的大家名家。

三

吴梅在北京大学、东南大学讲授的词学课程，撰
写的讲义，后来不少都成为学术史上的经典著作。《词
学通论》就与他在北京大学讲授"中国文学史（近代
文学史）""词曲"课程撰写的《中国文学史》《诗余
选》、校勘的《词源》等教材有渊源，与他在东南大学、
中央大学、金陵大学讲授的"词学通论""词选""词
史""专家词"等课程关联密切。《词学通论》"绪论""概
论"部分的相关论述，可以在《中国文学史》中找到
踪影①；"论平仄四声""论韵""论音律"部分，一方
面直接来自他在东南大学讲授的"词学通论"课，另
一方面又与他在北京大学校勘整理的《词源》有渊源；
"作法"部分与他在北京大学、东南大学讲授"词选"
课程时偏重于词的写作有关；"概论"部分，缕述唐

---

① 吴梅《中国文学史》原藏巴黎法兰西学院汉学研究所图书馆，实际上只写到了明代，而
且三册中有一半是资料及作品选，陈平原《早期北大文学史讲义三种》影印出版的只是其中
的文学史论述部分。

五代、两宋、金元、明清词的流别，则与《诗余选》《词选》，特别是对经典作家、作品的讲述，颇多关联。

这些关联之处，我们此前介绍《诗余选》《词选》时，均或多或少地有所涉及。如果再进一步细化，《词学通论》第九章"概论四""明人词略"选讲词人10家，皆见于《诗余选》，且《词学通论》所录例词也皆见于《诗余选》；"清人词略"重点选讲词人27家，除了王士禛、李良年、李符、王策、过春山、周之琦等6人《诗余选》未作选录，其中21位词家所录例词，有15位见于《诗余选》。值得注意的是，《诗余选》所录清代词作，《词学通论》有些虽未作为例词，但在对词人的讲述中重点论及。如张惠言，《词学通论》所举例词为《木兰花慢·杨花》，讲论中对张惠言《水调歌头》五章细致阐发，认为"皋文《水调歌》五章，既沈郁，又疏快，最是高境……热肠郁思，全自风骚中来，所以不可及也"[①]；再如谭献，《词学通论》所举例词为《金缕曲》（木叶飞如雨），讲论中对其《蝶恋花》六章推崇备至，认为"《蝶恋花》六章，美人香草，寓意甚远。……此等词直是温韦，决非专学南宋者可拟，而又非迦陵、西堂辈轻率伎俩也"[②]。张惠

---

① 《词学通论》第171页。
② 《词学通论》第181—182页。

言、谭献的这两组词，《诗余选》亦做了选录，这种相同或相似的选择并非是一种偶合，而是有渊源地前后一脉相承。

《词选》与《词学通论》的关系，也值得关注。首先，《词选》所录唐五代至金元词人词作，大多数在《词学通论》中都有论及，尤其是两宋词，《词学通论》所强调的北宋8家、南宋7家，《词选》的选词数量也明显居于前列。

我们还可以借助胡士莹抄录的《词选》作进一步的探论。谭新红《清词话考》载浙江平湖图书馆古籍部藏有油印本《词选》一册（以下简称"油印本"），署"词选卷上胡士莹录"，选唐词7家26首、五代词6家42首、两宋词52家227首，合计65家295首。东南大学铅印本《词选》选录唐五代词人10家41首、两宋词人29家256首，共计297首。虽然所选词作总量大致相当，但是所选词人有较大出入，胡士莹所录《词选》应该不是铅印本《词选》的直接抄录。

胡士莹1920年入东南大学，1923年毕业。吴梅1922年秋受聘东南大学。胡士莹听吴梅讲课应该是在1922年的秋季学期、1923年春季学期。

吴梅所讲的"词学通论"课程，按照课程要求，每周讲授或讨论时数三、教学年限一、学分数三，讲授词学律吕、音调、拍眼、制曲、句法、意趣、用事、咏物、节序、赋情、令曲。以北京大学任教时校勘出版的张炎《词源》作为教材。[①] 吴梅在东南大学讲授"词选"课程使用的铅印本（或称讲义本）《词选》，此时可能尚未编选印行。我们可以推想，如果有铅印本《词选》印行的话，胡士莹可以径直在铅印本《词选》上作记录，为何还要再记录或抄录一份讲义呢？且抄录本《词选》与东南大学铅印本《词选》还有较大差异。因此，胡士莹记录或抄录整理的词选，应该是他听"词选""词史"课程时的笔记，后来油印成册。吴梅在东南大学讲授的"词史"课程，目前尚未发现有单行本的讲义，《词学通论》第六至九章论及唐五代、两宋、金元、明清词的流别发展，应该是以"词史"讲授内容为底本的[②]。我们可以推论，胡士莹所抄录油印的《词选》应该是吴梅所讲授的"词史"课程"唐五代两宋"部分的记录，"将该书与吴梅先生《词学通论》第六、七两章对读后发现，该书即祖述吴先

---

① 东南大学"词学通论"课纲要（1923）就是把张炎《词源》卷上"五音相生、阳律阴吕合声图"等合并为"词学律吕"，并完全借用《词源》卷下"音谱、拍眼、制曲、句法、字面、虚字、清空、意趣、用事、咏物、节序、赋情、离情、令曲……"之框架，只稍作同类项合并。再次印证了吴梅在北京大学任教时期是以张炎《词源》为临时教材的，这种做法在东南大学任教初期得以延续。邹青：《论吴梅词曲课程建设及其育人观念》，《文化遗产》2020年第4期。

② 邹青：《论吴梅词曲课程建设及其育人观念》，《文化遗产》2020年第4期。

生论词家法,个别语句甚至交相重复”[1]。按课程要求,“词史”要讲授一年,胡士莹1923年毕业,应该是未能完整地听完“词史”课程,他的记录仅是“唐五代两宋”部分,后面一个学期还要讲授“金元明清”部分,所以,他将此作为上卷。如此也就可以解释胡士莹抄录本所选词作与东南大学铅印本存在较大差异的原因了。

关于《词学通论》的编写与成书,应该是一个较为漫长的过程。先是有油印本[2],之后,1927年中山大学出版了排印本,又有1932年商务印书馆排印本。这个过程中间,吴梅不断地加以修订完善,使之成为一部词学经典著作。

本次整理,《诗余选》使用上海图书馆藏本,此本与黄侃《乐府》讲义合订为一册,封面题签为“词选”,内文为“诗余选”。卷首标题“诗余选,吴梅辑”,第一叶书口骑缝有“诗余选,文本科二年级,词选门”,第二叶书口骑缝为“诗余选,文本科一二三年级文学门词选门,吴槑”,第三叶书口骑缝为“诗词选文科中国文学门一二三年级,吴梅”,第五叶书口骑缝

① 谭新红:《清词话考述》,武汉大学出版社,2009,第327页。

② 王卫民《吴梅评传》认为油印本始于1925年,另,邹青藏有油印本,认为该本是1927年之前在东南大学使用的油印本。

为"词选本科文学门一二三年级，吴梅"。因是随编随刻油印，书口标注信息不尽统一，版式采用老北大讲义的统一格式，"用毛笔蘸硝镪水抄写在透明纸上，油墨印刷，黄色的毛边纸，双面折叠，每面十行，每行二十至二十四字"。讲义上有批点批注、补录补注、圈点品评等。我们无法考证这是吴梅上课使用的讲稿底本，还是当时听课者记录的整理本，整理时尽量保留了这部分资料。

《词选》使用南京图书馆所藏东南大学铅印本。该本也有一些批点批注，整理时也尽量保留。

《诗余选》《词选》因是油印、铅印的讲义，讲义原文有不少错讹之处，整理时借助通行全集本等做了一定的校勘。请读者多予批评指正！

点校说明

一、此次点校，以《诗余选》（上海图书馆藏本）、《词选》（南京图书馆所藏东南大学铅印本）为底本，标点采用唐圭璋《全宋词》成例。

二、《诗余选》有批点批注、补录补注、圈点品评等，《词选》有批点批注，整理时采用脚注的方式予以保留，以见其批评与史料价值。

三、《诗余选》《词选》因是油印、铅印的讲义，原文有不少错讹之处，整理时借助通行全集本，如《全唐五代词》、《全宋词》、《全金元词》、《全明词》、《全清词》（顺康卷、雍乾卷、嘉道卷）等，加以校勘。校勘一般不改动底本，若底本校本有异文，则出校记加以说明。常见异体字按现行规范更改者，则不另出校记。

目录

总序

前言

点校说明

诗余选

诗余选

吴梅辑

词之为道，意内言外。五季北宋，上涉风骚。二白中仙，大启轨范。元明以还，此道几衰。清代诸家，嗣响两宋。惟乐谱沦亡，无从按拍；才士藻饰，仅在词工。生今之世，莫可悬揣。碎金水云，不知妄作。世之学者，慎勿惑焉。今自青莲迄于元季，各选若干，以饷同嗜。

李白

菩萨蛮 [一]

　　平林漠漠烟如织。寒山一带伤心碧。暝色入高楼 [二]。有人楼上愁。　　玉阶空伫立。宿鸟归飞急。何处是归程 [三]。长亭更短亭 [四]。

【校记】

[一]《全唐五代词》于词牌后标"中吕宫"。

[二] 暝　《全唐五代词》作"瞑"。

[三] 归　《全唐五代词》作"回"。

[四] 更　《全唐五代词》作"接",校云:"《湘山野录》《唐宋诸贤绝妙词选》作'连'。"

忆秦娥

　　箫声咽。秦娥梦断秦楼月。秦楼月。年年柳色,灞陵伤别 [一]。　　乐游原上清秋节。咸阳古道音尘绝。音尘绝。西风残照,汉家陵阙。

【校记】

[一] 灞陵　《全唐五代词》作"灞桥",校云:"《唐宋诸贤绝妙词选》卷一作'霸陵'。《李太白文集》作'灞陵'。"

清平乐

禁闱秋夜[一]。月探金窗罅。玉帐鸳鸯喷兰麝。时落银灯香烬。　　女伴莫话孤眠。六宫罗绮三千。一笑皆生百媚，宸游教在谁边[二]。

【校记】

[一]秋 《全唐五代词》作"清"，校云："吴本、明钞本《尊前集》、《唐宋诸贤绝妙词选》作'秋'。"

[二]游 《全唐五代词》作"衷"，校云："《能改斋漫录》卷八、《唐宋诸贤绝妙词选》作'游'。"

温庭筠

菩萨蛮

小山重叠金明灭。鬓云欲度香腮雪。懒起画娥眉[一]。弄妆梳洗迟。　　照花前后镜。花面交相映。新贴绣罗襦[二]。双双金鹧鸪。

【校记】

[一]娥 《全唐五代词》作"蛾"。

[二]贴 《全唐五代词》作"帖"，校云："《唐宋诸贤绝妙词选》卷一作'著'。"

又

　　水精帘里颇黎枕。暖香惹梦鸳鸯锦。江上柳如烟。雁飞残月天。　　藕花秋色浅[一]。人胜参差剪。双鬓隔香红。玉钗头上风。

【校记】

[一]花 《全唐五代词》作"丝"。

又

　　玉楼明月长相忆。柳丝袅娜春无力。门外草萋萋。送君闻马嘶。　　画罗金翡翠。香烛销成泪。花落子规啼。绿窗残梦迷。

又

　　牡丹花卸莺声歇[一]。绿杨满院中庭月。相忆梦难成。背窗灯半明。　　翠钿金压脸。寂寞香闺掩。人远泪阑干。燕飞春又残。

【校记】

[一]卸 《全唐五代词》作"谢"。

又

满宫明月梨花白。故人万里关山隔。金雁一双飞。泪痕沾绣衣。　　小园芳草绿。家住越溪曲。杨柳色依依。燕归君不归。凡入声可以平、上、去三声，山枕支顺也。"家住越溪曲"，是入作平声。

又

宝函钿雀金𪃸鹨。沉香阁上吴山碧。杨柳又如丝。驿桥春雨时。　　画楼音信断。芳草江南岸。鸾镜与花枝。此情谁得知。

又

竹风轻动庭除冷。珠帘月上玲珑影。山枕隐浓妆[一]。绿檀金凤凰[二]。　　两蛾愁黛浅。故国吴宫远。春恨正关情。画楼残点声。

【校记】

[一] 浓　《全唐五代词》作"秾"。

[二] 凰　《全唐五代词》作"皇"。

更漏子 此调上、下叠，分四节。

柳丝长，春雨细。花外漏声迢递。惊塞雁，起城乌。画屏金鹧鸪。　　香雾薄。透帘幕。惆怅谢家池阁。"谢家"，惆怅也，指那人也。红烛背，绣帘垂[一]。梦长君不知。

【校记】

[一] 帘　《全唐五代词》作"帷"，校云："原作'帘'，据《尊前集》改。"

又

星斗稀，钟鼓歇。帘外晓莺残月。兰露重，柳风斜。满庭堆落花。　　虚阁上[一]。倚阑望[二]。还似去年惆怅。春欲暮，思无穷。旧欢如梦中。

【校记】

[一] 虎　《全唐五代词》作"虚"。
[二] 阑　《全唐五代词》作"栏"。

又

玉炉香，红蜡泪。偏照画堂秋思。"思"，去声。眉翠薄，鬓云残。夜长衾枕寒。　　梧桐树。三更雨。不道离情正苦。一叶叶，一声声。空阶滴到明。飞卿工于造语，此词尤胜。

归国遥又作归国谣，又作归自谣。每句韵，每两句一转。

　　香玉。翠凤宝钗垂簏簌。钿筐交胜金粟。越罗春水绿[一]。　　画堂照帘残烛。梦余更漏促。谢娘无限心曲。晓屏山断续。

【校记】

[一]绿　《全唐五代词》作"渌"，校云："吴本《花间集》、《阳春集》、《金奁集》作'绿'。"

河渎神此调多用以祀鬼神。

　　河上望丛祠。庙前春雨来时。楚山无限鸟飞迟。兰棹空伤别离。　　何处杜鹃啼不歇。艳红开尽如血。蝉鬓美人愁绝。百花芳草佳节。

又

　　孤庙对寒潮。西陵风雨萧萧。谢娘惆怅倚兰桡[一]。泪流玉筯千条。　　暮天愁听思归乐。早梅香满山郭。回首两情萧索。离魂何处飘泊。

【校记】

[一]兰　《全唐五代词》作"栏"，校云："陆本《花间集》《花间集校》作'兰'。"

清平乐

洛阳愁绝。杨柳花飘雪。终日行人争攀折[一]。桥下水流呜咽。　　上马争劝离觞。南浦莺声断肠。愁杀平原年少，回首挥泪千行。

【校记】

[一]争　《全唐五代词》作"恣"，校云："王辑本《金荃词》、鄂本、吴本、毛本《花间集》作'争'。"

河传 首二句用韵，第三句用平韵得叶；下叠三句仄韵，四句平韵。上、下各分两节。

湖上。闲望。雨萧萧。烟浦花桥路遥。谢娘翠蛾愁不销[一]。终朝。梦魂迷晚潮。　　荡子天涯归棹远。春已晚。莺语空肠断。若耶溪。溪水西。柳堤。不闻郎马嘶。

【校记】

[一]蛾　《全唐五代词》作"娥"。

后唐庄宗

一叶落 分三节。

一叶落。蹇珠箔。此时景物正萧索。画楼月影寒，

西风吹罗幕。吹罗幕。往事思量着。<small>凡有上、下两段者曰双调，仅有一段者曰单调。</small>

忆仙姿<small>即如梦令。</small>

　　曾宴桃源深洞[一]。一曲舞鸾歌凤[二]。长记别伊时[三]，和泪出门相送。如梦。如梦。残月落花烟重。

【校记】

[一] 源　《全唐五代词》作"园"。

[二] 舞鸾歌　《全唐五代词》作"清歌舞"，校云："《苕溪渔隐丛话》后集卷三九引《古今词话》作'舞鸾歌'。"

[三] 别伊　《全唐五代词》作"欲别"。

蜀主孟昶

玉楼春　夜起避暑摩诃池上作[一]

　　冰肌玉骨清无汗。水殿风来暗香满。绣帘一点月窥人[二]，欹枕钗横云鬓乱。　　起来琼户启无声，时见疏星渡河汉。屈指西风几时来，只恐流年暗中换。

<small>上、下分两节，须不类诗。</small>

【校记】

[一]《全唐五代词》题作"与花蕊夫人夜起避暑摩诃池上作"。

[二] 绣帘一点月窥人 《全唐五代词》作"帘开明月独窥人",校云:"《竹坡诗话》作'绣帘一点月窥人',《墨庄漫录》卷九作'帘间明月独窥人',《西溪丛话》卷上作'帘开明月解窥人'。"

南唐中宗李璟

山花子 [一] 即摊破浣溪沙。

　　菡萏香销翠叶残。西风愁起绿波间。还与韶光共憔悴 [二],不堪看。　　细雨梦回鸡塞远,小楼吹彻玉笙寒。多少泪珠何限恨,倚阑干。<small>上、下分两节,下叠首二句,须……(按:"须"下原文阙。)</small>

【校记】

[一] 山花子 《全唐五代词》作《浣溪沙》,校云:"《唐宋诸贤绝妙词选》卷一作《山花子》。"

[二] 韶 《全唐五代词》作"容",校云:"南词本、王本《南唐二主词》、《唐宋诸贤绝妙词选》作'韶'。萧本《南唐二主词》作'寒'。"

又

　　手卷真珠上玉钩。依前春恨锁重楼。风里落花谁是主,思悠悠。　　青鸟不传云外信,丁香空结雨中愁。回首渌波三峡暮 [一],接天流。

【校记】

[一] 渌 《全唐五代词》作"绿"。三峡 《全唐五代词》作"三楚"，校云："《唐宋诸贤绝妙词选》、《苕溪渔隐丛话》后集卷三九作'三峡'。马令《南唐书》卷二五、《苕溪渔隐丛话》后集卷一八作'春色'。"

后主李煜

相见欢[一] 上、下分二节。

　　林花谢了春红。太匆匆。无奈朝来寒雨[二]、晚来风。　　胭脂泪。换头二句暗韵。相留醉[三]。几时重。自是人生长恨、水长东。

【校记】

[一] 相见欢 《全唐五代词》作《乌夜啼》，校云："《乐府雅词》拾遗卷下作《忆真妃》。"

[二] 无奈 《全唐五代词》作"常恨"，校云："王本《南唐二主词》、《乐府雅词》作'无奈'。"雨 《全唐五代词》作"重"，校云："南词本、王本《南唐二主词》、《乐府雅词》作'雨'。"

[三] 相留 《全唐五代词》作"留人"。

相见欢[一]

　　无言独上西楼。月如钩。寂寞梧桐深院锁清秋。　　剪不断。理还乱。是离愁。别有一般滋味在心头[二]。

【校记】

[一] 相见欢 《全唐五代词》作《乌夜啼》，校云："《花草粹编》卷一作《相见欢》。"

[二] 有 《全唐五代词》作"是"，校云："《花草粹编》作'有'。"

般 《全唐五代词》作"番"。

浪淘沙 今还有谱入南吕宫。后主亡国归宋后之作。

帘外雨潺潺。春意阑珊[一]。罗衾不耐五更寒[二]。梦里不知身是客，一晌贪欢。　　独自莫凭阑[三]。无限江山[四]。别时容易见时难。流水落花归去也，天上人间。分二节，上、下同。

【校记】

[一] 阑珊 《全唐五代词》作"将阑"，校云："南词本、王本《南唐二主词》、《唐宋诸贤绝妙词选》卷一、《苕溪渔隐丛话》前集卷五九引《西清诗话》作'阑珊'。"

[二] 耐 《全唐五代词》作"暖"，校云："南词本、萧本、王本《南唐二主词》作'耐'。"

[三] 阑 《全唐五代词》作"栏"。

[四] 江 《全唐五代词》作"关"，校云："《唐宋诸贤绝妙词选》作'江'。"

浪淘沙

往事只堪哀。对景难排。秋风庭院藓侵阶。一桁珠帘闲不卷[一]，终日谁来。　　金剑已沉埋[二]。壮气蒿莱。晚凉天静月华开。想得玉楼瑶殿影，空照秦淮。

【校记】

[一] 桁　《全唐五代词》作"行"，校云："南词本、萧本、王本《南唐二主词》作'任'。"

[二] 剑　《全唐五代词》作"锁"，校云："侯本《南唐二主词》作'剑'。"

虞美人 属南吕宫，上、下叠同。首二句仄韵，后二句平韵。

风回小院庭芜绿。柳眼春相续。凭阑半日独无言[一]。依旧竹声新月、似当年。　　笙歌未散尊罍在[二]。池面冰初解。烛明香暗画楼深[三]。满鬓清霜残雪、思难禁[四]。

【校记】

[一] 阑　《全唐五代词》作"栏"。

[二] 罍　《全唐五代词》作"前"。

[三] 楼　《全唐五代词》作"堂"，校云："南词本、侯本、王本《南唐二主词》作'楼'。"

[四] 禁　《全唐五代词》作"任"。

和凝成绩有《红叶稿》，世称"曲子相公"。

春光好上半两节，下半换韵。

　　蘋叶软[一]，杏花明。画船轻。双浴鸳鸯出绿汀[二]。棹歌声。　　春水无风无浪，春天半雨半晴。红粉相随南浦晚，几含情。

【校记】

[一] 蘋 《全唐五代词》作"蘋"。

[二] 绿 《全唐五代词》作"渌"，校云："刘辑本《红叶稿》、吴本《花间集》、《花间集校》、《尊前集》作'绿'。"

韦庄

菩萨蛮

　　红楼别夜堪惆怅。香灯半卷流苏帐。残月出门时。美人和泪辞。　　琵琶金翠羽。弦上黄莺语。劝我早归家。绿窗人似花。

又

　　人人尽说江南好。游人只合江南老。春水碧于天。画船听雨眠。　　垆边人似月。皓腕凝霜雪[一]。未老莫还乡。还乡须断肠。

【校记】

[一]霜 《全唐五代词》作"双"，校云："《阳春集》、《金奁集》、《唐宋诸贤绝妙词选》卷一作'霜'。"

又

如今却忆江南乐。当时年少轻衫薄[一]。骑马倚斜桥。"倚"字、"蘸"字，南唐北宋词中用者最多："春水蘸晴行""舍内春风倚暮花"。满楼红袖招。　　翠屏金屈曲。醉入花丛宿。此度见花枝。白头誓不归。

【校记】

[一]轻 《全唐五代词》作"春"。

又

洛阳城里春光好。洛阳才子他乡老。此等句宜少学。柳暗魏王堤。此时心转迷。　　桃花春水渌。水上鸳鸯浴。凝恨对斜晖[一]。忆君君不知。"晖"与"知"同入齐微韵。

【校记】

[一]斜 《全唐五代词》作"残"，校云："王辑本《浣花词》作'斜'。"

冯延巳 正中有《阳春集》。

罗敷艳歌 ^[一]上、下俱二节。

　　马嘶人语春风岸，芳草芊芊^[二]。杨柳桥边。落日高楼酒旆悬。　　旧愁新恨知多少，目断遥天。独立花前。更听笙歌满画船。

【校记】

[一] 罗敷艳歌　《全唐五代词》作《采桑子》，校云："《尊前集》作《罗敷艳歌》。毛本《尊前集》注云：'一名《采桑子》。'"

[二] 芊芊　《全唐五代词》作"绵绵"。

又

　　小堂深静无人到，满院春风。惆怅墙东。一树樱桃带雨红。　　愁心似醉兼如病，欲语还慵。日暮疏钟。双燕归来画阁中^[一]。

【校记】

[一] 来　《全唐五代词》作"栖"，校云："原注云：'别作"来"。'萧本《阳春集》作'来'。"

蝶恋花 ^[一]上、下各分三节。此词宜用豪放语。

　　六曲阑干偎碧树。杨柳风轻，展尽黄金缕。谁把钿筝移玉柱。穿帘燕子双飞去[二]。　　满眼游丝兼落絮。红杏开时，一霎清明雨。浓睡觉来莺乱语[三]。惊残好梦无寻处。

【校记】

[一] 蝶恋花　《全唐五代词》作《鹊踏枝》，校云："《珠玉词》作蝶恋花。"

[二] 燕子双　《全唐五代词》作"海燕惊"，校云："原注云：'别作"燕子双"。'《词综》作'燕子双'。《珠玉词》《近体乐府》《乐府雅词》《唐宋诸贤绝妙词选》作'海燕双'。"

[三] 莺乱语　《全唐五代词》作"慵不语"。

又

　　谁道闲情抛别久[一]。每到春来，惆怅还依旧。日日花前常病酒。不辞镜里朱颜瘦[二]。　　河畔青芜堤上柳。为问新愁，何事年年有。独立小桥风满袖[三]。平林新月人归后。

【校记】

[一] 别　《全唐五代词》作"掷"，校云："原注云：别作'弃'，《近体乐府》作'弃'。罗泌校云：'一作"抛掷"。'"

[二] 不　《全唐五代词》作"敢"，校云："原注云：'别作"不"。'《近体乐府》作'不'。"

[三] 立　《全唐五代词》作"上"。桥　《全唐五代词》作"楼"，校云："原注云：'别作"桥"。'《近体乐府》作'桥'。罗泌校云：'一作"小楼"。'"

又

几日行云何处去。忘却归来，不道春将暮。百草千花寒食路。香车系在谁家树。　　泪眼倚楼频独语。双燕来时[一]，陌上相逢否。掩乱春愁如柳絮[二]。依依梦里无寻处[三]。

【校记】

[一]来时　《全唐五代词》作"飞来"，校云："原注云：'别作"来时"。'《近体乐府》作'来时'。"

[二]掩　《全唐五代词》作"撩"，校云："原注云：'别作"掩"。'《词综》作'掩'。"

[三]依依　《全唐五代词》作"悠悠"，校云："原注云：'别作"依依"。'《近体乐府》作'依依'。"

又

庭院深深深几许。杨柳堆烟，帘幕无重数。玉勒雕鞍游冶处。楼高不见章台路。　　雨横风狂三月暮。门掩黄昏，无计留春住。泪眼问花花不语。乱红飞过秋千去[一]。

【校记】

[一]过　《全唐五代词》作"入"，校云："《近体乐府》《乐府雅词》《唐宋诸贤绝妙词选》作'过'。"

孙光宪

浣溪沙 <small>上半三韵三节，下半首二句须对，末句最难。</small>

蓼岸风多橘柚香。江边一望楚天长。片帆烟际闪孤光。　　目断征鸿飞杳杳[一]，思随流水去茫茫。兰红浪碧忆潇湘[二]。

【校记】

[一] 断　《全唐五代词》作"送"。
[二] 浪　《全唐五代词》作"波"。

思越人 <small>吊吴宫。上半分两节，下半两节，改换仄韵。</small>

古台平，芳草远，馆娃宫外春深。翠黛空留千载恨，教人何处相寻。　　绮罗无复当时事。露花点滴香泪。惆怅遥天横绿水[一]。鸳鸯对对飞起。

【校记】

[一] 绿　《全唐五代词》作"渌"。

又

渚莲枯，宫树老，长洲废苑萧条。想象玉人空处所[一]，月明独上溪桥。　　经春初败秋风起。红兰绿蕙愁死。一片风流伤心地。魂销目断西子。

【校记】

[一] 象 《全唐五代词》作"像"。

潘阆

酒泉子 上、下分四节，换头首二句易韵。

　　长忆孤山，山在湖心如簇黛[一]。僧房四面向湖开。轻棹去还来。　　芰荷香细连云阁[二]。阁上清声檐下铎。别来尘土污人衣。空役梦魂飞。

【校记】

[一] 簇黛 《全宋词》作"黛簇"。

[二] 细 《全宋词》作"喷"。

又

　　长忆西湖[一]，灵隐寺前天竺后[二]。冷泉亭上几曾游[三]。三伏似清秋。　　白猿时见攀高树。长啸一声何处去。别来几向画图看。终是欠峰峦。

寇准

点绛唇

小陌轻寒[一]，社公雨足东风慢。定巢新燕。湿雨穿花转。　　象尺薰炉，拂晓停针线。愁蛾浅。飞红零乱。侧卧珠帘卷。

江南春

波渺渺，柳依依。孤村芳草远，斜日杏花飞。江南春尽离肠断[一]，蘋满汀洲人未归。

钱惟演 开西昆体者，专仿李商隐，杨亿其一也。

玉楼春[一] 暮年所作。

城上风光莺语乱。城下烟波春拍岸。绿杨芳草几时休，泪眼愁肠先已断。　　情怀渐变成衰晚。鸾镜朱颜惊暗换[二]。昔年多病厌芳樽，今日芳樽惟恐浅。

【校记】

[一] 玉楼春　《全宋词》作《木兰花》。

[二] 镜　《全宋词》作"鉴"。

晏殊

破阵子[一] 此词南曲中作正宫引子，上、下各三节。

燕子来时新社，梨花落后清明。池上碧苔三四点，叶底黄鹂一两声。日长飞絮轻。　　巧笑东邻女伴，采桑径里逢迎。下叠首二句不须对。疑怪昨宵春梦好，元是今朝斗草赢。笑从双脸生。

【校记】

[一]《全宋词》于词牌后标"春景"。

清平乐

金风细细。叶叶梧桐坠。绿酒初尝人易醉。一枕小窗浓睡。　　紫薇朱槿初残[一]。斜阳却照阑干。双燕欲归时节，银屏昨夜微寒。

【校记】

[一]初 《全宋词》作"花"。

又

红笺小字。说尽平生意。鸿雁在云鱼在水。惆怅此情难寄。　　斜阳独倚高楼[一]。遥山恰对帘钩。人面不知何处，绿波依旧东流。

【校记】

[一]高 《全宋词》作"西"。

踏莎行

碧海无波，瑶台有路。思量便合双飞去。当时轻别意中人，山长水远知何处。　　绮席凝尘，香闺掩雾。红笺小字凭谁附。高楼目尽欲黄昏，梧桐叶上萧萧雨。

又

小径红稀，芳郊绿遍。高台树色阴阴见。春风不解禁杨花，蒙蒙乱拨行人面[一]。　　翠叶藏莺，珠帘隔燕[二]。炉香静逐游丝转。一场愁梦酒醒时，斜阳却照深深院。

【校记】

[一] 拨　《全宋词》作"扑"。

[二] 珠　《全宋词》作"朱"。

蝶恋花[一]

槛菊愁烟兰泣露。罗幕轻寒，燕子双飞去。明月不谙离思苦[二]。斜光到晚穿珠户[三]。　　昨夜西风凋碧树。独上高楼，望尽天涯路。欲寄彩笺无尺素[四]。山长水阔知何处。

【校记】

[一] 蝶恋花　《全宋词》作《鹊踏枝》。

[二] 思　《全宋词》作"恨"。

[三] 晚　《全宋词》作"晓"。珠　《全宋词》作"朱"。

[四] 笺　《全宋词》作"笺"。无　《全宋词》作"兼"，校云："'兼'字原空格，据吴讷本《珠玉词》补。"

林逋

霜天晓角 <small>上叠两换头，三句三韵。</small>

　　冰清霜洁。昨夜梅花发。甚处玉龙三弄，声摇动、枝头月。　　梦绝。金兽爇。晓寒兰烬灭。要卷珠帘清赏，且莫扫、阶前雪。

点绛唇　草

　　金谷年年，乱生春色谁为主。余花落处。满地和烟雨。　　又是离歌，一阕长亭暮。王孙去。萋萋无数。南北东西路。

聂冠卿 <small>字长孺，新安人，官至昭文馆学士，有《蕲春集》。</small>

多丽　李良定席上赋[一] <small>上叠六韵，下叠五韵，平仄须依□□□□□。</small>

　　想人生，美景良辰堪惜。向其间[二]、赏心乐事，古来难是并得[三]。况东城、凤台沁苑[四]，泛殊波[五]、浅照金碧。露洗华桐，烟霏丝柳，绿阴摇曳，荡春一色。画堂回、玉簪琼佩，高会尽词客。清欢久、重燃绛蜡[六]，别就瑶席。　　有飘若惊鸿体态[七]，暮为行雨标格。逗朱唇、缓歌妖丽，似听流莺乱花隔。慢

舞萦回，娇鬟低亸，腰肢纤细困无力。忍分散、彩云
归后，何处更寻觅。休辞醉，明月好花，莫谩轻掷。

【校记】

[一]《全宋词》题作"李良定公席上赋"。

[二]向　《全宋词》作"问"。

[三]古来　《全宋词》作"就中"。

[四]沁　《全宋词》作"沙"。

[五]殒　《全宋词》作"晴"。

[六]燃　《全宋词》作"然"。

[七]飘　《全宋词》作"翩"。惊　《全宋词》作"轻"。

韩琦

点绛唇

　　病起恹恹，庭前花影添憔悴[一]。乱红飘砌。滴
尽真珠泪[二]。　　惆怅前春，惟向花前醉[三]。愁无
际。武陵凝睇[四]。人远波空翠。

【校记】

[一]庭前花影　《全宋词》作"画堂花谢"。

[二]真珠　《全宋词》作"胭脂"。

[三]惟　《全宋词》作"谁"。

[四]凝　《全宋词》作"回"。

范仲淹

苏幕遮

　　碧云天，红叶地[一]。秋色连波，波上寒烟翠。山映斜阳天接水。芳草无情，更在斜阳外。　　黯乡魂，追旅意[二]。夜夜除非，好梦留人睡。明月楼高休独倚。酒入愁肠，化作相思泪。

【校记】

[一]红　《全宋词》作"黄"。
[二]意　《全宋词》作"思"。

御街行

　　纷纷坠叶飘香砌[一]。夜寂静、寒声碎。真珠帘卷玉楼空，天澹银河垂地[二]。年年今夜，月华如练，长是人千里。　　愁肠已断无由醉。酒未到、先成泪。残灯明灭枕头欹，谙尽孤眠滋味。都来此事，眉间心上，无计相回避。

【校记】

[一]坠　《全宋词》作"堕"。
[二]澹　《全宋词》作"淡"。

渔家傲^[一]上、下分三节。

塞下秋来风景异。衡阳雁去无留意。四面边声连角起。千嶂里。长烟落日孤城闭。　　浊酒一杯家万里。燕然未勒归无计。羌管悠悠霜满地。人不寐。将军白发征夫泪。

【校记】

[一]《全宋词》后标词题"秋思"。

宋祁

好事近上、下各分二节。

睡起玉屏风，吹去乱红犹落。天气骤生轻暖，衬沉香帷箔。　　珠帘约住海棠风，愁拖两眉角。昨夜一庭明月，冷秋千红索。

浪淘沙^[一]　又一体有三式，一为李后主式，一即此式，其三是慢词，周清真有百余字之多。

少年不管。流光如箭。因循不觉韶华换^[二]。到如今^[三]、始惜月满花满酒满。　　扁舟欲解垂杨岸。

尚同欢宴。日斜歌阕将分散。倚兰桡、凝望水远天远人远^[四]。南曲中之《四季花》，末句亦然。

【校记】

[一]浪淘沙 《全宋词》作《浪淘沙近》。

[二]华 《全宋词》作"光"。

[三]到 《全宋词》作"至"。

[四]凝 《全宋词》无此字。

欧阳修

采桑子即罗敷艳。

　　轻舟短棹西湖好，漾水逶迤^[一]。芳草长堤。隐隐笙歌处处随。　　无风水面琉璃滑，不觉船移。微动莲漪^[二]。惊起沙禽掠岸飞。

【校记】

[一]漾 《全宋词》作"绿"。

[二]莲 《全宋词》作"涟"。

又

　　群芳过后西湖好，狼藉残红。飞絮蒙蒙。垂柳阑干尽日风。　　笙歌散尽游人去，始觉春空。垂下帘栊。双燕归来细雨中。

踏莎行

候馆梅残，溪桥柳细。草薰风暖摇征辔。离愁渐远渐无穷，迢迢不断如春水。　　寸寸柔肠，盈盈粉泪。楼高莫近危阑倚。平芜尽处是春山，行人更在春山外。

蝶恋花

越女采莲秋水畔。窄袖轻罗，暗露双金钏。照影摘花花似面。芳心只共丝争乱。　　鸂鶒滩头风浪晚。雾重烟轻，不见来时伴。隐隐歌声归棹远。离愁引着江南岸。

又

小院深深门掩乍[一]。寂寞珠帘，画阁重重下。欲近禁烟微雨罢。绿杨深处秋千挂。　　傅粉狂游犹未舍。不念芳时，眉黛无人画。薄幸未归春去也。杏花零落红香谢[二]。

【校记】

[一] 乍 《全宋词》作"亚"。

[二] 红香 《全宋词》作"香红"。

玉楼春

　　春山敛黛低歌扇。暂解吴钩登祖宴。画楼钟动已魂销，何况马嘶芳草岸。　　青门柳色随人远。望未断时肠已断[一]。洛阳春色待君来，莫到落花飞似霰。

【校记】

[一] 未 《全宋词》作"欲"。

又

　　湖边柳外楼高处。望断云山多少路。阑干倚遍使人愁，又是天涯初日暮。　　轻无管系狂无数。水畔飞花风里絮[一]。算伊浑似薄情郎，去便不来来便去。

【校记】

[一] 飞花 《全宋词》作"花飞"。

又

西湖南北烟波阔。风里丝簧声韵咽。舞余裙带绿双垂，酒入香腮红一抹。　　杯深不觉琉璃滑。贪看六幺花十八。明朝车马各东西^[一]，惆怅画桥风与月。

《六幺》一作《绿腰》，宋时大曲之一。花十八者，花拍十八板。说见玉田《词源》，又谓"花拍"。词中入韵须注意，宜依《词林正韵》。

【校记】

[一] 东西　《全宋词》作"西东"。

虞美人影^[一] 上、下分二节。

莺愁燕苦春归去。寂寂花飘红雨。碧草绿杨岐路。况是长亭暮。　　少年作客情难诉^[二]。泣对东风无语。目断两三烟树。翠满江淹浦^[三]。

【校记】

[一] 虞美人影　《全宋词》作《桃源忆故人》，校云："一名《虞美人影》。"
[二] 作　《全宋词》作"行"。
[三] 满　《全宋词》作"隔"。

浪淘沙

把酒祝东风。且共从容。垂杨紫陌洛城东。总是当年携手处，游遍芳丛。　　聚散苦匆匆。此恨无穷。

今年花胜去年红。可惜明年花更好，知与谁同。

又

今日北池游。荡漾轻舟[一]。波光潋滟柳条柔。如此春来春又去，白了人头。　　好妓好歌喉。不醉难休。劝君满满酌金瓯。纵使花时常病酒，也是风流。

【校记】

[一]荡　《全宋词》作"漾"。

浣溪沙

堤上游人逐画船。拍堤春水四垂天。绿杨楼外出秋千。　　自戴花枝君莫笑[一]，六幺催拍盏频传。人生何处似尊前。

【校记】

[一]自戴花枝　《全宋词》作"白发戴花"。

又

红粉佳人白玉杯。木兰船稳棹歌催。绿荷风里笑声来。　　细雨轻烟笼草树，斜桥曲水绕楼台。夕阳高处画屏开。

越溪春 <small>上、下各分三节。</small>

三月十三寒食日，春色遍天涯。越溪阆苑繁华地，傍禁垣、珠翠烟霞。红粉墙头，秋千影里，临水人家。　　归来晚驻香车。银箭透窗纱。有时三点两点雨霁，朱门柳细风斜。沉麝不烧金鸭，玲珑月照梨花。

<small>按：结二句，《钦定词谱》作"沈麝不烧金鸭冷，笼月照梨花"。《钦定词谱》云：查本集"玲"字系"冷"字，"珑"字系"笼"字，"冷"字属上作句方有情韵，旧本皆然，今从之。《词综》亦作"沉麝不烧金鸭，玲珑月照梨花"。</small>

少年游　草 <small>上、下各分二节，换头首二句对，第四句叶韵上。</small>

阑干十二独凭春。晴碧远连云。千里万里，二月三月，行色苦愁人。　　谢家池上，江淹浦畔，吟魄与离魂。那堪疏雨滴黄昏。更特地、忆王孙。

临江仙 <small>此词末二句有作三字对者。上、下分三节。</small>

柳外轻雷池上雨，雨声滴碎桐声[一]。小楼西角断虹明。阑干倚处，待得月华生。　　燕子飞来窥画栋，玉钩垂下帘旌。凉波不动簟纹平。水精双枕，旁有堕钗横[二]。

又

记得金銮同唱第，春风上国繁华。如今薄宦老天涯。十年岐路，空负曲江花。　　闻说阆山和阆苑[一]，楼高不见君家。孤城寒日等闲斜。离愁难尽，红树远连霞。

青玉案 分三节，换头似字不叶韵。

一年春事都来几。早过了、三之二。绿暗红嫣浑可喜。垂杨庭院，暖风帘幕，有个人憔悴。　　买花载酒长安路，又争似、家山见桃李。不住东风吹客泪。相思难表，梦魂无据，惟有归来是。

梅尧臣

苏幕遮 <small>草分二节。</small>

　　露堤中^[一]，烟墅杳。乱碧凄凄^[二]，雨后江天晓。独有庾郎年最少。窣地春袍，嫩色宜相照。　　接长亭，迷远道。堪怨王孙，不计归期早。落尽梨花春又了。满地残阳，翠色和烟老。

【校记】

[一] 中　《全宋词》作"平"。

[二] 凄凄　《全宋词》作"萋萋"。

王安石

桂枝香 金陵怀古 <small>上、下叠五韵，换头首句宜慎。</small>

　　登临送目。正故国晚秋，天气初肃。千里澄江如练^[一]，翠峰如簇。征帆去棹残阳里^[二]，背西风、酒旗斜矗。彩舟云淡，星河鹭起，图画难足。　　念自昔^[三]、豪华竞逐^[四]。叹门外楼头，悲恨相续。千古凭高，对此谩嗟荣辱。六朝旧事随流水，但寒烟、衰草凝绿^[五]。至今商女，时时犹唱，后庭遗曲。<small>小令以含蓄胜，长调以凝练胜。</small>

晏幾道 有《小山词》。自宋晏氏父子起，词学完全成一专门。

虞美人

闲敲玉镫隋堤路。一笑开朱户。素云凝澹月婵娟。门外鸭头春水、木兰船。　　吹花拾蕊嬉游惯。天与相逢晚。一声长笛倚楼时。应恨不题红叶、寄相思。"吹"或作"嚼"。

六幺令 [一] 上、下五韵。

雪残风信，悠飏春消息。天涯倚楼新恨，杨柳几丝碧。还是南云雁少，锦字无端的。宝钗瑶席。彩弦声里，拚作尊前未归客。　　遥想疏梅此际，月底香英折 [二]。别后谁绕前溪，手拣繁枝摘。莫道伤高恨远，付与临风笛。尽堪愁寂。花时往事，更有多情个人忆。

见景生情易，因情生景难。

张先字子野,有《安陆集》。

卜算子慢上、下五韵。

　　溪山别意,烟树去程,日落采苹春晚[一]。欲上征鞍,更掩翠帘回面。相盼[二]。惜弯弯浅黛长长眼。奈画阁欢游,也学狂花乱絮轻散。　　水影横池馆。对静夜无人,月高云远。一晌凝思,两眼泪痕还满。难遣。恨私书、又逐东风断。纵梦泽[三]、层楼万尺[四],望湖城那见[五]。慢词入曲,入宋始兴,或新制,或改小令,至大晟论定,词调多至数百矣。"相盼""难遣"二语亦有不用者。俗字如"怎生""那里"之类宜少用,多则曲化。

碧牡丹 [一]

步障摇红绮。晓月堕，沉烟砌。缓板香檀，唱彻伊家新制。怨入眉头，敛黛峰横翠。芭蕉寒，雨声碎。　　镜华翳。闲照孤鸾戏。思量去时容易。钿合瑶钗 [二]，至今冷落轻弃。望极蓝桥，但暮云千里。几重山，几重水。

【校记】

[一]《全宋词》于词牌后标"晏同叔出姬"。

[二]合 《全宋词》作"盒"。

青门引 [一] 上下三韵，有换头。

乍暖还轻冷。风雨晓来方定 [二]。庭轩寂寞近清明，残花中酒，又是去年病。　　楼头画角风吹醒。入夜重门静。那堪更被明月，隔墙送过秋千影。

【校记】

[一]《全宋词》于词牌后标"春思"。

[二]晓 《全宋词》作"晚"。

柳永 初名三变，字耆卿，崇安人，有《乐章集》。集中题调至多，近人多喜步法。

雨霖铃 上下五节。

寒蝉凄切。对长亭晚，骤雨初歇。都门帐饮无绪，方留恋处[一]，兰舟催发。执手相看泪眼，竟无语凝咽[二]。念去去、千里烟波，暮霭沉沉楚天阔。　多情自古伤离别。更那堪、冷落清秋节。今宵酒醒何处，杨柳岸、晓风残月。此去经年，应是良辰，好景虚设。便总有[三]、千种风情，更与何人说。

【校记】

[一] 方 《全宋词》无此字。

[二] 咽 《全宋词》作"噎"。

[三] 总 《全宋词》作"纵"。

卜算子慢[一] 较前张先词少四字，上四韵，下五韵。

江枫渐老，汀蕙半凋，满目败红衰翠。楚客登临，正是暮秋天气。引疏砧、断续斜阳里。对晚景、伤怀念远，新愁旧恨相继。　脉脉人千里。念两处风情，万重烟水。雨歇天高，望断翠峰十二。尽无言、谁会凭高意。纵写得、断肠万种[二]，奈归鸿谁寄[三]。

[二] 断 《全宋词》作"离"。

[三] 鸿 《全宋词》作"云"。

八声甘州

对潇潇暮雨洒江天，一番洗清秋。渐霜风凄紧[一]，
关河冷落，残照当楼。是处红衰绿减[二]，冉冉物华
休。惟有长江水，无语东流。　　不忍登高临远，望
故乡渺邈，归思难收。叹年来踪迹，何事苦淹留。想
佳人、妆楼长望[三]，误几回、天际识归舟。争知我、
倚阑干处，正恁凝眸[四]。"眸"一作"愁"。上一下二。

【校记】

[一] 紧 《全宋词》作"惨"。

[二] 绿 《全宋词》作"翠"。

[三] 长 《全宋词》作"颙"。

[四] 眸 《全宋词》作"愁"。

雪梅香 是屯田创格，上四韵，下五韵。

景萧索，危楼独立面晴空。动悲秋情绪，当时宋
玉应同。渔市孤烟袅寒碧，水村残叶舞愁红。楚天阔，

浪浸斜阳，千里溶溶。　　　临风。想佳丽，别后愁颜，
镇敛眉峰。可惜当年，顿乖雨迹云踪。雅态妍姿正欢洽，
落花流水忽西东。无聊恨[一]，相思意尽，分付征鸿[二]。

凡换头处，以两字句叶者居多。

【校记】

[一] 聊　《全宋词》作"憀"。

[二] 相思意尽，分付征鸿　《全宋词》作"相思意，尽分付征鸿"。

竹马子<small>亦系创格，上四韵，下五韵。</small>

　　登孤垒荒凉，危亭旷望，静临烟渚。对雌霓挂雨，
雄风拂槛，微收烦暑。渐觉一叶惊秋，残蝉噪晚，素
商时序。览景想前欢，指神京、非雾非烟深处。　　　向
此成追感，新愁易积，故人难聚。凭高尽日凝伫。赢
得消魂无语。极目霁霭霏微，断鸦零乱[一]，萧索江
城暮。南楼画角，又逐残阳去[二]。

【校记】

[一] 断　《全宋词》作"暝"。

[二] 逐　《全宋词》作"送"。

木兰花慢 <small>清明上五韵，换头七韵或六韵。</small>

　　坼桐花烂熳，乍疏雨、洗清明。正艳杏烧林，缃桃绣野，芳景如屏。倾城。尽情胜赏^[一]，骤雕鞍绀幰出郊坰。风暖繁弦脆管，万家竞奏新声。　　盈盈。斗草踏青。人艳冶、递逢迎。向路傍、往往遗簪坠珥^[二]，珠翠纵横。欢情。对佳丽地，任金罍罄竭玉山倾。拚却明朝永日，画堂一枕春醒。

【校记】

[一]情 《全宋词》作"寻"。赏 《全宋词》作"去"。

[二]坠 《全宋词》作"堕"。

苏轼<small>胸襟不可及，随意豪吟，不用去卷，记其牢归之语。</small>

行香子^[一] <small>上五韵，下三韵。</small>

　　携手江村。梅雪飘裙。情何限、处处消魂。故人不见，旧曲重闻。向望湖楼，孤山寺，涌金门。　　寻常行处，题诗千首，绣罗衫、与拂轻尘^[二]。别来相忆，知有何人^[三]。有湖中月，江边柳，陇头云。<small>收句至难。</small>

【校记】

[一]《全宋词》于词牌后标"冬思"。

[二]轻 《全宋词》作"红"。

贺新凉 [一] 南词中入南吕，句法异。

乳燕飞华屋。悄无人、槐阴转午 [二]，晚凉新浴。手弄生绡白团扇，扇手一时似玉。渐困倚、孤眠清熟。帘外谁来推绣户，枉教人、梦断瑶台曲。又却是，风敲竹。　　石榴半吐红巾蹙。待浮花浪蕊都尽，伴君幽独。秾艳一枝须看取 [三]，芳意千重似束。又恐被、秋风惊绿。若待得君来向此，怕花前对酒不忍触 [四]。共粉泪，两簌簌。

【校记】

[一] 贺新凉　《全宋词》作《贺新郎·夏景》。

[二] 槐　《全宋词》作"桐"。

[三] 须　《全宋词》作"细"。

[四] 怕　《全宋词》无此字。

水龙吟　和章质夫杨花韵 [一] 浑化。上下四韵，四字句可对可散。

似花还似非花，也无人、惜从教坠。抛家傍路，思量却似，无情有思。萦损柔肠，困酣娇眼，欲开还闭。梦随风万里，寻郎去处，又还被、莺呼起。　　不恨此花飞尽，恨西园、落红难缀。晓来雨过，遗踪何在，一池萍碎。春色三分，二分尘土，一分流水。细看来、不是杨花，点点是、离人泪。以情结景，或以景结情。

【校记】

附　章楶杨花词原作细腻。

燕忙莺懒芳残，正堤上、柳花飘坠。轻飞乱舞，点画青林，全无才思。闲趁游丝，静临深院，日长门闭。傍珠帘散漫，垂垂欲下，依前被、风扶起。　　兰帐玉人睡觉，怪春衣、雪沾琼缀。绣床渐满，香球无数，才圆却碎。时见蜂儿，仰黏轻粉，鱼吞池水。望章台路杳，金鞍游荡，有盈盈泪。

又　黄州梦过栖霞楼闻邱公守黄州时筑。时东坡谪居黄州，梦过之。闻邱已致仕苏州。

小舟横截春江，卧看翠壁红楼起。云间笑语，使君高会，佳人半醉。危柱哀弦，艳歌余响，遏云萦水[一]。念故人老大，风流未减，独回首、烟波里。　　推枕惘然不见，但空江、月明千里。五湖闻道，扁舟归去，仍携西子。云梦南州，武昌东岸，昔游应记。料多情梦里，端来见我，也参差是。原题云：梦扁舟渡江，中流歌采，杂作舟中人之公方宴客也。

【校记】

[一] 遏 《全宋词》作"绕"。

念奴娇 赤壁怀古 上下四韵。

大江东去，浪淘尽、千古风流人物。故垒西边，人道是、三国周郎赤壁。乱石崩云[一]，惊涛掠岸[二]，卷起千堆雪。江山如画，一时多少豪杰。　　遥想公瑾当年，小乔初嫁了，雄姿英发。羽扇纶巾，谈笑里[三]、樯橹灰飞烟灭[四]。故国神游，多情应是，笑我生华发[五]。人间如梦，一尊还酹江月。据《词综》原文云："故国神游，多情应笑我，早生华发。"又，《念奴娇》又名《酹江月》，本此。

【校记】

[一] 崩云 《全宋词》作"穿空"。

[二] 掠 《全宋词》作"拍"。

[三] 里 《全宋词》作"间"。

[四] 樯橹 《全宋词》作"强虏"。

[五] 多情应是，笑我生华发 《全宋词》作"多情应笑，我早生华发"。

洞仙歌

仆七岁时，见眉山老尼，姓朱，忘其名，年九十岁。自言尝随其师入蜀主孟昶宫中。一日大热，蜀主与花蕊夫人夜纳凉摩诃池上，作一词，朱具能记之。今四十年，朱已死久矣，人无知此词者，但记其首两句。暇日寻味，岂《洞仙歌令》乎？乃为足之云。

冰肌玉骨，自清凉无汗。水殿风来暗香满。绣帘开、一点明月窥人，人未寝，欹枕钗横鬓乱。　　起来携素手，庭户无声，时见疏星渡河汉。试问夜如何、夜已三更，金波淡、玉绳低转。但屈指、西风几时来，又不道、流年暗中偷换。

卜算子　黄州定慧院寓居作

缺月挂疏桐，漏断人初静。时见幽人独往来，缥缈孤鸿影。　　惊起却回头，有恨无人省。拣尽寒枝不肯栖，寂寞沙洲冷[一]。毛刻本题目：惠州有温都监女，颇有色，年十六，不肯嫁人。闻东坡至，甚喜。每夜闻坡讽咏，则徘徊窗下。坡觉而推窗，则其女逾墙而去。坡从而物色之，曰吾当呼王郎之子为姻。未几，坡过海，女遂卒，葬于沙滩侧。坡回惠，为赋此词。

【校记】

[一] 寂寞沙洲冷　《全宋词》作"枫落吴江冷"。

满江红　怀子由作又平韵，乃白石创。

清颍东流，愁来送[一]、征鸿去翮[二]。情乱处[三]、青山白浪，万重千叠。孤负当年林下语[四]，对床夜雨听萧瑟。恨此生、长向别离中，雕华发[五]。　　一尊酒，黄河侧。无限事，从头说。相看说如昨[六]，许多年月。衣上旧痕余苦泪，眉间喜气占黄色[七]。便与君、池上觅残春，花如雪。中间两七字句对。

【校记】

[一] 愁来送　《全宋词》作"愁目断"。

[二] 征鸿去翮　《全宋词》作"孤帆明灭"。

[三] 情乱处　《全宋词》作"宦游处"。

[四] 语　《全宋词》作"意"。

[五] 雕　《全宋词》作"添"。

[六] 说　《全宋词》作"恍"。

[七] 占　《全宋词》作"添"。

木兰花令　次欧公西湖韵

霜余已失长淮阔。空听潺潺清颍咽。佳人犹唱醉翁词，四十三年如电抹。　　草头秋露流珠滑。三五盈盈还二八。与余同是识翁人，惟有西湖波底月。

青玉案　和贺方回韵[一]_{方回名铸，家吴中，有《东山乐府》。}

三年枕上吴中路。遣黄犬[二]、随君去。若到松江呼小渡。莫惊鸳鹭[三]，四桥尽是，老子经行处。辋川图上看春暮。常记高人右丞句。作个归期天已许。春衫犹是，小蛮针线，曾湿西湖雨。

【校记】

[一]《全宋词》题作"和贺方回韵，送伯周归吴中故居"。

[二] 犬　《全宋词》作"耳"。

[三] 鸳鹭　《全宋词》作"鸥鹭"。

西江月　梅花_{为朝云作。}

玉骨那愁瘴雾，冰姿自有仙风。海山时遣探芳丛[一]。倒挂绿毛幺凤[二]。　　素面常嫌矜浣[三]，洗妆不褪唇红。高情已逐晓云空。不与梨花同梦。

【校记】

[一] 山　《全宋词》作"仙"。

[二] 幺　《全宋词》作"么"。同于《六幺令》"幺"作"么"。

[三] 常嫌矜浣　《全宋词》作"翻嫌粉浣"。

水调歌头

欧阳文忠公尝问余，琴诗何者最善？答以退之听颖师琴诗。公曰：此诗固奇丽，然非听琴，乃听琵琶也。余深然之。建安章质夫家善琵琶者乞为歌词，余久不作，特取退之词稍加檃括，使就声律，以遗之云。

昵昵儿女语，灯火夜微明。恩怨尔汝来去，弹指泪和声。忽变轩昂勇士，一鼓填然作气，千里不留行。回首暮云远，飞絮搅青冥。　　众禽里，真彩凤，独不鸣。跻攀寸步千险，一落百寻轻。烦子指间风雨，置我肠中冰炭，坐起不能平[一]。推手从归去，无泪与君倾。

【校记】

[一] 坐起 《全宋词》作"起坐"。

满庭芳

余谪居黄州五年，将赴临汝，作《满庭芳》一篇别黄人。既至南都，蒙恩放归阳羡，复作一篇。

归去来兮，清溪无底，上有千仞嵯峨。画桥西畔[一]，天远夕阳多。老去君恩未报，空回首、弹铗悲歌。船头转，长风万里，归马驻平坡。　　无何。何处有，银潢尽处，天女停梭。问人间何事^[二]，久戏风波。顾谓同来樵子，应烂汝、腰下长柯。青衫破，群仙笑我，千缕挂烟蓑。

【校记】

[一] 画桥西畔 《全宋词》作"画楼东畔"。

[二] 人间何事 《全宋词》作"何事人间"。

附　黄州原词

　　归去来兮，吾归何处，万里家在岷峨。百年强半，来日苦无多。坐见黄州再闰，儿童尽、楚语吴歌。山中友，鸡豚社酒，相劝老东坡。　　云何。当此去，人生底事，来往如梭。待闲看秋风，洛水清波。好在堂前细柳，应念我、莫翦柔柯。仍传语，江南父老，时与晒渔蓑。

黄庭坚

减字木兰花

中秋无雨。醉送月衔西岭去。笑口须开。几度中秋见月来。　　前年江外。儿女传杯兄弟会。此夜登楼。小谢清吟慰白头。

丑奴儿令 [一]

樱桃着子如红豆，不管春归。闻道开时。蜂惹香须蝶惹衣。　　楼台灯火明珠翠，酒恋歌迷。醉玉东西。少个人人暖被携。

【校记】

[一] 丑奴儿令　《全宋词》作《采桑子》。

念奴娇

断虹霁雨，净秋空山染，修眉新绿 [一]。桂影扶疏，谁便道、今夕清辉不足。万里青天，姮娥何处，驾此一轮玉。寒光零乱，为谁偏照觥酬。　　年少从我追游，晚城幽径 [二]，绕张园森木。共倒金荷家万里，难得尊前相属。老子平生，江南江北，最爱临风曲。孙郎微笑，坐来声喷霜竹。

虞美人　宜州见梅作

　　天涯也有江南信。梅破知春近。夜来风细得香迟。不道晓来开遍、向南枝。　　玉台弄粉花应妒。飘到眉心住。平生个里愿杯深。去国十年老尽、少年心。

秦观 字少游，高邮人，苏轼荐官至国史院编修，后坐党籍遭戍，辱召还，至藤州卒，有《淮海集》。

水龙吟

　　小楼连苑横空^[一]，下窥绣毂雕鞍骤。珠帘半卷，单衣初试，清明时候。破暖轻风，弄晴微雨，欲无还有。卖花声过尽，斜阳院落，红成阵、飞鸳甃。　　玉佩丁东别后。怅佳期、参差难又。名缰利锁，天还知道，和天也瘦。花下重门，柳边深巷，不堪回首。念多情、但有当时皓月，向人依旧。后半追忆以前事。

风流子

　　东风吹碧草，年华换、行客老沧洲。见梅吐旧英，柳摇新绿，恼人春色，还上枝头。寸心乱、北随云黯黯，东逐水悠悠。斜日半山，暝烟两岸，数声横笛，一叶扁舟。　　青门同携手。前欢记、浑似梦里扬州。谁念断肠南陌，回首西楼。算天长地久，有时有尽，奈何绵绵，此恨无休[一]。拟待倩人说与，生怕人愁。

【校记】

[一]无 《全宋词》作"难"。

满庭芳

　　山抹微云，天连衰草，画角声断谯门。暂停征棹，聊共引离尊。多少蓬莱旧事，空回首、烟霭纷纷。斜阳外，寒鸦万点，流水绕孤村。　　销魂。当此际，香囊暗解，罗带轻分。漫赢得青楼，薄幸名存[一]。此去何时见也，襟袖上、空惹啼痕。伤情处，高城望断，灯火已昏黄[二]。

【校记】

[一]漫赢得青楼，薄幸名存 《全宋词》作"谩赢得、青楼薄倖名存"。
[二]昏黄 《全宋词》作"黄昏"。

又

晓色云开，春随人意，骤雨才过还晴。古台芳榭，飞燕蹴红英。舞困榆钱自落，秋千外、绿水桥平。东风里，朱门映柳，低按小秦筝。　　多情。行乐处，珠钿翠盖，玉辔红缨。渐酒空金榼，花困蓬瀛。豆蔻梢头旧恨，十年梦、屈指堪惊。凭阑久，疏烟淡月，寂寞下芜城。

减字木兰花

天涯旧恨。独自凄凉人不问。欲见回肠。断尽金炉小篆香。　　黛蛾长敛。任是东风吹不展[一]。困倚危楼。过尽飞鸿字字愁。

【校记】

[一]东　《全宋词》作"春"。

鹊桥仙

纤云弄巧，飞星传恨，银汉迢迢暗度。金风玉露一相逢，便胜却、人间无数。　　柔情似水，佳期如梦，忍顾鹊桥归路。两情若是久长时，又岂在、朝朝暮暮。

江城子

西城杨柳弄春柔。动离忧。泪难收。犹记多情、曾为系归舟。碧野朱桥当日事，人不见，水空流。　韶华不为少年留。恨悠悠。几时休。飞絮落花时候、一登楼。便做春江都是泪，流不尽，许多愁。

又

南来飞燕北归鸿。偶相逢。惨愁容。绿鬓朱颜、重见两衰翁。别后悠悠君莫问，无限事，不言中。　小槽春酒滴珠红。莫匆匆。满金钟。饮散落花流水各西东。后会不知何处是，烟浪远，暮云重。

望海潮　洛阳怀古

梅英疏淡，冰澌溶泄，东风暗换年华。金谷优游[一]，铜驼巷陌，新晴细履平沙。长记误随车。正絮翻蝶舞，芳思交加。柳下桃蹊，乱分春色到人家。　西园夜饮鸣笳。有华灯碍月，飞盖妨花。兰苑未空，行人渐老，重来事事堪嗟[二]。烟暝酒旗斜[三]。但倚楼极目，时见栖鸦。无奈归心，暗随流水到天涯。“华灯碍月，飞盖妨花”，八字酷似清真。

【校记】

[一] 优 《全宋词》作"俊"。

[二] 事事 《全宋词》作"是事"。

[三] 旂 《全宋词》作"旗"。

梦扬州

晚云收。正柳塘、烟雨初休。燕子未归，恻恻轻寒如秋。小阑干外东风软[一]，透绣帏、花密香稠[二]。江南远，人何处，鹧鸪啼破春愁。　　长记曾陪燕游。酬妙舞清歌，丽锦缠头。殢酒为花，十载因谁淹留。醉鞭拂面归来晚，望翠楼、帘卷金钩。佳会阻，离情正乱，频梦扬州。□□字平声前难。凡长调下半叠，换头与结处，与上半叠不同，中间数语总是一样。

【校记】

[一] 干 《全宋词》无此字。

[二] 密 《全宋词》作"蜜"。

鼓笛慢

乱花丛里曾携手，穷艳景、迷欢赏。到如今、谁把雕鞍锁却[一]，阻游人来往。好梦随人远[二]，从前事、不堪想[三]。念香闺正杳，佳欢未偶，难留恋、空惆怅。　　　永夜婵娟未满，叹玉楼、几时重上。那堪万里，却寻归路，指阳关孤唱。苦恨东流水，桃源路、欲回双桨。仗何人、细与丁宁问呵，我如今怎向。

【校记】

[一] 却 《全宋词》作"定"。

[二] 人 《全宋词》作"春"。

[三] 想 《全宋词》作"思想"。

长相思

铁瓮城高，蒜山渡阔，干云十二层楼。开尊待月，掩箔披风，依然灯火扬州。两联句法相同。绮陌南头。记歌名子夜歌。宛转，乡号温柔。曲槛俯清流。想花阴、谁系兰舟。　　　念凄绝秦弦，感深荆赋，相望几许凝愁。勤勤裁尺素，奈双鱼、难渡瓜洲。晓鉴堪羞。潘鬓点、吴霜渐稠。幸于飞、鸳鸯未老，不应同是悲秋。

晁补之 字无咎，巨野人，有《鸡肋集》。东坡门下士也。

摸鱼儿 [一] 买陂塘或迈陂塘。

买陂塘、旋栽杨柳，依稀淮岸湘浦 [二]。东皋雨足新痕涨[三]，沙凫鹭来鸥聚。堪爱处。最好是、一川月夜光流渚。无人自舞[四]。任翠幕张天[五]，柔茵藉地，酒尽未能去。　　青绫被，休忆金闺故步[六]。儒冠曾把身误。弓刀千骑成何事，荒了邵平瓜圃。君试觑。满青镜、星星鬓影今如许。功名浪语。便做得班超[七]，封侯万里，归计恐迟暮。罗大经《鹤林玉露》云：词意殊怨，使在汉唐时，宁不贾种豆种桃之祸哉。

【校记】

[一]《全宋词》于词牌后标"东皋寓居"。

[二]湘　《全宋词》作"江"。

[三]雨足　《全宋词》作"嘉雨"。

[四]自　《全宋词》作"独"。

[五]幕　《全宋词》作"帷"。

[六]休　《全宋词》作"莫"。

[七]做　《全宋词》作"似"。

张耒 字文潜，淮阴人，有《宛丘集》。

风流子

亭皋木叶下[一]，重阳近、又是捣衣秋。奈愁入庾肠，老侵潘鬓，漫簪黄菊，花也应羞。此联应对。楚天晚、白蘋烟尽处，红蓼水边头。芳草有情，夕阳无语，雁横南浦，人倚西楼。　　玉容知安否，香笺共锦字，两处悠悠。空恨碧云离合，青鸟沉浮。向风前懊恼，芳心一点，寸眉两叶，禁甚闲愁。情到不堪言处，分付东流。

【校记】

[一] 亭皋木叶下　《全宋词》作"木叶亭皋下"。

贺铸字方回，卫州人，流寓吴中，有《东山寄声乐府》。

薄倖

　　淡妆多态[一]。更滴滴[二]、频回盼睐[三]。便认得、琴心先许[四]，欲绾合欢双带[五]。记画堂、风月逢迎[六]，轻颦浅笑娇无奈[七]。待翡翠屏开[八]，芙蓉帐掩，_{向睡鸭炉边，翔鸳镜里}。羞把香罗暗解[九]。　　自过了、烧灯后[十]，都不见、踏青挑菜。几回凭双燕，丁宁深意，往来却恨重帘碍[十一]。约何时再。正春浓酒困[十二]，人闲昼永无聊赖。恹恹睡起[十三]，犹自花梢日在[十四]。

【校记】

[一] 淡妆　《全宋词》作"艳真"。

[二] 滴滴　《全宋词》作"的的"。

[三] 盼　《全宋词》作"眄"。

[四]先 《全宋词》作"相"。

[五]欲绾合欢 《全宋词》作"与写宜男"。

[六]风月逢迎 《全宋词》作"斜月朦胧"。

[七]浅 《全宋词》作"微"。

[八]待 《全宋词》作"便"。

[九]羞把香罗暗解 《全宋词》作"与把香罗偷解"。

[十]烧 《全宋词》作"收"。

[十一]却 《全宋词》作"翻"。

[十二]困 《全宋词》作"暖"。

[十三]恹恹 《全宋词》作"厌厌"。

[十四]自 《全宋词》作"有"。

青玉案

　　凌波不过横塘路。但目送、芳尘去。锦瑟年华谁与度。月台花榭[一]，琐窗朱户。惟有春知处[二]。　　碧云冉冉蘅皋暮[三]。彩笔新题断肠句。平仄仄不可。试问闲愁都几许[四]。一庭烟草[五]，满城风絮。梅子黄时雨。方回有别业在姑苏城外，地名横塘，回往来其间，因作此词。

【校记】

[一]月台花榭 《全宋词》作"月桥花院"。

[二]惟 《全宋词》作"只"。

[三]碧 《全宋词》作"飞"。

[四]试问闲愁 《全宋词》作"若问闲情"。

[五]庭 《全宋词》作"川"。

柳色黄[一] 方回因有所眷而作。此调乃其特创。芭蕉一寸心之句，故词中云云。

薄雨催寒[二]，斜照弄晴，春意空阔。长汀柳色才黄[三]，远客一枝先折。烟横水际，映带几点归鸦，东风消尽龙沙雪[四]。还记出门时[五]，恰而今时节。　　将发。画楼芳酒，红泪清歌，顿成轻别。已是经年，杳杳音尘都绝[六]。欲知方寸，共有几许清愁，芭蕉不展丁香结。枉望断天涯，两恹恹风月[七]。

【校记】

[一] 柳色黄 《全宋词》作《石州引》。

[二] 催 《全宋词》作"初"。

[三] 汀 《全宋词》作"亭"。

[四] 消 《全宋词》作"销"。

[五] 出门时 《全宋词》作"出关来"。

[六] 都 《全宋词》作"多"。

[七] 恹恹 《全宋词》作"厌厌"。

望湘人

厌领头字。莺声到枕，花气动帘，醉魂愁梦相半。被惜余薰，带惊剩眼。几许伤春春晚。泪竹痕鲜，佩兰香老，湘天浓暖。记小江、风月佳时，屡约非烟游伴。　　须信鸾弦易断。奈云和再鼓，曲终人远。认罗袜无踪，旧处弄波清浅。青翰棹舣，白蘋洲畔。尽目临皋飞观。不解寄、一字相思，幸有归来双燕。

踏莎行 [一]

急雨收春，斜风约水。浮红涨绿鱼文起。年年游子惜余春，春归不解招游子。 留恨城隅，关情纸尾。阑干长对西曛倚。鸳鸯俱是白头时，江南渭北三千里。

【校记】

[一] 踏莎行 《全宋词》作《惜余春》。

周邦彦 字美成，钱塘人，提举大晟府。有《清真词》。

瑞龙吟

章台路。还见褪粉梅梢，试华桃树 [一]。愔愔坊陌人家，定巢燕子，归来旧处。 黯凝伫。因记个人痴小 [二]，乍窥门户。侵晨浅约宫黄，障风袂袖 [三]，盈盈笑语。 前度刘郎重到，访邻寻里，同时歌舞。惟有旧时秋娘 [四]，声价如故。吟笺赋笔，犹记燕台句。知谁伴、名园露饮，东城闲步。事与孤鸿去。探春尽是，伤春离绪 [五]。官柳低金缕。归骑晚，纤纤池塘飞雨。断肠院落，一帘风絮。 词中用三叠，上二叠句法相同，谓双曳头。

【校记】

[一] 华 《全宋词》作"花"。

[二] 记 《全宋词》作"念"。

[三] 袂 《全宋词》作"映"。

[四] 惟 《全宋词》作"唯"。时 《全宋词》作"家"。

[五] 伤春离绪 《全宋词》作"伤离意绪"。

兰陵王 柳

柳阴直。烟里丝丝弄碧。隋堤上,曾见几番,拂水飘绵送行色。登临望故国。谁识。京华倦客。长亭路,年去岁来,应折柔条过千尺。　　闲寻旧踪迹。又酒趁哀弦,灯照离席。梨花榆火催寒食。愁一箭风帆[一],半篙波暖,回头迢递便数驿。望人在天北。　　凄恻。恨堆积。渐别浦萦回,津堠岑寂。斜阳冉冉春无极。念月榭携手,露桥闻笛。沉思前事,似梦里,泪暗滴。

【校记】

[一] 帆 《全宋词》作"快"。

琐窗寒 寒食

暗柳啼鸦,单衣伫立,小帘珠户[一]。桐花半亩,静锁一庭愁雨。洒空阶、更阑未休[二],故人剪烛西窗语。似楚江暝宿,风灯零乱,少年羁旅。　　迟暮。嬉游处。正店舍无烟,禁城百五。旗亭换酒,付与高阳俦侣。想东园、桃李自春，小唇秀靥今在否。到归时、定有残英，待客携尊俎。

【校记】

[一] 珠 《全宋词》作"朱"。

[二] 更 《全宋词》作"夜"。

齐天乐

　　绿芜凋尽台城路，殊乡又逢秋晚。暮雨生寒，鸣蛩劝织，深阁时闻裁剪。云窗静掩。叹重拂罗裀，顿疏花簟。尚有练囊[一]，露萤清夜照书卷。　　荆江留滞最久，故人相望处，离思何限。渭水西风，长安落叶[二]，空忆诗情宛转。凭高眺远。正玉液新篘，蟹螯初荐[三]。醉倒山翁，但愁斜照敛。

【校记】

[一] 练 《全宋词》作"练"。

[二] 落 《全宋词》作"乱"。

[三] 螯 《全宋词》作"螯"。

苏幕遮[一]

　　燎沉香，消溽暑。鸟雀呼晴，侵晓窥檐语。叶上

初阳干宿雨。水面清圆，一一风荷举。　　故乡遥，
何日去。家住吴门，久作长安旅。五月渔郎相忆否。
小楫轻舟，梦入芙蓉浦。

六五　蔷薇谢后作

正单衣试酒，怅客里^[一]、光阴虚掷。愿春暂
留，春归如过翼。一去无迹。为问家何在^[二]，夜来
风雨，葬楚宫倾国。钗钿堕处遗香泽。乱点桃溪^[三]，
轻翻柳陌。多情更谁追惜^[四]。但蜂媒蝶使，时扣窗
隔。　　东园岑寂。渐蒙笼暗碧。静绕珍丛底，成叹息。
长条故若行客^[五]。似牵衣待话，别情无极。残英小、
强簪巾帻。终不似、一朵钗头颤袅，向人欹侧。漂流
处、莫趁潮汐。恐断鸿—作"红"、尚有相思字，何由见得。

大酺

　　对宿烟收，春禽静，飞雨时鸣高屋。墙头青玉旆，洗铅霜都尽，嫩梢相触。润逼琴丝，寒侵枕障，虫网吹粘帘竹。邮亭无人处，听檐声不断，困眠初熟。奈愁极须—作"顿"。惊，梦轻难记，自怜幽独。　　行人归意速。最先念、流潦妨车毂。怎奈向—作"何"、兰成憔悴，卫玠清羸，等闲时、易伤心目。未怪平阳客，双泪落、笛中哀曲。况萧索、青芜国。红糁铺地，门外荆桃如菽。夜游共谁秉烛。

满庭芳　夏日溧水无想山作

　　风老莺雏，雨肥梅子，午阴嘉树清圆。地卑山近，衣润费炉烟[一]。人静乌鸢乐[二]，小桥外、新绿溅溅。凭栏久，黄芦苦竹，拟泛九江船。　　年年。如社燕，飘流瀚海，来寄修椽。且莫思身外，长近樽前。憔悴江南倦客，不堪听、急管繁弦。歌筵畔，先安枕簟[三]，容我醉时眠。

【校记】

[一] 炉　《全宋词》作"垆"。

[二] 乐　《全宋词》作"自乐"。

[三] 枕簟　《全宋词》作"簟枕"。

少年游

并刀如水，吴盐胜雪，纤指破新橙[一]。锦幄初温，兽香不断[二]，相对坐调笙。　　低声问、向谁行宿，城上已三更。马滑霜浓，不如休去，直是少人行。

【校记】

[一] 指　《全宋词》作"手"。

[二] 香　《全宋词》作"烟"。

西河　金陵怀古

佳丽地。南朝盛事谁记。山围故国绕清江，髻鬟对起。怒涛寂寞打孤城，风樯遥度天际。　　断崖树，犹倒倚。莫愁艇子曾系。空余旧迹郁苍苍，雾沉半垒。夜深月过女墙来，伤心东望淮水[一]。　　酒旗戏鼓甚处市。想依稀、王谢邻里。燕子不知何世。入寻常、巷陌人家，相对如说兴亡，斜阳里。

【校记】

[一] 伤　《全宋词》作"赏"。

荔枝香近

照水残红零乱，风唤去。尽日恻恻轻寒[一]，帘底吹香雾。黄昏客枕无聊[二]，细响当窗雨。愁看两两相依燕新乳[三]。　　楼下水，渐绿遍、行舟浦。暮往朝来，心逐片帆轻举。何日迎门，小槛朱笼报鹦鹉。共剪西窗密炬[四]。

【校记】

[一] 恻恻　《全宋词》作"测测"。

[二] 聊　《全宋词》作"憀"。

[三] 愁　《全宋词》无此字。

[四] 密　《全宋词》作"蜜"。

霜叶飞

露迷衰草。疏星挂，凉蟾低下林表。素娥青女斗婵娟，正倍添凄悄。渐飒飒、丹枫撼晓。横天云浪鱼鳞小。见皓月相看[一]，又透入、清辉半晌，特地留照。　　迢递望极关山，波穿千里，度日如岁难到。凤楼今夜听西风[二]，奈五更愁抱。想玉匣、哀弦闭了。无心重理相思调。念故人[三]、牵离恨，屏掩孤颦泪多少[四]。

花犯　梅花

粉墙低，梅花照眼，依然旧风味。露痕轻缀。疑净洗铅华，无限清丽[一]。去年胜赏曾孤倚。冰盘共宴喜[二]。更何惜[三]、雪中高士[四]，香篝薰素被。　　今年对花太匆匆[五]，相逢似有恨，依依憔悴[六]。疑久青苔上[七]，旋看飞坠。相将见、脆圆荐酒[八]，今正在[九]、空江烟浪里。但梦想、一枝潇洒，黄昏斜照水。

浪淘沙慢 [一]

晓一作"昼"。阴重，霜凋岸草，雾隐城堞。南陌脂车待发。东门帐饮乍阕。正拂面垂杨堪揽结 [二]。掩红泪、玉手亲折。念溪浦离鸿去何许 [三]。经时信音绝。　　情切。望中地远天阔。向露冷风清，无人处、耿耿寒漏咽。嗟万事难忘，唯是轻别。翠樽未竭。凭断云留取，西楼残月。罗带光销纹衾叠。连环解、旧香顿歇。怨歌永、琼壶敲尽缺。恨春去、不与人期，弄夜色，空余满地梨花雪。

【校记】

[一] 浪淘沙慢　《全宋词》作《浪淘沙》。

[二] 揽　《全宋词》作"缆"。

[三] 溪　《全宋词》作"汉"。

夜飞鹊

河桥送人处，良夜何其 [一]。斜月远堕余辉。铜盘烛泪已流尽，霏霏凉露沾衣。相将散离会处 [二]，探风前津鼓，树杪参旗。花骢会意，纵扬鞭、亦自行迟。　　迢递路回清野，人语渐无闻，空带愁归。何意重经前地 [三]，遗钿不见，斜径都迷。兔葵燕麦，向斜阳 [四]、影与人齐 [五]。但徘徊班草、欷歔酹酒，极望天西。

[一]良 《全宋词》作"凉"。

[二]处 《全宋词》无此字。

[三]经 《全宋词》作"红"。前 《全宋词》作"满"。

[四]斜 《全宋词》作"残"。

[五]影 《全宋词》作"欲"。

辛弃疾

满江红[一]

　　家住江南，又过了、清明寒食。花径里、一番风雨，一番狼藉。红粉暗随流水去[二]，园林渐觉清阴密。算年年、落尽刺桐花，寒无力。　　庭院静，空相忆。无处说[三]，闲愁极。怕流莺乳燕，得知消息。尺素如今何处也，绿云依旧无踪迹[四]。谩教人、羞去上层楼，平芜碧。

【校记】

[一]《全宋词》于词牌后标"暮春"。

[二]红粉暗随流水去 《全宋词》作"流水暗随红粉去"。

[三]处说 《全宋词》作"说处"。

[四]绿 《全宋词》作"彩"。

水调歌头　舟次扬州，和杨济翁周显先韵

落日塞尘起，塞马猎清秋[一]。汉家组练十万，列槛耸层楼[二]。谁道投鞭飞渡，忆昔鏑鸣血污[三]，风雨佛狸愁。季子正年少，匹马黑貂裘。　　今老矣，搔白首，过扬州。倦游欲去江上，手种橘千头。二客东南名胜，万卷诗书事业，尝试与君谋。莫射南山虎，直觅富平侯[四]。

【校记】

[一] 塞马　《全宋词》作"胡骑"。

[二] 槛　《全宋词》作"舰"。层　《全宋词》作"高"。

[三] 鏑鸣　《全宋词》作"鸣鏑"。

[四] 平　《全宋词》作"民"。

贺新郎　别茂嘉十二弟

绿树听鹈鴂。更那堪、杜鹃声住[一]，鹧鸪声切[二]。啼到春归无啼处[三]，苦恨芳菲都歇。算未抵、人间离别。马上琵琶关塞黑，更长门、翠辇辞金阙。看燕燕，送归妾。　　将军百战身名裂。向河梁、回头万里，故人长绝。易水萧萧西风冷，满座衣冠似雪。正壮士、悲歌未彻。啼鸟还知如许恨，料不啼、清泪长啼血。谁伴我[四]，醉明月。

【校记】

[一]杜鹃 《全宋词》作"鶗鴂"。

[二]鶗鴂 《全宋词》作"杜鹃"。

[三]啼 《全宋词》作"寻"。

[四]伴 《全宋词》作"共"。

木兰花慢 除州送花倅[一]

老去情味减[二]，对别酒、怯流年。况屈指中秋，十分好月，不照人圆。无情水都不管，共西风、只管送归船[三]。秋晚莼鲈江上，夜深儿女灯前。　　征衫。便好去朝天。玉殿正思贤。想夜半承明，留教视草，却遣筹边。长安故人问我，道愁肠殢酒依然[四]。目断秋霄落雁，醉来时响空弦。

【校记】

[一]除州送花倅 《全宋词》作"滁州送范倅"。

[二]去 《全宋词》作"来"。

[三]管 《全宋词》作"等"。

[四]道愁肠殢酒依然 《全宋词》作"道寻常、泥酒只依然。"

摸鱼儿

淳熙己亥，自湖北漕移湖南，同官王正之置酒小山亭赋[一]。

更能消、几番风雨。匆匆春又归去。惜春长怕花开早[二]，何况落红无数。春且住。见说道、天涯芳草无一作"迷"。归路。怨春不语。算只有殷勤，画檐蛛网，尽日惹飞絮。　　长门事，准拟佳期又误。蛾眉曾有人妒。千金纵买相如赋，脉脉此情谁诉。君莫舞。君不见、玉环飞燕皆尘土。闲愁最苦。休去倚危栏[三]，斜阳正在，烟柳断肠处。上下两叠，收处应仄去平上。

【校记】

[一]赋 《全宋词》作"为赋"。
[二]怕 《全宋词》作"恨"。
[三]栏 《全宋词》作"楼"。

水龙吟　过南涧双溪楼[一]

举头西北浮云，倚天万里须长剑。人言此地，夜深长见，斗牛光焰。我觉山高，潭空水冷，月明星淡。待燃犀下看，凭栏却怕，风雷怒、鱼龙惨。　　峡束苍江对起[二]，过危楼、欲飞还敛。元龙老矣，不妨高卧，冰壶凉簟。千古兴亡，百年悲笑，一时登览。问何人又卸，片帆沙岸，系斜阳缆。

【校记】

[一]涧 《全宋词》作"剑"。

又 旅次登楼 [一]

楚天千里清秋,水随天去秋无际。遥岑远目,献愁供恨,玉簪螺髻。落日楼头,断鸿声里,江南游子。把吴钩看了,阑干拍遍[二],无人会、登临意。　休说鲈鱼堪脍[三],尽西风、季鹰归未。求田问舍,怕应羞见,刘郎才气。可惜流年,忧愁风雨,树犹如此。倩何人唤取,红巾翠袖[四],揾英雄泪。

【校记】

[一] 旅次登楼 《全宋词》作"登建康赏心亭"。

[二] 阑 《全宋词》作"栏"。

[三] 脍 《全宋词》作"鲙"。

[四] 红巾 《全宋词》作"盈盈"。

菩萨蛮　书江西造口壁 隆祐太后南渡过此。词中鹧鸪,云恢复之难也。

郁孤台下清江水。中间多少行人泪。西北是长安[一]。可怜无数山。　青山遮不住。毕竟东流去[二]。江晚正愁余[三]。山深闻鹧鸪。

【校记】

[一] 西 《全宋词》作"东"。

[二] 东 《全宋词》作"江"。

[三] 余 《全宋词》作"予"。

姜夔 字尧章，鄱阳人，有《白石词》。

暗香　石湖咏梅《暗香》《疏影》皆姜创制之曲。

　　旧时月色。算几番照我，梅边吹笛。唤起玉人，不管清寒与攀摘。何逊而今渐老，都忘却、春风词笔。但怪得、竹外疏花，香冷入瑶席。　　江国。正寂寂。叹寄与路遥，夜雪初积。翠尊易泣。红萼无言耿相忆。长记曾携手处，千树压、西湖寒碧。又片片、吹尽也，几时见得。

疏影　前题

　　苔枝缀玉。有翠禽小小，枝上同宿。客里相逢，篱角黄昏，无言自倚修竹。昭君不惯边沙远[一]，但暗忆、江南江北。想佩环、月下归来[二]，化作此花幽独。　　犹忆深宫旧事[三]，那人正睡里，飞近蛾绿。莫似春风，不管盈盈，早与安排金屋。还教一片随波

去，又却怨、玉龙哀曲。等恁时、重觅幽香，已入小
窗横幅。

【校记】

[一]边 《全宋词》作"胡"。

[二]下 《全宋词》作"夜"。

[三]忆 《全宋词》作"记"。

长亭怨慢 自度腔。初率意为长短句，然后订律，故前后颇多不同。

渐吹尽、枝头香絮。是处人家，绿深门户。远浦
萦回，暮帆零乱向何许。阅人多矣，谁得似、长亭树。
树若有情时，不会得、青青如此。"矣""此"是借叶。　　日
暮。望高城不见，只见乱山无数。韦郎去也，怎忘得、
玉环分付。唐韦皋故事。第一是、早早归来，怕红萼、无
人为主。算只有并刀[一]，难剪离愁千缕。

【校记】

[一]只 《全宋词》作"空"。

齐天乐 蟋蟀

庾郎先自吟愁赋。凄凄更闻私语。露湿铜铺，苔
侵石井，都是曾听伊处。哀音似诉。正思妇无眠，起
寻机杼。曲曲屏山，夜凉独自甚情绪。　　西窗又吹

暗雨。为谁频断续，_{可以一字停顿。}相和砧杵。候馆吟秋^[一]，离宫吊月，别有伤心无数。幽诗谩与^[二]。笑篱落呼灯，世间儿女。写入琴丝，一声声更苦。_{时在合肥，故以子山自况。}

【校记】

[一] 吟 《全宋词》作"迎"。

[二] 谩 《全宋词》作"漫"。

念奴娇　荷花

闹红一舸，记年时^[一]，常与鸳鸯为侣。三十六陂人未到，水佩风裳无数。翠叶吹凉，玉容消酒^[二]，更洒菰蒲雨。嫣然摇动，冷香飞上诗句。　　日暮。青盖亭亭，情人不见，争忍凌波去。只恐舞衣寒易落，愁入西风南浦。高柳垂阴，老鱼吹浪，留我花间住。田田多少，几回沙际归路。

【校记】

[一] 年 《全宋词》作"来"。

[二] 消 《全宋词》作"销"。

惜红衣 荷花无射宫，即黄钟宫。

枕簟邀凉[一]，琴书换日。睡余无力。细洒冰泉，并刀破甘碧。墙头唤酒，谁问讯、城南诗客。岑寂。高树晚蝉，说西风消息。　　虹梁水陌。鱼浪吹香，红衣半狼藉。维舟试望故国。渺天北[二]。可惜渚边沙外，不共美人游历。问甚时同赋，三十六陂秋色。

【校记】

[一] 枕簟 《全宋词》作"簟枕"。

[二] 渺 《全宋词》作"眇"。

凄凉犯 合肥秋夕自度腔。

绿杨巷陌。西风起[一]、边城一片离索。马嘶渐远，人归甚处，戍楼吹角。情怀正恶。更衰草寒烟淡薄。似当时、将军部曲，迤逦度沙漠。　　追念西湖上，小舫携歌，晚花行乐。旧游在否，想如今、翠凋红落。谩写羊裙[二]，等新雁来时系着[三]。怕匆匆、不肯寄与，误后约。

【校记】

[一] 西 《全宋词》作"秋"。

[二] 谩 《全宋词》作"漫"。

[三] 着 《全宋词》作"著"。

翠楼吟　武昌安远楼成

　　月冷龙沙，尘清虎落，今年汉酺初赐。新翻胡部曲，听毡幕元戎歌吹。层楼高峙。看槛曲萦红，檐牙飞翠。人姝丽。粉香吹下，夜寒风细。　　此地。宜有神仙[一]，拥素云黄鹤，与君游戏。玉睇凝望久[二]，叹芳草萋萋千里。天涯情味。仗酒祓清愁，花消英气[三]。西山外。晚来还卷，一帘秋霁。

【校记】

[一] 神　《全宋词》作"词"。

[二] 睇　《全宋词》作"梯"。

[三] 消　《全宋词》作"销"。

法曲献仙音　张彦远官舍

　　虚阁笼寒，小帘通月，暮色偏宜高处[一]。树隔离宫，水平驰道，湖山尽入尊俎。奈楚客、淹留久，砧声带愁去。　　屡回顾。过秋风、未成归计，谁念我、重见冷枫红舞。唤起淡妆人，问遁仙、今在何许。象笔鸾笺，甚而今、不道秀句。怕平生幽恨，化作沙边烟雨。

【校记】

[一] 宜　《全宋词》作"怜"。

眉妩　戏张仲远仲远初纳妾。

看垂杨连苑，杜若吹沙[一]，愁损未归眼。信马青楼去，重帘下，娉婷人妙飞燕。翠尊共款。听艳歌、郎意先感。便携手，月地云阶里，爱良夜微暖。　　无限。风流疏散。有暗藏弓履，偷寄香翰。明月闻津鼓[二]，湘江上，催人还解春缆。乱红万点。怅断魂、烟水遥远。又争似相携，乘一舸、镇长见。

【校记】

[一]吹　《全宋词》作"侵"。
[二]月　《全宋词》作"日"。

王沂孙

南浦　春水

柳外碧连天，漾翠纹渐平，低蘸云影。应是雪初消，巴山路、蛾眉乍窥清镜。绿痕无际，几番飘荡江南恨[一]。弄波素袜知甚处，空把落红流尽。　　何时橘里莼乡，泛一舸、翩然东风归兴[二]。孤梦绕沧浪，蘋花岸、漠漠雨昏烟暝。连筒接缕，故溪深掩柴门静。只愁双燕衔春去[三]，拂破蓝光千顷。

[一] 飘 《全宋词》作"漂"。

[二] 泛一舸、翩然东风归兴 《全宋词》作"泛一舸翩翩,东风归兴"。

[三] 春 《全宋词》作"芳"。

眉妩　新月

渐新痕悬柳,澹彩穿花,依约破初暝。便有团圆意,深深拜、相逢谁在香径。画眉未稳。料素蛾[一]、犹带离恨。最堪爱,一曲银钩小,宝帘挂秋冷。　　千古盈亏休问。叹谩磨玉斧[二],难补金镜。太液池犹在,凄凉处、何人重赋清景。故山夜永。试待他、窥户端正。看云外山河,还老桂花旧影[三]。末句一作"还老尽,桂花影"。

【校记】

[一] 蛾 《全宋词》作"娥"。

[二] 谩 《全宋词》作"慢"。

[三] 还老桂花旧影 《全宋词》作"还老尽、桂花影"。

水龙吟　海棠

世间无此傅停[一],玉环未破东风睡。将开半敛,似红还白,余花怎比。偏占年华,禁烟才过,夹衣初试。叹黄州一梦,燕宫绝笔,无人解、看花意。　　犹记花阴同醉。小阑干、月高人起。千枝媚色，一庭芳景，清寒似水。银烛延娇，绿房留艳，夜深花底。怕明朝、小雨蒙蒙，便化作、燕支泪。

[一]傅停 《全宋词》作"娉婷"。

绮罗香 秋思

屋角疏星，庭阴暗水，犹记藏鸦新树。试折梨花，行入小栏深处[一]。听粉片、簌簌飘阶，有人在、夜窗无语。料如今、门掩孤灯，画屏尘满断肠句。　　佳期浑似流水，还见梧桐几叶，轻敲朱户。一片秋声，应做两边愁绪。江路远、归雁无凭，写绣笺、倩谁将去。谩无聊、犹掩芳樽，醉听深夜雨。碧山以赋物著称，如此词亦何尝不妙。

【校记】

[一]栏 《全宋词》作"阑"。

高阳台

残蓴梅酸，新沟水绿，初晴节序暗妍。独立雕栏，谁怜枉度华年。朝朝准拟清明近，料燕翎、须寄银笺。

又争知，一字相思，不到吟边。　　双蛾不拂青鸾冷，任花阴寂寂，掩户闲眠。屡卜佳期，无凭却恨金钱。何人寄与天涯信，趁东风、急整归鞭[一]。纵飘零，满院杨花，犹是春前。

【校记】

[一]鞭　《全宋词》作"船"。

又

西麓陈君衡远游未还，周公谨有怀人之赋，倚其歌而和之。允平，句章人，有《日湖渔唱》。

驼褐轻装，狨鞯小队，冰河夜渡流澌。朔雪平沙，飞花乱拂蛾眉。琵琶已是凄凉调，更赋情、不比当时。想如今，人在龙庭，初劝金卮。　　一枝芳信应难寄，向山边水际，独抱相思。江雁孤回，天涯人自归迟。归来依旧秦淮碧，问此愁、还有谁知。对东风，空似垂杨，零乱千丝。

扫花游　秋声

商飙乍发，渐浙浙初闻，萧萧还住。顿惊倦旅。背青灯吊影，起吟愁赋。断续无凭，试立荒庭听取。

在何许。但落叶满阶，惟有高树。　　迢递归梦阻。正老耳难禁，病怀凄楚。故山院宇。想边鸿孤唳，砌蛩私语。数点相和，更着芭蕉细雨。避无处。这闲愁、夜深尤苦。

琐窗寒 [一]

趁酒梨花，催诗柳絮，一窗春怨。疏疏过雨，洗尽满阶芳片。数东风、二十四番，几番误了西园宴。认小帘朱户，不如飞去，旧巢双燕。　　曾见。双蛾浅。自别后，多应黛痕不展。扑蝶花阴，怕看题诗团扇。试凭他、流水寄情，溯红不到春更远。但无聊、病酒厌厌，夜月荼䕷院。

【校记】

[一]《全宋词》于词牌后标"春思"。

摸鱼儿

洗芳林、夜来风雨。匆匆还送春去。方才送得春归了，那又送君南浦。君听取。怕此际春归，也过吴中路。君行到处。便快折河边 [一]，千条翠柳，为我系春住。　　春还住。休索吟春伴侣。残花今已尘土。姑苏台下烟波远，西子近来何许。能唤否。又只恐残春，到了无凭据^[二]。烦君妙语。更为我将春，连花带柳，写入翠笺句。似此词境地，为碧山别格，然不可学。

【校记】

[一] 河 《全宋词》作“湖”。

[二] 又只恐残春，到了无凭据 《全宋词》作“又恐怕、残春到了无凭据”。

张炎　玉田

南浦　春水

波暖绿粼粼，燕飞来，好是苏堤才晓。鱼没浪痕圆，流红去、翻笑东风难扫。荒桥断浦，柳阴撑出扁舟小。回首池塘青欲遍，绝似梦中芳草。　　和云流出空山，甚年年、净洗花香不了。新绿乍生时^[一]，孤村路、犹忆那回曾到。余情渺渺。茂林觞咏如今悄。前度刘郎从去后^[二]，溪上碧桃多少。

【校记】

[一] 绿 《全宋词》作“渌”。

[二] 从 《全宋词》作“归”。

附　王沂孙

齐天乐　蝉　二阕

　　绿槐千树西窗悄，厌厌昼眠惊起。饮露身轻，吟风翅薄，半翦冰笺谁寄。凄凉倦耳。漫重拂琴丝，怕寻冠珥。短梦深宫，向人犹自诉憔悴。　　残虹收尽过雨，晚来频断续，都是秋意。病叶难留，纤柯易老，空忆斜阳身世。窗明月碎。甚已绝余音，尚遗枯蜕。鬓影参差，断魂青镜里。

　　一襟余恨宫魂断，年年翠阴庭树。乍咽凉柯，还移暗叶，重把离愁深诉。西窗过雨。怪瑶佩流空，玉筝调柱。镜暗妆残，为谁娇鬓尚如许。　　铜仙铅泪似洗，叹携盘去远，难贮零露。病翼惊秋，枯形阅世，消得斜阳几度。余音更苦。甚独抱清高，顿成凄楚。谩想薰风，柳丝千万缕。

高阳台 [一]

　　接叶巢莺，平波卷絮，断桥斜日归船。能几番游，看花又是明年。东风且伴蔷薇住，到蔷薇、春已堪怜。更凄然。万绿西泠，一抹荒烟。　　当年燕子知何处，但苔深韦曲，草暗斜川。见说新愁，如今也到鸥边。

无心再续笙歌梦，掩重门、浅醉闲眠。莫开帘。怕见飞花，怕听啼鹃。

【校记】

[一]《全宋词》于词牌后标"西湖春感"。

绮罗香　红叶

万里飞霜，千山落木[一]，寒艳不招春妒。枫冷吴江，独客又吟愁句。正船舣、流水孤村，似花绕、斜阳芳树[二]。甚荒沟、一片凄凉，载情不去载愁去。　　长安谁问倦旅。羞见衰颜借酒，飘零如许。谩倚新妆，不入洛阳花谱。为回风、起舞樽前，尽化作、断霞千缕。记阴阴、绿遍江南，夜窗听暗雨。

【校记】

[一]山　《全宋词》作"林"。

[二]芳树　《全宋词》作"归路"。

甘州　饯沈秋江

记玉关踏雪事清游。寒气敝貂裘[一]。傍枯林古道，长河饮马，此意悠悠。短梦依然江表，老泪洒西州。一字无题处，落叶都愁。　　载取白云归去，问谁留楚佩，弄影中洲。折芦花赠远，零落一身秋。向寻常、野桥流水，待招来、不是旧沙鸥。空怀感、有斜阳处，最怕登楼[二]。

【校记】

[一] 敝 《全宋词》作"脆"。

[二] 最 《全宋词》作"却"。

台城路 送周方由之吴

朗吟未了西湖酒，惊心又歌南浦。折柳官桥，呼船野渡，还听垂虹风雨。漂流最苦。况如此江山，恁时情绪[一]。怕有鸱夷，笑人何事载诗去。　　荒台只今在否。再休登望远[二]，都是愁处。暗草埋沙，明波洗月，谁念天涯羁旅。荷阴未暑。快料理归程，再盟鸥鹭。只有空山[三]，近来无杜宇。

【校记】

[一] 恁 《全宋词》作"此"。

[二] 再休登 《全宋词》作"登临休"。

[三] 有 《全宋词》作"恐"。

忆旧游

新朋故侣，醉酒迟留，吴山纵横，渺渺兮予怀也。

记开帘送酒[一]，隔水悬灯，款语梅边。未了清游兴，又飘然独去，何处山川。淡风暗收榆荚，吹下沈郎钱。叹客里光阴，消磨艳冶，都在尊前。　　留连。殢人处，是鉴曲窥莺[二]，兰皋围泉。醉拂珊瑚树，写百年幽恨，分付吟笺。故旧几回飞梦[三]，江雨夜凉船。纵忘却归期，千山未必无杜鹃。尾句：平平去入平去平。

【校记】

[一] 送 《全宋词》作"过"。

[二] 鉴 《全宋词》作"镜"。

[三] 旧 《全宋词》作"乡"。

长亭怨

辛卯岁[一]，会菊泉于蓟北。逾八年，会于甬东，未几别去，将复之北，作此以饯。

记横笛、玉关高处。万叠沙寒[二]，雪深无路。敞却貂裘[三]，远游归后共谁语[四]。故人何许。浑忘了、江南旧雨。不拟重逢，应笑我、飘零如羽。　　同去。钓珊瑚海树，底事便成行旅[五]。烟迷断浦[六]，更几点、恋人飞絮。如今又、京国寻春[七]，定应被、蔷花留住。且莫把孤愁，说与当时歌舞。吴菊泉为写金子经北上。

【校记】

[一] 辛卯 《全宋词》作"庚寅"。

[二] 叠 《全宋词》作"里"。

[三] 敞 《全宋词》作"破"。

[四] 共谁语 《全宋词》作"与谁谱"。

[五] 便 《全宋词》作"又"。

[六] 迷 《全宋词》作"篷"。

[七] 国 《全宋词》作"洛"。

西子妆 [一]

　　吴梦窗自制此曲，余喜其声调妍雅，久欲效之而未能。甲午春，寓罗江，与陈文卿间行江上，景况离离，因填此词。惜旧谱零落，不能倚声而歌也。

　　白浪摇天，清阴涨地，一片野情幽意[二]。杨花点点是春心，替风前、万花吹泪。遥岑寸碧。有谁识、朝来清气。自沉吟，甚流光轻掷，繁华如此。　　斜阳外。隐约孤村，隔坞闲门闭。渔舟何似莫归来，想桃源、路通人世。危栏静倚[三]。千年事、都消一醉。谩依依，愁落鹃声万里。

【校记】

[一] 西子妆 《全宋词》作《西子妆慢》。

[二] 情 《全宋词》作"怀"。

[三] 栏 《全宋词》作"桥"。

吴文英 字君特，四明人。从吴潜游，又客居荣王所。有《梦窗词》甲乙丙丁稿。

尹焕序其词曰：求词于吾宋者，前有清真，后有梦窗。此非焕之言，天下四海之公言也。玉田《词源》谓：梦窗词七宝楼台，眩人眼目，拆下来不成片段。此之不可语。

倦寻芳　饯周纠定夫

暮帆挂雨，冰岸飞梅，春思_去零乱。送客将归，偏是故宫离苑。醉酒曾同凉月舞，寻芳还隔红尘面。去难留，怅芙蓉路窄，绿杨天远。　　便系马、莺边清晓，烟草晴花，沙润香软。烂锦年华，谁念故人游倦。寒食相思堤上路，行云应在孤山畔。寄新吟，莫空回，五湖春雁。

忆旧游　别黄澹翁

送人犹未苦，苦送春、随人去天涯。片红都飞尽，正阴阴润绿，暗里啼鸦。赋情顿雪双鬓，飞梦逐尘沙。叹病渴凄凉，分香瘦减，两地看花。　　西湖断桥路，想系马垂杨，依旧欹斜。葵麦迷烟处，问离巢孤燕，飞过谁家。故人为写深怨，空壁扫秋蛇。但醉上吴台，残阳草色归思赊。

西子妆 [一]梦窗自度腔。　湖上清明薄游

流水曲尘，艳阳酪酒[二]，画舸游情如雾。笑拈芳草不知名，乍凌波、断桥西堍。垂杨谩舞[三]。总不解、将春系住。燕归来，问彩绳纤手，如今何许。　　欢盟误。一箭流光，又趁寒食去。不堪衰鬓着飞花，傍绿阴、冷烟深树。玄都秀句。记前度、刘郎曾赋。最伤心，一片孤山细雨。

【校记】

[一]西子妆　《全宋词》作《西子妆慢》。

[二]酪　《全宋词》作"醅"。

[三]谩　《全宋词》作"漫"。

唐多令

何处合成想[一]。离人心上秋。纵芭蕉、不雨也飕飕。都道晚凉天气好，有明月、怕登楼。　　年事梦中休。花空烟水流。燕辞归、客尚淹留。垂柳不萦裙带住，谩长是[二]、系行舟。

【校记】

[一]想　《全宋词》作"愁"。

[二]谩　《全宋词》作"漫"。

祝英台近　除夜立春

剪红情，裁绿意，花信上钗股。残日东风，不放岁华去。有人添烛西窗，不眠侵晓，笑声转、新年莺语。　　旧樽俎。玉纤曾擘黄柑，柔香系幽素。归梦湖边，还迷镜中路。可怜千点吴霜，寒销不尽，又相对、落梅如雨。

霜花腴　重阳前一日泛石湖

翠微路窄，醉晚风、凭谁为整敧冠。霜饱花腴，烛销人瘦[一]，秋光做也都难[二]。病怀强宽。恨雁声、偏落歌前。记年时、旧宿凄凉，暮烟秋雨野桥寒。　　妆靥鬓英争艳，度清商一曲，暗坠金蝉。芳节多阴，兰情稀会，晴晖称拂吟笺。更移画船。引佩环、邀下婵娟。算明朝、未了重阳，紫萸应耐看。

【校记】

[一] 销　《全宋词》作“消”。
[二] 做　《全宋词》作“作”。

声声慢　闰重九饮郭园[一]

檀栾金碧，婀娜蓬莱，游云不蘸芳洲。露柳霜莲，十分点缀残秋^[二]。新弯画眉未稳，似含羞、低度墙头^[三]。愁送远，驻西台车马，共惜临流。　　知道池亭多宴，掩庭花长是，鹭落秦讴^[四]。腻粉阑干，犹闻凭袖香留。输他翠涟拍甃，瞰新妆、终日凝眸^[五]。帘半卷，带黄花、人在小楼。

【校记】

[一]《全宋词》序作："陪幕中钱孙无怀于郭希道池亭，闰重九前一日。"

[二] 残　《全宋词》作"成"。

[三] 度　《全宋词》作"护"。

[四] 掩庭花长是，鹭落秦讴　《全宋词》作"掩庭花、长是惊落秦讴"。

[五] 终日凝眸　《全宋词》作"时浸明眸"。

高阳台　落梅

　　宫粉雕痕，仙云堕影，无人野水荒弯^[一]。古石埋香，金沙锁骨连环。南楼不恨吹横笛，恨晓风、千里关山。半飘零，庭上黄昏，月冷阑干。　　寿阳宫里愁鸾镜^[二]，问谁调玉髓，暗补香瘢。细雨归鸿，孤山无限春寒。离魂难倩招清些，梦缟衣、解佩溪边。最愁人，啼鸟晴明，叶底清圆^[三]。

【校记】

[一] 弯　《全宋词》作"湾"。

[三]清 《全宋词》作"青"。

满江红　淀山湖

云气楼台，分一派、沧浪翠蓬。开小景、玉盆寒浸，巧石盘松。风送流花时过岸，浪摇晴练欲飞空。算鲛宫、只隔一红尘，无路通。　　神女惊[一]，凌晓风。明月低[二]，响丁东。对两蛾犹锁，怨绿烟中。秋色未教飞尽雁，夕阳长是坠疏钟。又一声、款乃过前岩[三]，移钓篷。

【校记】

[一]惊 《全宋词》作"驾"。

[二]低 《全宋词》作"佩"。

[三]款 《全宋词》作"欸"。

绕佛阁

暗尘四敛。楼观迥出，高映孤馆。清漏将短。厌闻夜久、签声动书幔。桂花又满[一]。闲步露草，偏爱幽远。花气清婉。望中迤逦，城阴度河岸。　　倦客最萧索，醉倚斜阳穿柳线[二]。还似汴堤、虹梁横水面。看浪颭春灯，舟下如箭。此行重见。叹故友难逢，羁思空乱。两眉愁、向谁舒展。

【校记】

[一]花 《全宋词》作"华"。

[二]阳 《全宋词》作"桥"。

霜叶飞　重九

　　断烟离绪。关心事，斜阳红隐霜树。半壶秋水荐
黄花，香嗅西风雨。纵玉勒、轻飞迅羽。凄凉谁吊
荒台古。记醉踏南屏，彩扇咽、寒蝉倦梦，不知蛮
素。　　聊对旧节传杯，尘笺蠹管，断阕经岁慵赋。
小蟾斜影转东篱，夜冷残蛩语。早白发、缘愁万缕。
惊飙从卷乌纱去。谩细将[一]、茱萸看，但约明年，
翠微高处。

【校记】

[一]谩 《全宋词》作"漫"。

齐天乐

　　新烟初试花如梦，疑收楚峰残雨。茂苑人归，秦
楼燕宿，同惜天涯为旅。游情最苦。早柔绿迷津，乱
莎荒圃。数树梨花，晚风吹堕半汀鹭。　　流红江上
去远，翠樽曾共醉，云外别墅。淡月秋千[一]，幽香

巷陌，愁结伤春深处。听歌看舞。驻不得当时，柳蛮
樱素。睡起恹恹，洞箫谁院宇。

【校记】

[一]淡 《全宋词》作"澹"。

惜红衣

　　余从姜石帚游苕霅间三十五年矣，重来伤今感
昔，聊以咏怀。

　　鹭老秋丝，蘋愁暮雪，鬓那不白。倒柳移栽，如
今暗溪碧。乌衣细语伤伴，惹茸红、曾约南陌。前
度刘郎，寻流花踪迹。　　朱楼水侧。云面波光[一]，
汀莲沁颜色。当时醉近绣箔，夜吟寂。三十六几重到[二]，
清梦冷云南北。买钓舟溪上，应有烟蓑相识。

【校记】

[一]云 《全宋词》作"雪"。
[二]几 《全宋词》作"矶"。

风入松

　　听风听雨过清明。愁草瘗花铭。楼前绿暗分携
路，一丝柳、一寸柔情。料峭春寒中酒，交加晓梦啼

莺。　　西园日日扫林亭。依旧赏新晴。黄蜂频扑秋
千索，有当时、纤手香凝。惆怅双鸳不到，幽阶一夜
苔生。

玉漏迟 [一]

絮花寒食路。晴丝罥日，绿阴吹雾。客帽欺风，
愁满画船烟浦。彩挂秋千散后 [二]，怅尘锁 [三]、燕帘
莺户。从间阻。梦云无准，鬓霜如许。　　夜久绣阁
藏娇，记掩扇传歌，剪灯留语。月约星期，细把花须
频数。弹指一襟怨恨 [四]，谩空倩、啼鹃声诉。深院宇。
黄昏杏花微雨。

【校记】

[一] 此词为赵闻礼作。《全宋词》校云："按，上阕《绝妙好词》卷四
引作楼采词，又误入梦窗词集。《阳春白雪》卷五有林表民《玉漏迟》
和赵立之韵，韵与此同，此词非赵作不可。"

[二] 挂　《全宋词》作"柱"。

[三] 怅　《全宋词》作"恨"。

[四] 怨　《全宋词》作"幽"。

绛都春

余往来清华池馆六年，赋咏屡矣。感昔伤今，益

不堪怀，乃复作此解。

春来雁渚，弄艳冶、又入垂杨如许。困舞瘦腰，啼湿宫黄池塘雨。碧沿苍藓云根路。尚追想、凌波微步。小楼重上，凭谁为唱，旧时金缕。　　凝伫。烟萝翠竹，欠罗袖、为倚天寒日暮。强醉梅边，招得花奴来樽俎。东风须惹春云住。更莫把[一]、飞琼吹去。便教携取薰笼[二]，夜温绣户。

【校记】
[一]更　《全宋词》作"囗"。
[二]薰　《全宋词》作"熏"。

陈允平

绛都春平韵。

秋千倦倚，正海棠半坼，不耐春寒。殢雨弄晴，飞梭庭院绣帘闲。梅妆欲试芳情懒。翠颦愁入眉弯。雾蝉香冷，霞绡泪揾，恨袭湘兰。　　悄悄池台步晚，任红曛杏靥[一]，碧沁苔痕。燕子未来，东风无语又黄昏。琴心不度春云远。断肠难托啼鹃。夜深犹倚，垂杨二十四栏[二]。

酹江月 赋水仙平韵。

汉江露冷,是谁将瑶瑟,弹向云中。一曲清泠声渐杳,月高人在珠宫。晕额黄轻,涂腮粉艳,罗带织青葱。天香吹散,佩环犹自丁东。 　　回首杜若汀洲,金钿玉镜,何日得相逢。独立飘飘烟浪远,罗袜羞溅春红[一]。渺渺予怀,迢迢良夜,三十六陂风。九疑何处,断魂飞度千峰[二]。

【校记】

[一]罗袜 《全宋词》作"袜尘"。

[二]魂 《全宋词》作"云"。

永遇乐 平韵。平韵《满江红》为始。

玉腕笼寒,翠栏凭晓[一],莺调新簧。暗水穿苔,游丝度柳,人静芳昼长。云南归雁,楼西飞燕,去来惯认炎凉。王孙远,青青草色,几回望断柔肠。 　　蔷薇旧约,樽前一笑,等闲辜负年光。斗草庭空,抛梭架冷,帘外风絮香。伤春情绪,惜花时候,日斜尚未成妆。闻嬉笑、谁家女伴，又还采桑。

【校记】

[一]栏 《全宋词》作"阑"。

绮罗香　秋雨

雁宇苍寒，蛩梳翠冷[一]，又是凄凉时候。小揭珠帘，衣润唾花罗绉[二]。洗晓鹭[三]、独立衰荷，溯归燕、尚栖残柳。想黄华[四]、羞涩东篱，断无新句到重九。　　孤檠清梦易觉，肠断唐宫旧曲，声迷宫漏。滴入愁心，秋似玉楼人瘦。烟槛外、催落梧桐，带西风、乱捎鸳甃。记画帘[五]、灯影沉沉，共裁春夜韭。

【校记】

[一]梳 《全宋词》作"疏"。
[二]绉 《全宋词》作"皱"。
[三]洗 《全宋词》作"饶"。
[四]华 《全宋词》作"花"。
[五]帘 《全宋词》作"檐"。

周密 字公谨，旅食云间，有《蘋洲渔笛谱》。

大圣乐　东园饯春

　　娇绿迷云，倦红颦晓，嫩晴芳树。渐午阴、帘影移香，燕语梦回，千点碧桃吹雨。冷落锦衾归后[一]，记前度、兰桡停翠浦。凭栏久[二]，漫凝伫凤翘[三]，慵听金缕。　　留春问谁最苦。奈花自无言莺自语。对画楼残照，东风吹远，天涯何许。怕折露条愁轻别，更烟暝、长亭啼杜宇。垂杨晚，但罗袖、晴沾飞絮[四]。

【校记】

[一] 衾　《全宋词》作"宫"。

[二] 栏　《全宋词》作"阑"。

[三] 漫凝伫　《全宋词》作"谩凝想"。

[四] 晴　《全宋词》作"暗"。

曲游春　游西湖

　　禁苑东风外，飏暖丝晴絮，春丝如织。燕约莺期，恼芳情偏在，翠深红隙。漠漠香尘隔。沸十里、乱丝丛笛[一]。看画船、尽入西泠，闲却半湖春色。《武林旧事》记西泠金舫西午后皆入潟湖，故此词中有此二语。　　柳陌。新烟凝碧。映帘底宫眉，堤上游勒。轻暝笼烟[二]，怕梨云梦冷，杏香愁幕。歌管酬寒食。奈蝶怨、良宵岑寂。正恁醉月摇花^[三]，怎生去得。

【校记】

[一] 丝 《全宋词》作"弦"。

[二] 烟 《全宋词》作"寒"。

[三] 正怹醉月摇花 《全宋词》作"正满湖、碎月摇花"。

台城路^[一] 《齐天乐》《如此江山》均一体。 梅

　　宫檐融暖晨妆懒。轻霞未匀酥脸。倚竹娇鬟，临溪瘦影^[二]，依约樽前重见。盈盈笑靥。映珠络玲珑，翠绡葱蒨。梦入罗浮，满衣清露暗香染。　　东风千树易老，怕红颜旋减，芳意偷变。赠远天寒，吟香夜永，多少江南新怨。琼梳静掩。任剪雪裁云，竞夸轻艳。画角黄昏，梦随春去远^[三]。 天田、纤廉，宋词有通用者，究不足法。

【校记】

[一] 台城路 《全宋词》作《齐天乐》。

[二] 溪 作"流"。

[三] 去 《全宋词》作"共"。

玲珑四犯 戏调梦窗

　　波暖尘香，正嫩日轻阴，摇荡清昼。几日新晴，

初展绮窗纹绣[一]。年少忍负才华[二]，尽占断、艳歌芳酒。奈翠帘[三]、蝶舞蜂喧，催趁禁烟时候。　　杏腮红透梅钿皱。燕归时[四]、海棠厮勾[五]。寻芳较晚东风约，还约刘郎归后[六]。凭问柳陌情人[七]，比似垂杨谁瘦[八]。倚画栏无语[九]，春恨远，频回首。

【校记】

[一]窗　《全宋词》作"柈"。

[二]才　《全宋词》作"韶"。

[三]奈　《全宋词》作"看"。

[四]归时　《全宋词》作"将归"。

[五]勾　《全宋词》作"句"。

[六]还约刘郎归后　《全宋词》作"还在刘郎后"。

[七]情人　《全宋词》作"旧莺"。

[八]比　《全宋词》作"人比"。

[九]栏　《全宋词》作"阑"。

拜星月　春暮寄梦窗

腻叶阴清，孤花香冷，迤逦芳洲春换。薄酒孤吟，怅相如游倦。想人家[一]、絮幕香帘凝望，误认几许，烟樯风幔。芳草天涯，负华堂双燕。　　记箫声、淡月梨花院。研笺红、谩写东风怨。一夜花落鹃啼[二]，唤四桥吟伴[三]。荡归心、已过江南岸。清宵梦、远逐飞花乱。几千万、丝缕垂杨[四]，系春愁不断[五]。

【校记】

[一]家 《全宋词》作"在"。

[二]花落 《全宋词》作"落月"。

[三]伴 《全宋词》作"缆"。

[四]丝 《全宋词》无此字。

[五]系 《全宋词》作"剪"。

长亭怨慢

记千竹、万荷深处。绿净池台，翠凉亭宇。醉墨题香，闲箫横玉昼吟趣[一]。胜流星聚。知几诵、燕台句。零落碧云空，叹转眼、岁华如许。　　凝伫。望涓涓一水，梦到隔花窗户。十年旧事，尽消得、庾郎愁赋。燕楼鹤表半飘零，算惟有、盟鸥堪语。慢倚遍河桥[二]，一片凉云吹雨。

【校记】

[一]昼 《全宋词》作"尽"。

[二]慢 《全宋词》作"谩"。

徵招　九日有怀杨守斋

江蓠摇落江枫，冷霜空雁程初到。黄景正悲秋[一]，奈曲中人杳[二]。登临嗟老矣，问古今[三]、清愁多少。

一梦东园，十年心事，恍然惊觉。　　肠断紫霞深，知音远、寂寂怨琴凄调。短发已无多，怕西风吹帽。黄花空自好。问谁识^[四]、对花怀抱。楚山远，九辨难招^[五]，更晚烟残照。

声声慢　送王圣与字沂孙。次韵

　　琼壶敲月^[一]，白发簪花，十年一梦扬州。恨入琵琶，小怜重见湾头。樽前漫题金缕，奈芳情、已逐东流。还送远，甚长安乱叶，都是闲愁。　　次第重阳近也，看黄花绿酒，只合迟留^[二]。脆柳无情，不堪重系行舟。百年正消几别，对西风、休赋登楼。怎去得，怕凄凉时节，团扇悲秋。此调末句七字末四字，应平去上平。

王沂孙原作《声声慢》："迎门高髻，倚扇清吭，娉婷未数西州。浅拂朱铅，春风二月梢头。相逢靓妆俊语，有旧家、京洛风流。断肠句，试重拈彩笔，与赋闲愁。犹记凌波欲去，问明珰罗袜，却为谁留。枉梦相思，几回南浦行舟。莫辞玉尊起舞，怕重来、燕子空楼。谩惆怅，抱琵琶、闲过此秋。"

[一]敲 《全宋词》作"歌"。

[二]只 《全宋词》作"也"。

玉漏迟 题吴梦窗霜花腴词集

老来欢意少。锦鲸仙去,紫箫声杳[一]。怕展金奁,依旧故人怀抱。犹想乌丝醉墨,惊醉语[二]、香红围绕。闲自笑。与君共是,承平年少。 雨窗短梦难凭,是几调宫商[三],几番吟啸。泪眼东风,回首四桥烟草。载酒倦游处[四],已换却、花间啼鸟。春恨悄。天涯暮云残照。

【校记】

[一]箫 《全宋词》作"霞"。

[二]醉 《全宋词》作"俊"。

[三]调 《全宋词》作"番"。

[四]处 《全宋词》作"甚处"。

以上皆宋词。

蔡松年伯坚，真定人。有《萧闲公集》，词名《明秀集》。祝道明注见《四印斋丛刻》。

尉迟杯

紫云暖。恨翠雏珠树、双栖晚。小花静院相逢，的的风流心眼。红潮照玉碗。午香重、草绿宫罗淡。喜银屏、小语私分，麝月春心一点。　　华年共有好愿。何时定妆鬟，暮雨零乱。梦似花飞，人归月冷，一夜小山新怨。刘郎兴、寻常不浅。况不似、桃花春溪远。觉情随、晓马东风，病酒余香相半[一]。

【校记】

[一] 半　《全金元词》作"伴"。

吴激彦高，建州人，米芾之婿。有《东山集》词一卷。

春从天上来　感旧 遗山《中州乐府》曾选录云：赋琵琶所引皆琵琶故实，然不能详也。

海月飘零[一]。叹汉苑秦宫，坠露飞萤。梦回天上[二]，金屋银屏，歌吹竞举青冥。问当时遗谱，有绝艺、鼓瑟湘灵。促哀弹，似林莺呖呖，山溜泠泠。　　梨园太平乐府，醉几度春风，鬓发星星。舞彻中原[三]，尘飞沧海，风雪万里龙庭。写胡笳幽怨，人憔悴、不似丹青。酒微醒。对一轩凉月^[四]，灯火青荧。

【校记】

[一] 月 《全金元词》作"角"。

[二] 回 《全金元词》作"里"。

[三] 彻 《全金元词》作"破"。

[四] 轩 《全金元词》作"窗"。

人月圆

宴张侍御家有感，见宣和殿小宫姬而作。彦高本吴栻之后。

南朝千古伤心地^[一]，还唱后庭花^[二]。旧时王谢，堂前燕子，飞入人家^[三]。　　恍然相遇^[四]，天姿胜雪^[五]，宫鬓堆雅^[六]。江州司马，青衫泪湿，同是天涯。

【校记】

[一] 地 《全金元词》作"事"。

[二] 还 《全金元词》作"犹"。

[三] 入 《全金元词》作"向"。

[四] 相遇 《全金元词》作"一梦"。

[五] 天姿 《全金元词》作"仙肌"。

[六] 鬓 《全金元词》作"髻"。雅 《全金元词》作"鸦"。

元好问 字裕之，秀容人。有《遗山乐府》。遗山词□雅近东坡，而合律处较东坡为细。

满江红

一枕余醒[一]，厌厌共、相思无力。人语定、小窗风雨，暮寒岑寂。绣被留欢香未减，锦书封泪红犹湿。问寸肠、能着几多愁，朝还夕。　　春草远，春江碧。云黯淡[二]，花狼藉。更柳绵闲飏,柳丝难织[三]。入梦终疑神女赋，写情除有文通笔[四]。恨伯劳、东去燕西飞[五]，空相忆。

【校记】

[一]醒　《全金元词》作"醒"。

[二]黯淡　《全金元词》作"暗澹"。

[三]难　《全金元词》作"谁"。

[四]通　《全金元词》作"星"。

[五]飞　《全金元词》作"归"。

石州慢

赴召史馆，与德新丈别去岳祠西新店[一]，明日以此寄之。

击筑行歌，鞍马赋诗，年少豪举。从渠里社浮沉，枉笑人间儿女。生平王粲，而今憔悴登楼，江山信美非吾土。天地一飞鸿，渺翩翩何许。　　羁旅。山中父老，相逢应念，此行良苦。几为虚名，误却东家鸡黍。漫漫长路，萧萧两鬓黄尘，骑驴漫与行人语。诗句欲成时，满西山风雨。

洞仙歌

　　黄尘鬓发，六月长安道。羞向清溪照枯槁。似山中远志、谩出山来[一]，成个甚，只是人间小草。　　升平十二策，丞相封侯，说与高人应笑倒。对清风明月、展放眉头，长恁地、大醉高歌也好。待都把功名、付时流，只求个天公、放教空老。

【校记】

[一] 谩　《全金元词》作"漫"。

江神子[一]　梦德新丈因及钦叔旧游

　　河山亭上酒如川。玉堂仙。重留连。犹恨春风、桃李负芳年。燕语莺啼花落处[二]，歌扇后，舞衫前。　　旧游风月梦相牵。路三千。去无缘。灭没飞鸿、一线入秋烟。白发故人今健否，西北望，一潸然。

【校记】

[一] 江神子　《全金元词》作《江城子》。

[二] 燕语　《全金元词》作"常记"。

又 观别

旗亭谁唱渭城诗。酒盈卮。两相思。万古垂杨、都是折残枝。旧见青山青似染,缘底事,淡无姿[一]。　　情缘不到木肠儿。鬓成丝。更须辞。只恨芙蓉、秋露冷胭脂。为问世间离别泪,何日是,滴休时。

【校记】

[一] 淡　《全金元词》作"澹"。

临江仙　自洛阳往孟津道中作

今古北邙山下路,黄尘老尽英雄。人生长恨水长东。幽怀谁共语,远目送归鸿。　　盖世功名将底用,从前错怨天公。浩歌一曲酒千钟。男儿行处是,未要论穷通。

鹊桥仙

梨花春暮,垂杨秋晚,归袖无人重挽。浮云流水十年间,算只有、青山在眼。　　风台月榭,朱唇檀板,多病全疏酒盏。刘郎争得似当时,比前度、心情又减。

鹧鸪天　隆德故宫，同希颜、钦叔、知几诸人赋

　　临锦堂前春水波。兰皋亭下落梅多。三山宫阙空银海[一]，万里风埃暗绮罗。　　云子酒，雪儿歌。留连风月共娑婆[二]。人间更有伤心处，奈得刘伶醉后何。赋海淀莲花，四用遗山词。

【校记】

[一] 银　《全金元词》作"瀛"。

[二] 娑婆　《全金元词》作"婆娑"。

又

　　华表归来老令威。头皮留在姓名非。旧时逆旅黄粱饭，今日田家白板扉。　　沽酒市，钓鱼几[一]。爱闲直与世相违[二]。墓头不要征西字，元是中原一布衣。

【校记】

[一] 几　《全金元词》作"矶"。

[二] 直　《全金元词》作"真"。

迈陂塘[一]

　　太和五年乙丑岁，赴试并州，道逢捕雁者，云：

"今日获一雁，杀之矣。其脱网者悲鸣不能去，竟自投于地而死。"予因买得之，葬之汾水之上，累石为识，号曰"雁丘"，并作《雁丘词》。

问世间[二]、情是何物，直教生死相许。天南地北双飞客，老翅几回寒暑。欢乐趣。离别苦、就中更有痴儿女[三]。君应有语。渺万里层云，千山暮雪[四]，只影向谁去[五]。　　　横汾路。寂寞当年箫鼓。荒烟依旧平楚。招魂楚些何嗟及，山鬼暗啼风雨[六]。天也妒。未信与、莺儿燕子俱黄土。千秋万古。为留待骚人，狂歌痛饮，来访雁丘处。

【校记】

[一] 迈陂塘　《全金元词》作《摸鱼儿》。

[二] 问世　《全金元词》作"恨人"。

[三] 就　《全金元词》作"是"。

[四] 雪　《全金元词》作"景"。

[五] 向　《全金元词》作"为"。

[六] 暗　《全金元词》作"自"。

萨都刺

小阑[一]

去年人在凤凰池，银烛夜弹丝。沉水香消[二]，梨云梦暖，深院绣帘垂。　　今年冷落江南夜，心事有谁知。杨柳风柔[三]，海棠月淡，独自倚栏时[四]。

【校记】

[一] 小阑　《全金元词》作《少年游》。

[二] 水　《全金元词》作"火"。

[三] 柔　《全金元词》作"和"。

[四] 栏　《全金元词》作"阑"。

木兰花慢　彭城怀古

　　古徐州形胜，消磨尽、几英雄。想铁甲重瞳，乌骓汗血，玉帐连空。楚歌八千兵散，料梦魂、应不到江东。空有黄河如带，乱山回合云龙[一]。　　汉家陵阙起秋风[二]。禾黍满关中。更戏马台荒，画眉人远，燕子楼空。人生百年寄耳[三]，且开怀、一饮尽千钟。回首荒城斜日，倚栏目送飞鸿[四]。

【校记】

[一] 回合云龙　《全金元词》作"起伏如龙"。

[二] 起　《全金元词》作"动"。

[三] 寄耳　《全金元词》作"如寄"。

[四] 栏　《全金元词》作"阑"。

张翥

瑞龙吟

癸丑岁冬，访游弘道乐安出中，席宾米仁则用清真词韵赋别，何以见情[一]。

鳌溪路。潇洒翠壁丹崖，古藤高树。林间猿鸟欣然，故人隐在，溪山胜处。 久延伫。浑似种桃园里[二]，白云窗户。灯前素瑟清樽，开坏正好[三]，连床夜语。 应是山灵留客，雪飞风起，长松掀舞。谁道倦途相逢，倾盖如故。阳春一曲，总是关心句。何妨共、几头把钓[四]，梅边徐步。只恐匆匆去。故园梦里，长牵别绪。寂寞闲针缕。还念我，飘零江湖烟雨。断肠岁晚，客衣谁絮。

【校记】
[一] 何 《全金元词》作"和"。
[二] 园 《全金元词》作"源"。
[三] 坏 《全金元词》作"怀"。
[四] 几 《全金元词》作"矶"。

多丽

西湖泛舟夕归，施成大席上以"晚山青"为起句，各赋一词。

晚山青。一川云树冥冥。正参差、烟凝紫翠，斜阳画出南屏。馆娃归、吴台游鹿，铜仙去、汉苑飞萤。怀古情多，凭高望极，且将尊酒慰飘零。自湖上、爱梅仙远，鹤梦几时醒。空留得[一]，六桥疏柳，孤屿危亭。　待苏堤、歌声散尽，更须携妓西泠。藕花深、雨凉翡翠，菰蒲软、风弄蜻蜓。澄碧生秋，闹红驻景，采菱新唱最堪听。见一片[二]、水天无际，渔火两三星。多情月，为人留照，未过前汀。

【校记】

[一] 得 《全金元词》作"在"。
[二] 见 《全金元词》作"口"。

摸鱼儿　春日西湖泛舟

涨西湖、半篙新雨，曲尘波外风软。兰舟同上鸳鸯浦，天气嫩寒轻暖。帘半卷。度一缕、歌云不碍桃花扇。莺娇燕婉。任狂客无肠，王孙有恨，莫放酒杯浅。　垂杨岸、何处红亭翠馆。如今游兴全懒。山容水态依然好，惟有绮罗云散。君不见。歌舞地，青芜满目成秋苑。斜阳又晚。正落絮飞花，将春欲去，目断水天远[一]。

【校记】

[一]断 《全金元词》作"送"。

疏影　王元章梅墨图

山阴赋客。怪几番睡起，窗影生白。缥缈仙姝，飞下瑶台，淡伫东风颜色。微霜却护朦胧月[一]，更漠漠、暝烟低隔。恨翠禽啼处，惊残一夜，梦云无迹。　　惟有龙煤解染，数枝入画里，如印溪碧。老树枯苔，玉晕冰围[二]，满幅寒香狼藉。墨池雪岭春长好，悄不管、小楼横笛。怕有人、误认寒花[三]，欲点晓来妆额。

【校记】

[一]却 《全金元词》作"恰"。

[二]围 《全金元词》作"圈"。

[三]寒 《全金元词》作"真"。

解连环　留别临川诸友

夜来风色。叹青灯素被，早寒欺客。想寂寞、人在帘栊，望塞雁欲来[一]，又催刀尺。秋满关河，更谁倚、夕阳横笛。记题花赋月，此地与君，几度游历。　　江头楚枫渐赤。对愁樽饮泪[二]，难问消息。

趁一舸、千里东归，渺天末乱山[三]，水边孤驿。婉晚年华，怅回首、雨南云北。算今古、此情此恨，甚时尽得。

【校记】

[一]塞 《全金元词》作"鸿"。

[二]愁 《全金元词》作"离"。

[三]渺 《全金元词》作"眇"。

齐天乐　临川夜饮滏阳李辅之寓所

红霜一树凄凉叶[一]，惊乌夜深啼落。客里相逢，尊前细数，几度雨飘风泊[二]。微吟缓酌。渐月影斜敧，画栏东角[三]。只怕梅花，无人看管瘦如削。　　江湖容易岁晚，想多情念我，归信曾约。尘土狂纵，山林旧隐，梦寄草堂猿鹤。离怀最恶。是酒醒香残，烛寒花薄。一段销凝，觉来无处着。应用平声韵。此调应四处去上。"缓酌""岁晚""最恶""处着"，皆应遵守，今用入韵便不合。

【校记】

[一]红 《全金元词》作"江"。

[二]飘 《全金元词》作"漂"。

[三]栏 《全金元词》作"阑"。

八声甘州　秋日西湖泛舟，午后遇雨

向芙蓉湖上驻兰舟，凄凉胜游稀。但西泠桥外，北山堤畔，残柳依依。追忆莺花旧梦，回首冷烟霏。惟有盟鸥好，时傍人飞。　　听取红颜象板[一]，尽歌回彩扇，舞换仙衣。正白蘋风急，吹雨暗斜晖。空惆怅、离怀未展，更酒边、忍又送将归。江南客、此生心事，只在渔几[二]。

【校记】
[一]颜　《全金元词》作"筵"。
[二]几　《全金元词》作"矶"。

倪瓒

人月圆

伤心莫问前朝事，重上越王台。鹧鸪啼处，东风草绿，残照花开。　　怅然孤啸，青山故国，乔木苍苔。当时明月，依依素影，何处飞来。

又

惊回一枕当年梦，渔唱起南津。画屏云嶂[一]，

池塘春草，无限消魂。　　旧家应在，梧桐覆井，杨柳藏门。闲身空老，孤篷听雨[二]，灯火江村。

【校记】

[一]嶂　《全明词》作"障"。

[二]篷　《全明词》作"蓬"。

江城子　感旧

窗前翠影湿芭蕉。雨潇潇。思无聊。梦入乡园[一]、山水碧迢迢。依旧当年行乐地，香径杳，绿苔饶。　　沉香火底坐吹箫。忆娇娆[二]。想风标。同步芙蓉、花畔赤栏桥。渔唱一声惊梦断[三]，无处觅，不堪招。

【校记】

[一]乡　《全明词》作"故"。

[二]娇　《全明词》作"妖"。

[三]断　《全明词》作"觉"。

邵亨贞字复孺，云间人。由元入明，博瞻通敏，官松江府训导。以子讳诚成敕上文，乃敕还卒，年九十三。有《蚁术诗选》《蚁术词选》。

扫花游　春晚次南金韵

柳花巷陌，悄不见铜驼，采香芳侣。画楼在否。

几东风怨笛，凭栏日暮[一]。一片闲情，尚绕斜阳锦树。黯无语。记花外马嘶，曾送人去。　　风景长暗度。奈好梦微茫，艳怀清苦。后期已误。剪烛花未卜，故人来处。水驿相逢，待说当年恨赋。寄愁与，凤城东、旧时行旅。

【校记】

[一] 栏　《全明词》作"阑"。

沁园春　美人眉

巧斗弯环，纤凝妩媚，明妆未收。似江亭晓望[一]，遥山拂翠，宫帘暮卷，新月横钩。扫黛嫌浓，涂铅讶浅，能画张郎不自由。伤春倦，为皱多无力，翻做娇羞[二]。　　填来不满横秋。料着得、人间多少愁。记鱼笺缄启，背人偷敛，雁钿胶并，运指轻柔。有喜先占，长鬐难效，柳叶轻黄今在不[三]。双尖锁，试临鸾一展，依旧风流。龙洲先生以此咏指甲、小脚，为绝代脍炙，后此独未之见。

【校记】

[一] 望　《全明词》作"玩"。

[二] 做　《全明词》作"作"。

[三] 不　《全明词》作"否"。

又 目

添点填眶[一]，凤梢侵鬓，天然俊生。记隔花瞥见，疏星炯炯，倚栏凝注[二]，止水盈盈。端正窥帘，曹腾并枕[三]，睥睨檀郎长是青。端相久[四]，待嫣然一笑[五]，密意将成。　　困酣曾被莺惊[六]。强临镜、挼挱犹未醒[七]。忆帐中亲见[八]，似嫌罗密，尊前相顾[九]，翻怕灯明。醉后看承，歌阑斗弄[十]，几度孜孜频送情。难忘处，是鲛绡揾透[十一]，别泪双零。

【校记】

[一] 添 《全明词》作"漆"。

[二] 凝注 《全明词》作"延伫"。

[三] 并 《全明词》作"凭"。

[四] 端相 《全明词》作"销凝"。

[五] 笑 《全明词》作"顾"。

[六] 曾被莺惊 《全明词》作"时倚银屏"。

[七] 挼挱 《全明词》作"匆匆"。

[八] 见 《全明词》作"睹"。

[九] 相顾 《全明词》作"斜注"。

[十] 阑 《全明词》作"时"。

[十一] 鲛绡 《全明词》作"香罗"。

摸鱼子　吴门客中九日次魏彦文韵

雁来时、晚寒初劲，青灯摇动窗户。商声暗起邻墙树，触景乱愁还聚。秋又暮。奈合造凄凉，无处无筘鼓。狂吟醉舞。记满帽簪花，分筹借草，骑马忘归路。　　　怀人远，有恨凭谁寄语。虚名长是相误。天涯节序浑非旧，留得满城风雨。心万缕。谩自喜孤高，不惹沾泥絮。羁怀倦诉。好分付儿曹，耘锄三径，早晚赋归去。

齐天乐　甲戌清明雨中感春

　　离歌一曲江南暮，依稀灞桥回首。立马东风，送人南浦，认得当年杨柳。梨花过后。悄不见邻墙，弄梅纤手。绮陌东头，个人还似旧时否。　　　相如近来病久。纵腰围暗减，犹未全瘦。宿酒昏灯，重门夜雨，寒食清明依旧。新愁漫有^[一]。第一是伤心，粉销红溜。待约明朝，问舟官渡口。明初词人，犹沿虞伯生、张仲举之旧，不乖于风雅。及永乐以后，南宋诸名家词皆不显于世，惟《花间》《草堂》诸集盛行。至杨用修、王元美诸公，小令、中调颇有可取，而长调则均杂于俚俗矣。

【校记】

[一] 漫　《全明词》作"谩"。

刘基

如梦令

一抹斜阳沙觜[一]。几点闲鸥草际[二]。乌榜小渔舟[三]，摇过半江秋水[四]。风起。风起。棹入白蘋花里。

【校记】

[一] 一抹斜阳沙觜 《全明词》作"草际斜阳红委"。

[二] 几点闲鸥草际 《全明词》作"林表晴岚绿靡"。

[三] 乌榜小渔舟 《全明词》作"何许一渔舟"。

[四] 过 《全明词》作"动"。

眼儿媚

烟草萋萋小楼西。云压雁声低。两行疏柳，一丝残照，数点鸦栖。　　春山碧树秋重绿，人在武陵溪。无情明月，有情归梦，同到幽闺。

临江仙

街鼓无声春漏咽[一]，不知残夜如何。玉绳历落耿银河。鹊惊穿暗树，露坠滴寒莎。　　梦里相逢还共说，五湖烟水渔蓑。镜中绿发渐无多。泪如霜后叶，摵摵下庭柯。

千秋岁

淡烟平楚[一]。又送王孙去。花有泪，莺无语。芭蕉心一寸，杨柳丝千缕。今夜雨。定应化作相思树。　　忆昔欢游处。触目成前古。良会知何许。百杯桑落酒，三叠阳关句。情未许[二]。月明潮上迷津渚。

【校记】

[一] 淡 《全明词》作"澹"。

[二] 许 《全明词》作"了"。

瑞龙吟

秋光好。无奈锦帐香消[一]，绣帏寒早。钩帘人立西风，送书过雁，依然又到。　　故乡杳。空把泪随江水，梦萦江草[二]。何时赋得归来，倚松对柳，开尊醉倒。　　衰鬓不堪临镜，镜中愁见，蓬飞丝绕。门外远山青青，长带斜照。石泉涧月，辜负夜猿啸。伤心处、风凋露渚[三]，荷枯烟沼。燕去元蝉老[四]。满天细雨，微鸣羁鸟。花蔓当檐。[五]庭院静、遥闻清砧声捣。拥衾背壁，一灯红小。

高启

行香子　芙蓉

如此红妆。不见春光。向菊前、莲后才芳。雁来时节，寒浥罗裳[一]。正一番风，一番雨，一番霜。　　兰舟不采，寂寞横塘。强相依、暮柳成行。湘江路远，吴苑池荒。恨月蒙蒙，人杳杳，水茫茫。

沁园春　雁

水落时来[一]，花发时归，年又一年。记南楼望信，夕阳帘外，西窗惊梦，夜雨灯前。写月书斜，战霜阵整，横破潇湘万里天。风吹断，见两三低去，似落筝弦。　　相呼共宿寒烟。想只在、芦花浅水边。恨呜呜戍角，忽催飞起，悠悠渔火，长照愁眠。陇塞间关，江湖冷落，莫恋遗粮犹在田。须高举，教弋人空慕，云海茫然。

【校记】

[一]水　《全明词》作"木"。

杨基

清平乐

　　欺烟困雨。拂拂愁千缕。曾把腰肢羞舞女。赢得轻盈如许。　　犹寒未暖时光。将昏渐晓池塘。记取春来杨柳，风流全在轻黄[一]。

【校记】

[一]全　《全明词》作"正"。

多丽

　　问莺花，晚来何事萧索[一]。是东风、酿成新雨[二]，参差吹满楼阁[三]。辟寒金、再簪宝髻，灵犀镇[四]、重护香幄。杏惜生红，桃缄浅碧，向人憔悴未舒尊[五]。念惟有、淡黄杨柳，摇曳映珠箔[六]。凭阑久，春鸿去尽，锦字谁托。　　奈梦里、清歌妙舞，觉来偏更情恶。听高楼、数声羌笛，管多少、梅花惊落[七]。鸳带慵宽，凤鞋懒绣，新晴谁与共行乐。料在楚云湘水[八]，深处望黄鹤。天涯路，计程难定，长恁飘泊。[九]

【校记】

[一]何　《全明词》作"底"。

[二]新　《全明词》作"细"。

[三]参差　《全明词》作"晚来"。

[四]灵犀镇　《全明词》作"镇帷屏"。

[五]向人憔悴未舒尊　《全明词》作"向人憔悴，未开一尊"。

[六]映　《全明词》无此字。

[七]管多少、梅花惊落　《全明词》作"管多少残梦、梅花惊落"。

[八]料在楚云湘水　《全明词》作"料应在、楚云湘水"。

[九]天涯路，计程难定，长恁飘泊　《全明词》作"不似柳花，长任凭漂泊"。

烛影摇红　帘[一]

花影重重，乱纹匝地无人卷。有谁惆怅立黄昏，疏映宫妆浅。只有杨花得见。解匆匆、寻芳觅便[二]。多情长在，暮雨回廊，夜香庭院。　　曾记扬州，红

楼十里东风软。腰肢半露玉娉婷，犹恨蓬山远。闲闷
如今怎遣。看草色[三]、青青似剪。且教高揭，放数
点残春[四]，一双新燕。

【校记】

[一] 帘 《全明词》作"咏帘"。

[二] 芳 《全明词》作"方"。

[三] 看 《全明词》作"奈"。

[四] 残春 《全明词》作"春"。

高明

鹧鸪天　题顾氏景筠堂

　　绿玉参差傍短楹。高堂清梦已冥冥。满枝只带湘
灵点，一曲空听秦凤鸣。　　天莫问，物多情。此君
潇洒若平生。风声月色来亭榭，老泪年来湿几更。

瞿祐

摸鱼子[一]　苏堤春晓

　　望西湖、柳烟花雾，楼台非远非近。苏堤十里笼
春晓，山色空蒙难认。风渐顺。忽听得、鸣榔惊起沙

鸥阵。瑶阶露润。把绣幕微搴^[二]，纱窗半启^[三]，未审甚时分。　　凭阑处，水影初浮日晕。游船未许开尽。卖花声里香尘起，罗帐玉人犹困。君莫问。君不见、繁华易觉光阴迅。先寻芳信。怕绿叶成阴，红英结子，留作异时恨。

【校记】

[一] 摸鱼子 《全明词》作《摸鱼儿》。

[二] 搴 《全明词》作"褰"。

[三] 启 《全明词》作"起"。

商辂

一丛花 初春按，作者《钦定词谱》作苏轼。

今年春浅腊侵年。冰雪破春妍。东风有信无人见，露微意、柳际花边。寒夜纵辰^[一]，孤衾易暖，钟鼓渐清圆。　　朝来初日半衔山。楼阁淡疏烟。游人便作寻芳计，小桃杏、应已争先。衰病少情，疏慵自放，唯爱日高眠。

【校记】

[一] 辰 《全明词》作"长"。

王九思

蝶恋花 夏日

　　门外长槐窗外竹。槐竹阴森，绕屋重重绿。人在绿阴深处宿。午风枕簟凉如沐。　　树底辘轳声断续。短梦惊回，石鼎茶方熟。笑对碧山歌一曲。红尘不到人间屋^[一]。

【校记】
[一] 人间 《全明词》作"闲人"。

周用

诉衷情

　　人间何处有丹丘。曾到太湖头。日高主人犹卧，花影满重楼。　　寻画史，接诗流。老沧洲。一村烟树，数家茅屋，几个渔舟。

满路花

　　风前满地花，雨后连天草。今年三月里、春归早。低云薄雾，犹自怜清晓。金尊须臾到^[一]。无奈离愁，为他转伤怀抱。　　绣帘斜卷，昼静闻啼鸟。韶华刚

九十、勾销了。绿波无赖，点点青荷小。寄语春知道。
桃李多情，莫教惜春人老。

【校记】

[一] 须臾到 《全明词》作"须更倒"。

杨慎

转应曲

　　双燕。双燕。金屋往来长见。珠帘半卷风斜。何
处衔来落花。花落。花落。日暮长门寂寞。

又

　　促织。促织。声近银床转急。熏残百合衣香。消
息兰膏夜长^[一]。长夜。长夜。露冷芙蓉花谢。

【校记】

[一] 息 《全明词》作"尽"。

昭君怨

　　楼外东风到早。染得柳条黄了。低拂玉阑干。怯

春寒。　　正是困人时候。午睡浓于中酒。好梦是谁惊。一声莺。

少年游

红稠绿暗遍天涯。春色在谁家。花谢人稀[一]，柳浓莺懒，烟景属蜂衙。　　日长睡起无情思，帘外夕阳斜。带眼频移，琴心慵理，多病负年华。

【校记】

[一]人　《全明词》作"蝶"。

江月晃重山

腊尾金杯滟滟，春头线胜翩翩[一]。裁红晕碧动嫣然。风日好，偷眼艳阳天。　　一曲玉箫明月，几弦锦瑟华年。故乡迢递水云连。归未得，思发在花前。

【校记】

[一]线　《全明词》作"彩"。

满江红　梨花

露重风香，韶华浅、玉林无叶。谁剪碎、遍地琼瑶,满园蝴蝶。^[一]娇泪一枝春带雨,粉英千片光凝雪。伴秋千影里月明中,伤离别。   花在手,肠如结。人对酒,情难说。忆故园游赏,清明时节。今日相逢滇海上,惊看烂熳开正月。更收灯庭院峭寒天,啼鹃歇。

【校记】

[一]谁剪碎、遍地琼瑶,满园蝴蝶 《全明词》作"谁剪碎,琼瑶满园蝴蝶"。

水调歌头

春宵微雨后,香径牡丹时。雕阑十二,金刀谁剪两三枝。六曲翠屏深掩,一架银筝缓送,且醉碧霞卮。轻寒香雾重,酒晕上来迟。   席上欢,天涯恨,雨中姿。向人如诉,飘泊粉泪半低垂^[一]。九十春光堪惜^[二],万种心情难写,彩笔寄相思^[三]。晓看红湿处,千里梦佳期。

【校记】

[一]飘泊 《全明词》无此二字。
[二]惜 《全明词》作"借"。
[三]彩笔寄相思 《全明词》作"欲将彩笔相思"。

张绖

蝶恋花

　　紫燕双飞深院静。簟枕纱厨，睡起娇如病。一线碧烟萦藻井。小鬟茶进龙香饼[一]。　　拂拭菱花看宝镜。玉指纤纤，捻唾撩云鬓。闲折海榴过翠径。雪猫戏扑风花影。

【校记】

[一] 茶　《全明词》作"恭"。

风流子

　　新阳上帘幌，东风转、又是一年华。正驼褐寒侵，燕钗春袅，句翻词客，簪斗宫娃。堪娱处、林莺啼暖树，渚鸭睡晴沙。绣阁轻烟，剪灯时候，青旌残雪[一]，卖酒人家。　　此时因重省，瑶台畔、曾遇翠盖香车。惆怅尘缘犹在，密约还赊[二]。念鳞鸿不见，谁传芳信，潇湘人远，空采苹花。无奈疏梅风景，碧草天涯[三]。

按：作者一说为秦观。

【校记】

[一] 旌　《全明词》作"旗"。
[二] 密　《全明词》作"审"。

夏言

鹤冲天 初夏

　　临水阁,倚风轩。细雨熟梅天。一池新水碧荷圆。榴花红欲燃。　　薄罗裳,轻纨扇。睡起绿阴满院。曲阑斜转正闲凭。何处玉箫声。

阮郎归

　　小楼临苑对青山。朱门草色闲。隔花时有佩珊珊。秋千杨柳闲[一]。　　新绿暗,乱红残。慵妆低翠鬟。日长春困减芳颜。无人独倚阑。

【校记】

[一] 闲 《全明词》作"间"。

浣溪沙 春暮

　　庭院沉沉白日斜。绿阴满地又飞花。岑岑春梦绕天涯。　　帘幕受风低乳燕,池塘过雨急鸣蛙。酒醒明月照窗纱。

文徵明

卜算子

　　酒醒夜堂凉，雨过湘帘卷。时见流萤度短墙，乍近依然远。　　欲睡更迟徊，徙倚阑干遍。不觉西楼阙月斜，寂寞桐阴转。

风入松　简汤子重汤居碧凤坊

　　西斋睡起雨蒙蒙。双燕语帘栊。平生行乐都成梦，难忘处、碧凤坊中。酒散风生棋局，诗成月在梧桐。　　近来多病不相逢。高兴若为同。清樽白苎交新夏，应辜负、绿树阴浓。凭仗柴门莫掩，兴来拟扣墙东。

又　行春桥望月夜

　　夜凉斜倚赤阑桥。天远碧烟消。酒醒忽见花间影，轻云散、月在林梢。野火青山隐隐，渔歌绿水迢迢。　　当年曾此醉清宵。共舣木兰桡。白头重踏行春路，同游伴、半已难招。夜静单衫露冷，玉人何处吹箫。

满江红

漠漠轻阴,正梅子、弄黄时节。最恼是、欲晴还雨,乍寒又热。燕子梨花都过也,小楼无那伤春别。傍阑干、欲语更沉吟,终难说。 一点点,杨花雪。一片片,榆钱荚。渐西垣日隐,晚凉清绝。池面盈盈清浅水,柳梢淡淡黄昏月。是何人、吹彻玉参差,情凄切。

陈铎

浣溪沙

波映横塘柳映桥。冷烟疏雨暗亭皋。春城风景胜江郊。 花蕊暗随蜂作蜜,溪云还伴鹤归巢。草堂新竹两三梢。

王世贞

浣溪沙

窗外闲丝自在游。隔花山鸟弄輖辀。一庭芳草怨清幽。 权把束书钩午梦,起沽村酿泼春愁[一]。放教残日过墙头。

虞美人

摩诃池上金丝柳。惯爱纤纤手。折来将表片时心。记取浅黄柔绿、泪痕深。　　博山香细银灯吐。乍识黄昏雨。娇花欲展半蔫红。错道褪残春事、骂东风。

又

浮萍只待杨花去。况更廉纤雨。鸭头虚染最长条。酝造离亭清泪、几时消。　　珊瑚翠色新丰酒。解醉愁人否。薄寒揎送汝南鸡。偏向碧纱厨畔、醒时啼。

渔家傲

细雨轻烟装小暝。重衾不耐春寒横。袅尽博山孤篆影。闲自省。天涯有个人同病。　　十二巫峰围昼永。黄莺可唤梨花醒。雨点芳波揩不定。临晚镜。真珠簌簌胭脂冷。

河满子

卵色遥垂别浦，鱼鳞浅甃平沙。小拂东风无气力[一]，悠扬自在杨花。轻暖轻寒天气，半村半郭人家。　　碧贮莲花露酒，香分谷雨泉茶。呼取自斟还自劝，乌纱任汝欹斜。返照一行归骑，隔林几点残鸦。

【校记】

[一] 气 《全明词》作"甚"。

王好问

贺圣朝　寄远

袅袅西风敛暝烟。日衔山。阴阴杨柳暗长川。水如天。　　一别玉京成远梦，几经年。锦鱼千里为谁传。思依然。

点绛唇　春愁

九十春光，可怜长日空辜负。别离情绪。最怕黄昏雨。　　倚遍楼头，望断春归处。人无语。落花飞絮。又过秋千去。

汤显祖

好事近

　　帘外雨丝丝,浅恨轻愁碎滴[一]。玉骨近来添瘦[二],趁相思无力。　　小虫机杼隐秋窗,黯淡烟纱碧。落尽红衣池面,又西风吹急[三]。

【校记】

[一] 碎滴　《全明词》作"啼摘"。

[二] 近来　《全明词》作"西风"。

[三] 又西风吹急　《全明词》作"苦在莲心苭"。

阮郎归

　　不经人事意相关。牡丹亭梦残。断肠春色在眉弯。倩谁临远山。　　排恨叠,怯衣单。花枝红泪弹。蜀妆晴雨画来难。高唐云影间。

陈继儒

摊破浣溪沙

　　梓树花香月半明。棹歌归去草虫鸣[一]。曲曲柳湾茅屋矮,挂鱼罾[二]。　　笑指吾庐何处是,一池荷叶小桥横。修竹纸窗灯火里[三]，读书声。

【校记】

[一]草虫 《全明词》作"蟋蟀"。

[二]挂 《全明词》作"雀"。

[三]修竹纸窗灯火里 《全明词》作"灯火纸窗修竹里"。

浪淘沙

风雨霎时晴。荷叶青青。双鬟捧着小红灯。报道绿纱窗底下[一]，蕉月分明。　　枕簟嫩凉生。茉莉香清。兰花新吐百余茎。扑得流萤飞去也，团扇多情。

【校记】

[一]绿纱窗 《全明词》作"绿窗花"。

卓发之

菩萨蛮　落花

小玉楼前风雨急。春光一霎都狼藉。桃叶与桃根。谁家最断魂。　　尊前回首望。昨夜花成浪。总是雨收时。月明空满枝。

李日华

玉楼春　题柳洲待别图送刘跃如

　　轻暖轻寒无意绪。朝来几阵梨花雨。妆成独自倚阑干[一]，暗数落红愁不语[二]。　　杜宇一声人欲去。残云片片依沙渚。横塘十里柳烟浓[三]，维舟正在烟深处。

【校记】

[一]妆成独自倚阑干　《全明词》作"袖手东风伫立时"。

[二]语　《全明词》作"雨"。

[三]横塘　《全明词》作"平芜"。浓　《全明词》作"红"，校云："《恬致堂集》作'横'。"

阮大铖

减字木兰花

　　春光渐老。流莺不管人烦恼。细雨窗纱。深巷清晨卖杏花。　　眉峰双蹙。画中有个人如玉。小立檐前。待燕归来始下帘。

马洪

行香子

红遍樱桃。绿遍芭蕉。锁窗深、春思无聊。双飞燕嫩，百转莺娇。正漏声迟，帘影静，篆香飘。　　惜月前宵，病酒今朝。有谁知、臂玉微销。封题锦字，寄与兰翘。恨树重重，云渺渺，水迢迢。

满庭芳　落花

春老园林，雨余庭院，偏惹蝶骇莺猜。蔫红皱白，狼藉满苍苔。正是愁肠欲断，珠箔外、点点飘来。分明似，身轻飞燕，扶下碧云台。　　当初珍重意，金钱竞买；玉砌新栽。更翠屏遮护，羯鼓催开。谁道天机绣锦，都化作、紫陌尘埃。纱窗里，有人怜惜，无语托香腮。

东风第一枝　梅花

饵玉餐香，梦云惜月，花中无此清莹。俨然姑射仙人，华佩明珰新整。五铢衣薄，应怯瑶台凄冷。自骖鸾、来下人间，几度雪深烟暝。　　孤绝处、江波流影。憔悴也、春风销粉。相思千种闲愁，声声翠禽啼醒。西湖东阁，休说当时风景。但留取、一点芳心，他日调羹翠鼎。

施绍莘

如梦令

日约楼阴初整[一]。风暖烟消人静。早起未梳头，闲扫小园芳径。清净。清净。只剩数枝花影。

【校记】

[一] 初整 《全明词》作"整整"。

浣溪沙

半是花声半雨声。夜分淅沥打窗棂[一]。薄衾单枕一人听。 芳约不明浑梦境[二]，星期多半待来生[三]。凄凉情况是孤灯[四]。

【校记】

[一] 棂 《全明词》作"楞"。

[二] 芳 《全明词》作"密"。

[三] 星 《全明词》作"佳"。

[四] 是 《全明词》作"似"。

点绛唇　泖桥次韵

寺枕荒塘，时时雪浪吞僧屋。桥头路曲。废井当枯木。　如此幽闲，恰好闲人宿。窗敲竹。酒醒茶熟。天水鹦哥绿。

浣溪沙　月夜

如镜窥妆逗小楼。真珠帘外半痕收。倒簪花影上人头。　品得秦筝初度曲，花前和露耍千秋。柳丝浓翠拂鞋钩。

又

愁卧寒冰六尺藤。懒添温水一枝瓶。乱鸡啼雨要天明。　等得梦来仍梦别，雨能惊觉又残灯[一]。西江别路绕围屏。

【校记】

[一]雨　《全明词》作"甫"。

谒金门

春欲去[一]。如梦一庭空絮。墙里秋千人笑语。

花飞撩乱处^[二]。　　　无计可留春住。只有断肠诗句。万种消魂多寄与。斜阳天外树^[三]。

【校记】

[一] 欲　《全明词》作"归"。

[二] 花飞撩乱处　《全明词》作"撩乱花飞处"。

[三] 斜阳天外树　《全明词》作"芳草斜阳树"。

满庭芳　初夏^[一]

树染橙香，花燃榴火，曲池莲盖初张。槐阴半亩，引起竹床凉。门静闲花自落，小园中、无数新篁^[二]。凭栏久，闲调鹦鹉，摘叶戏螳螂。　　　日长。真似岁，轻施冰簟，闲梦羲皇^[三]。正孤蝉吟树，乳燕依梁^[四]。且喜黄梅过也，建兰开、巖芥茶香。东斋晚，一壶村酒，新月上松窗^[五]。

【校记】

[一] 初夏　《全明词》作"夏景"。

[二] 无　《全明词》作"点"。

[三] 闲梦羲皇　《全明词》作"破梦西堂"。

[四] 正孤蝉吟树，乳燕依梁　《全明词》作"正王瓜供馔，菰米输粮"。

[五] 新月上　《全明词》作"月在"。

叶绍袁

水龙吟　写怀

寂寥蘋渚蘅皋，道书读罢香销篆。松声入坐，药栏红亚，美人蕉钏。极目平芜，天高水远，莲歌游遍。且藤壶汲煮，青衣小袖，点取凤团香片。　　自把秋棠手洗，粉墙西、翠梳新钿。开帘风动，画屏琴石，轻阴满扇。挹酒盈尊，摘花侵暝，夜凉迎面。更堪娱又有，椒篇絮句，丽词常见。

卓人月

瑞鹧鸪　湖上上元

城中火树落金钱。城外湖波起碧烟[一]。夜夜夜深歌子夜，年年年节度丁年[二]。　　玻璃一段湖称圣[三]，琥珀千钟酒号贤。自分懒追儿女队，玉梅花下拾花钿。

【校记】

[一]湖　《全明词》作"凉"。
[二]度　《全明词》作"庆"。
[三]玻　《全明词》作"琉"。

汤传楹

菩萨蛮

　　垂杨解带围青阁。暖风微拂金铃索。燕子不知愁。衔花上小楼[一]。　　璧车牵梦去。江草萦心住。酒困未全苏。春光一半无。

【校记】

[一]上小楼　《全明词》作"故遥楼"。

阮郎归

　　玉台晓镜试轻凉。薄施秋水妆。空庭对影怯昏黄[一]。微风吹雾裳[二]。　　佩洛浦，髻巫阳。凭阑问海棠。夜深多露倚谁旁。折来伴绮窗[三]。

【校记】

[一]怯　《全明词》作"恰"。

[二]微风吹雾裳　《全明词》作"无端加晚裳"。

[三]伴　《全明词》作"半"。

鹧鸪天

　　一片伤心花影重[一]。美人初出晓云宫。帘前泥落常憎燕，鬓侧花摇数避蜂[二]。　　钩月翠，晕潮红。

倚烟欺雨咒东风。碧纱窗掩喁喁处[三]，塞北江南春
梦中。

【校记】

[一]重 《全明词》作"封"，校云："'封'一作'重'。"

[二]蜂 《全明词》作"风"，校云："'风'一作'蜂'。"

[三]窗 《全明词》作"深"。

风流子 西山晚眺

东风吹细雨[一]，斜阳外、芳草未曾休。奈锦缆
牙樯[二]，香车宝马[三]，还春旧例，谁事清游[四]。
聊尔尔、去携金谷酒，来泛木兰舟。云脚垂青，
烟梢涨渌，吟魂欲断，望眼频收。 长堤共搔首，看
晚山无数，围住闲愁。度尽篮舆径里[五]，柳岸桥头。
看三分诗料[六]，一肩林影，两行归客，几曲春洲。
人逐飞鸦争渡，月在中流。

【校记】

[一]细 《全明词》作"破"，校云："一作'细'。"

[二]牙樯 《全明词》作"画船"。

[三]宝 《全明词》作"骄"。

[四]谁事清游 《全明词》作"若个能游"。

[五]篮 《全明词》作"蓝"。

[六]看 《全明词》作"恨"。

陈子龙

浣溪沙

半枕轻寒泪暗流。愁时如梦梦时愁。角声初到小红楼。　　风动残灯摇绣幕，花笼微月澹帘钩[一]。廿年旧恨上心头[二]。

【校记】

[一] 澹　《全明词》作"淡"。

[二] 廿年　《全明词》作"陡然"。

丑奴儿令　春水[一]

赤栏桥下烟波急[二]，欲问西洲。莫寄东游。千里清江一线浮[三]。　　落花乱点湘纹皱[四]。昨日琼楼[五]。今日兰舟。为送多情晓夜流。

【校记】

[一] 春水　《全明词》作"春潮"。

[二] 赤栏桥下　《全明词》作"红霞绿芷"。

[三] 浮　《全明词》作"愁"。

[四] 纹　《全明词》作"文"。

[五] 日　《全明词》作"暮"。

江城子

一帘病枕五更钟。晓云空。卷残红。无情春色，去矣几时逢。添我千行清泪也，留不住，苦匆匆。　　楚宫吴苑草茸茸。恋芳丛。绕游蜂。料得来年、相见画屏中。人自伤心花自笑，凭燕子，骂东风。

虞美人

枝头残雪余寒透。人影花阴瘦。红妆悄立暗消魂。镇日相看无语、又黄昏。　　香云黯淡疏更欹。惯伴纤纤月。冰心寂寞恐难禁。早被晓风零乱、又春深。

青玉案

深棠枝上流莺啭[一]。试小立、春风面。细草凌波红一线。碧云凝照，绿杨零乱，重琐深深院。　　甘蕉翠滴当心卷。遍写相思空自遣。归去枕函曾梦见。一天星月，满庭风露，吹落梨花片。

【校记】

[一]深　《全明词》作"海"。

蝶恋花

雨外黄昏花外晓。催得流年，有恨何时了。燕子乍来春又老[一]。乱红相对愁眉扫。　　午梦阑珊归梦杳。醒后思量，踏遍闲庭草。几度东风人意恼。深深院落芳心小。

【校记】

[一] 又 《全明词》作"渐"。

又

袅袅花阴罗袜软。无限芳心，初与春消遣。小试娇莺才半转[一]。海棠枝上东风浅。　　一段行云何处剪。掩过雕阑，送影湘裙展。隔着乱红人去远。画楼今夜珠帘卷。

【校记】

[一] 转 《全明词》作"啭"。

天仙子

古道棠梨寒恻恻。子规满路东风湿。留连好景为谁愁，归潮急。暮云碧。和雨和晴人不识。　　北望音书迷故国。一江春雨无消息^[一]。强将此恨问花枝，嫣红积。莺如织。侬泪未弹花泪滴^[二]。

【校记】

[一] 雨 《全明词》作"水"。

[二] 侬 《全明词》作"我"。

吴伟业

浣溪沙

断颊微红眼半醒。背人蓦地下阶行。摘花高处赌身轻。　　细拨薰炉香缭绕，懒涂吟纸墨敧倾。惯猜闲事为聪明。

金人捧露盘　观演秣陵春

记当年，曾供奉，旧霓裳。叹茂陵、遗事凄凉。酒旗戏鼓，买花簪帽一春狂。绿杨池馆，逢高会、身在他乡。　　喜新词，初填就，无限恨，断人肠。为知音、仔细思量。偷声减字，画堂高烛弄丝簧。夜深风月，催檀板、顾曲周郎。

满江红　蒜山怀古

沽酒南徐，听夜雨、江声千尺。记当年、阿童东下，佛狸深入。白面书生成底用，萧郎裙屐偏轻敌。笑风流、北府好谭兵，参军客。　　人事改，寒云白。旧垒废，神鸦集。尽沙沉浪洗，断戈残戟。落日楼船鸣铁锁，西风吹尽王侯宅。任黄芦、苦竹打荒潮，渔樵笛。

木兰花慢　中秋咏月

冰轮谁碾就，千尺起、啸台东。记白傅堤边，庾公楼上，几度曾逢。今宵广寒高处，问嫦娥、环佩在何峰。天上银河珠斗，人间玉露金风。　　听江皋鹤唳横空 [一]，人影立梧桐。有宫锦袍绯，纶巾头白，铁笛仙翁。欲乘月明飞去，过岩城、下界打霜钟。醉卧三山绝顶，倒看万个长松。

【校记】

[一] 皋　《全清词·顺康卷》作"楼"。

龚鼎孳

点绛唇　咏草，和林和靖韵

帘外河桥，绿围裙带无人主。绣鞯行处。踏碎梨花雨。　　目送春山，南浦烟光暮。牵春去。柔肠无数。苏小门前路。

东风第一枝　春夜同秋岳作

　　凤琯排烟[一]，鹅笙沸月，岁华初到街鼓。柳丝约定欢期，花信催开恨处[二]。今宵酒盏，又勾引、蝶翻蜂聚。近小窗、红雨生生，吹做一帘芳雾[三]。　　飞艳缕、紫绒偷度。挑锦字、玉麟旧侣。远山千叠销魂，画屏一联绣句。东风力软，便逗起、春愁无数。[四]趁踏青、好赋闲情[五]，莫遣少年空去。

【校记】

[一]琯　《全清词·顺康卷》作"管"。

[二]催　《全清词·顺康卷》作"吹"。

[三]吹做　《全清词·顺康卷》作"做作"。

[四]东风力软，便逗起、春愁无数　《全清词·顺康卷》作"旗亭蕊榜，讶批抹、双鬟何据"。

[五]趁踏青、好赋闲情　《全清词·顺康卷》作"趁好春、安顿心情"。

薄幸

　　秋岳将以病去湖上，留饮寓斋，命制一词，即用其韵。

碧帘风绾。度早燕、花桥月栈。喜赛酒、歌楼人在，共试锦灯春眼。倚晓栏[一]、销瘦腰围，晴湖十里空丝管。恨凤佩星遥，琼筝屏隔[二]，不耐啼莺冷暖。　　看麝粉、经行处，调马路、绮罗飘散。待青回双鬓，香添半臂，片帆吹送吴趋缓。聚稀欢短。劝烟篷[三]、彩缆多情，莫负金樽满。江头鼓角，恼乱秦台楚馆。

【校记】

[一]栏　《全清词·顺康卷》作"兰"。
[二]琼　《全清词·顺康卷》作"玫"。
[三]篷　《全清词·顺康卷》作"筇"。

曹溶

凤凰台上忆吹箫　题朱十静志居琴趣后

烧烛鸿天，惜花鸡塞，马卿偏好伤春。正翠钿盈袖，弱絮随轮。无限柔肠宛转，秋雨夜、梦想朱唇。抽银管，湘帘乍卷，宝鸭横陈。　　真真。此番瘦也，酒醒后新词，只索休频。待绣帆高挂，迟日江滨。齐列瑶筝檀板，携妙妓、徐步香尘。归难骤[一]，寒宵坐来，一对愁人。

[一]骤 《全清词·顺康卷》作"定"。

曹贞吉

玉连环　水仙

　　盈盈似隔红尘路。陈思休赋[一]。黄昏不是乍闻香，月底更无寻处。　　静掩绣帘朱户。更听微雨。青溪溪畔女郎祠，仿佛见、魂来去。

【校记】

[一]思 《全清词·顺康卷》作"王"。

御街行　和阮亭赠雁

　　寒芜极目连三楚。雁阵惊相语。一声长笛出高楼，渺渺断云天暮。江深月黑，霜寒人静，独自衔芦去。　　遥峰恰是衡阳数。寂寞潇湘雨。无端孤客最先闻，嘹呖乱帆南浦。只影横空，相逢何处，红蓼洲边路。

扫花游　春雪，用宋人韵

元宵过也，看春色蘼芜，澹烟平楚。湿云万缕。又轻阴作晕，绵飘絮舞[一]。一夜梅花，暗落西窗似雨。飘摇去。试问逐风，归到何处。　　灯事才几许。记流水钿车，画桥争路。兰房列俎。叹舜华易挪，鬓丝堆素。拥断关山，知有离人独苦。漫凝伫[二]。听寒城、数声谯鼓。

【校记】

[一] 绵飘絮舞　《全清词·顺康卷》作"蜂儿乱舞"。

[二] 凝　《全清词·顺康卷》作"凭"。

水龙吟　白莲

平湖烟水微茫，个人仿佛横塘住。碧云乍起，羽衣初试，靓妆楚楚。露下三更，月明千里，悄无处[一]。想芦花蘋叶，空蒙一色[二]，迷玉井、峰头路。　　莫是苧萝未嫁，曳明珰、若耶归去。游仙梦杳，瑶天笙鹤，凌波微步。宿鹭飞来，依稀难认，风吹一缕。泛木兰舟小，轻绡掩映，问谁家女。

【校记】

[一] 悄无处　《全清词·顺康卷》作"悄无寻处"。

[二] 空　《全清词·顺康卷》作"冥"。

吴绮

凤凰台上忆吹箫　和漱玉词

镜翠封奁，炉香减篆，晚山青上眉头[一]。记灯边题扇，花底藏钩。寂寞萧关人远，千万事、总合长休。无聊是，早春天气，心绪如秋。　　羞羞。玉台孤影，便梦入巫阳，好更难留。想紫箫吹共，袖倚红楼。当日画阑杨柳，曾亲见、两地明眸[二]。而今也，闲庭萱草，不解销愁。

【校记】

[一]上　《全清词·顺康卷》作"嵌"。

[二]明　《全清词·顺康卷》作"情"。

顾贞观

柳初新　水仙祠下柳

南朝一片伤心雨。总被垂杨留住。水村山郭，红桥倚遍，极目乱飘金缕。能有春情几许。怕重来、扑天飞絮。　　当日别离无据。知他可忆长亭语。零铃唱罢[一]，酒醒残月，只在踏青归处[二]。添得倚风凝伫。念天涯、有人羁旅。

[一]零铃唱罢 《全清词·顺康卷》作"狂踪约略"。

[二]只在踏青归处 《全清词·顺康卷》作"多在乱莺啼处"。

双双燕 用史邦卿韵

　　单衣小立,正秋雨槐花,鬓丝吹冷。屏山几曲^[一],犹忆画眉人并^[二]。残叶暗飘金井。问燕子、归期未定。伤心社日乱巢^[三],不是隔年双影。　　碧甃生怜苔润。伴欲折垂条,越加轻俊。^[四]为他萦系,絮语一帘烟暝。容易雕梁占稳。^[五]待二十四番风信。重来唤取疏狂,半刻玉肩偷凭。^[六]

【校记】

[一]屏山几曲 《全清词·顺康卷》作"镜函如水"。

[二]犹 《全清词·顺康卷》作"长"。

[三]乱 《全清词·顺康卷》作"辞"。

[四]碧甃生怜苔润。伴欲折垂条,越加轻俊 《全清词·顺康卷》作"香径。芹泥犹润。只一缕红丝,误他娇俊"。

[五]为他萦系,絮语一帘烟暝。容易雕梁占稳 《全清词·顺康卷》作"几多恩怨,絮彻杏梁烟暝。传语别来安稳"。

[六]重来唤取疏狂,半刻玉肩偷凭 《全清词·顺康卷》作"那时重试清狂,肯放雕栏独凭"。

百字令

荆溪雨泊,用史梅溪韵留别陈其年、史蝶庵诸同学。

花前鬓影,被东风吹上,一丝丝白。算只浮家堪位置,第一飘零词客。果掷迷香,鞭遗软绣,弹指成遥隔。茶烟篷底,看炊蟹眼如雪。　　错道旧雨无情,佳时却忿,误了莺和蝶。仆本多愁消不起,罨画溪山风月。虾笼笋船,蛟桥酒幔,丽景从消歇。津亭回首,嫩条谁与同折。

纳兰性德

如梦令

黄叶青苔归路。屧粉衣香何处。消息竟沉沉,今夜相思几许。秋雨。秋雨。一半因风吹去。

采桑子

谁翻乐府凄凉曲,风也萧萧。雨也萧萧。瘦尽灯花又一宵。　　不知何事萦怀抱,醒也无聊。醉也无聊。梦也何曾到谢桥。

又

　　冷香萦遍红桥梦，梦觉城笳。月上桃花。雨歇春寒燕子家。　　箜篌别后谁能鼓，肠断天涯。暗损韶华。一缕茶烟绕碧纱[一]。

【校记】

[一] 绕　《全清词·顺康卷》作"透"。

蝶恋花

　　又到绿杨曾折处。不语垂鞭，踏遍清秋路。衰草连天无意绪。雁声远向萧关去。　　不恨天涯行役苦。只恨西风，吹梦成今古。明日客程还几许。沾衣况是新寒雨。

南歌子

　　翠袖凝寒薄，帘衣入夜空。病容扶起月明中。惹得一丝残篆、旧薰笼。　　暗觉欢期过，遥知别恨同。疏花已是不禁风。那更夜深清露、湿愁红。

又

暖护樱桃蕊，寒翻蛱蝶翎。东风吹绿渐冥冥。不信一生憔悴、伴啼莺。　　素影飘残月，香丝拂绮棂。百花迢递玉钗声。索向绿窗寻梦、寄余生。

太常引　自题小照

晚来风起撼花铃。人在碧山亭。愁里不堪听。那更杂、泉声雨声。　　无凭踪迹，无聊心绪，谁说与多情。梦也不分明。又何必、催教梦醒。

一丛花　咏并蒂莲

阑珊玉佩罢霓裳。相对绾红妆。藕丝风送凌波去，又低头、软语商量。一种情深，十分心苦，脉脉背斜阳。　　色香空尽转生香。明月小银塘。桃根桃叶终相守，伴殷勤、双宿鸳鸯。菰米漂残，沉云乍黑，同梦寄潇湘。

百字令　废园有感

片红飞减，甚东风不语，只催漂泊。石上胭脂花上露，谁与画眉商略。碧瓷瓶沉，紫钱钗掩，雀踏金铃索。韶华如梦，为寻好梦担阁。　　又是金粉空梁，定巢燕子，满地香泥落[一]。欲写华笺凭寄与，多少心情难托。梅豆圆时，柳绵飘处，空觅当时约[二]。斜阳冉冉，断魂分付残角。

【校记】

[一] 满地　《全清词·顺康卷》作"一口"。

[二] 空觅当时约　《全清词·顺康卷》作"失记当初约"。

彭孙遹

醉花阴　和漱玉词同阮亭作

花影枝枝摇午昼。桂炷销金兽[一]。愁病怯登高，几阵西风，吹得罗裳透。　　阑干星月三更后。玉露沾香袖。心事寄谁行，约略腰身，转觉秋来瘦。

【校记】

[一] 金　《全清词·顺康卷》作"狮"。

宴清都　萤火

四壁秋声静。疏帘外，数点飞来破暝。轻沾叶露，暗栖花蕊，乱翻银井。有时团扇惊回，又巧入[一]、罗衣相映[二]。空自抱、半晌光[三]，愿增照金枢景。"金枢"，月入处。　　几番去傍深林，来穿小幔，高低不定。随风欲堕，带雨犹明，流辉耿耿。隋家宫苑何在，腐草于今无片影。向山堂、且伴幽人，琴书清冷。李义山《隋苑》诗"于今腐草无萤火"，杜诗"忽惊屋里琴书冷"。

【校记】

[一]入　《全清词·顺康卷》作"坐"。

[二]罗　《全清词·顺康卷》作"人"。

[三]半晌光　《全清词·顺康卷》作"熠耀微光"。

绮罗香　春尽日有寄

翠远浮空[一]，红残欲滴[二]，帘卷青山无数。旧事难寻，春色半归尘土[三]。扑蝶会、如梦光阴，研花笺、相思图谱。怪东风、不为吹愁，凝眸又见碧云暮。　　年来沦落已惯。任一身长是，飘零吴楚。珠泪缄题[四]，恨字分明寄与。想南楼、柳絮飞时，是玉人、夜来凭处。应望断、远水归帆，蒙蒙江上雨。

【校记】

[一]浮　《全清词·顺康卷》作"如"。

[二]红残　《全清词·顺康卷》作"黛浓"。

花心动　早秋客思

　　几阵西风，凉气满、林下乍收残暑。极目江天，蹴雪惊沙，千里迢遥吴楚。殷勤谢、茱萸湾水，为侬好、向秦溪去。还恐怕、关山重叠，双鱼无据。　　冉冉年光欲暮。正思归未得，含情谁语。待折疏华，寄取一枝，又远隔层城路。倚楼人听断肠声，惊秋客、到伤心处。江南梦，一曲潇潇暮雨。

一寸金　莲

　　水面新妆，小着红绡弄烟雾。似艳分霞晕，倚栏微笑，娇含檀粉，向人低语。渺渺愁无侣[一]。只成队、鸳鸯来去[二]。乍临风，一种轻盈，玉奴初学凌波步。　　此夜瑶台，月明香细，翠袖沾清露。问玲珑秋藕，几时丝尽，鲜妍莲子，为谁心苦。正隔江欲采，盼佳期、年华迟暮[三]。诉相思、有恨无情，梦断西洲路。"西洲"，用古乐府语，陆龟蒙《莲花》诗："无情有恨何人见。"

【校记】

[一] 渺渺 《全清词·顺康卷》作"独立"。
[二] 只成队、鸳鸯来去 《全清词·顺康卷》作"觅旧日、张郎何处"。
[三] 年华 《全清词·顺康卷》作"美人"。

尤侗

齐天乐　蝉

　　小园疏柳斜阳晚。凄然数声低唤。吸露频啼，迎风乍咽，迸出悲丝急管。宫商偷换。和五夜寒螀，一天哀雁。恨杀螳螂，惊回焦尾素弦断[一]。　　当年齐女曾变。故宫衰草外，何限秋怨。罗袂无声，玉墀尘满，落叶几番零乱。余音宛转。想动影低鬟，妆残帘卷。杜老山妻[二]，夜飞人不见。予去岁九月《病中词》有"不见夜飞蝉，山妻剧可怜"之句，今年九月妇亡，亦词谶也。

【校记】
[一] 素 《全清词·顺康卷》作"鹍"。
[二] 老 《全清词·顺康卷》作"甫"。

满江红　余淡心初度，和梅村韵

　　对酒当歌，君休说、麒麟图画。行乐耳、柳枝竹叶，风亭月榭。满目凄凉汾水雁[一]，半生憔悴章台马[二]。

问何如、变姓隐吴门，吹箫者。　　兰亭禊，香山社。桐江钓，华林射。更平章花案，称量诗价。作史漫嗤牛马走，咏怀却喜渔樵话。看孟光、把盏与眉齐，皋桥下。

【校记】

[一] 凄凉　《全清词·顺康卷》作"山川"。
[二] 半生憔悴章台马　《全清词·顺康卷》作"半头霜雪燕台马"。

又　忆别院亭仪部，兼怀西樵考功湖上

我发芜城，趁竞渡、一江风涨。为寄语、池塘春草，阿连无恙。白舫已乘东冶下，青骢尚跃西泠上。问钱塘、可接广陵潮，双鱼饷。　　采莲棹，湖心漾。折柳曲，桥头唱。办十千兑酒，余杭新酿。王子正招缑岭鹤，孙登也策苏门杖。待归来、赠我两峰图，空蒙状。

念奴娇　赠吴梅村先辈，用东坡赤壁韵

江山如梦，叹眼前谁是，旧京人物。走马兰台行乐处，尚记纱笼题壁。椽烛衣香，少年情事，头白今成雪。杜陵野老，风流独数诗杰。　　更听法曲凄凉，四弦弹断，清泪如铅发。莫问开元天宝事，一半晓星

明灭。我亦飘零，十年湖海，看雨丝风发。何时把酒，浩歌同送明月。

朱彝尊

解佩令　自题词集

　　十年磨剑，五陵结客，把平生、涕泪都飘尽。老去填词，一半是、空中传恨。几曾围、燕钗蝉鬓。　　不师秦七，不师黄九，倚新声、玉田差近。落拓江湖，且分付、歌筵红粉。料封侯、白头无分。

卖花声　雨花台

　　衰柳白门湾。潮打城还。小长干接大长干。歌板酒旗零落尽，剩有渔竿。　　秋草六朝寒。花雨空坛。更无人处一凭阑。燕子斜阳来又去，如此江山。

风蝶令　石城怀古

　　青盖三杯酒，黄旗一片帆。空余神谶断碑镵。借问横江铁锁、是谁监。　　花雨高台冷，胭脂辱井缄。

夕阳留与蒋山衔。犹恋风香阁畔、旧松杉。

秋霁 严子陵钓台

七里滩光，见拥树归云，石壁衔照。渔火犹存，
羊裘未敝，只合此中垂钓。客星曾老。算来无过烟波
好。况有个，偕隐市门，仙女定娟妙。   当此更想，
去国参军，白杨悲风，应化朱鸟。翠微深、鸬鹚飞处，
半林茅屋掩秋草。历历柁楼人影小。水远山远，君看
满眼江山，几人流涕，把莓苔扫。子陵，梅福女婿。参军，谓
谢皋羽《西台恸哭记》有"化为朱鸟兮将安居"之歌。

祝英台近 任城登李太白酒楼

女墙低，宫柳暮。俯首眺齐鲁。冷缀苔钱，断碣
卧方础[一]。最怜酒酽花浓，好春闲度，更谁解、金
鱼换取。   启尘户。遥见十里帆樯，催人动津鼓。
翠杓多情，容我醉方去。待他明月高时，临风歌处，
也未许、此翁千古。

【校记】

[一] 卧 《全清词·顺康卷》作"眠"。

摸鱼子[一]　题其年填词图

擅词场、飞扬跋扈，前身可是青兕。风烟一壑家阳羡，最好竹山乡里。携砚几。坐罨画、溪阴袅袅珠藤翠。人生快意。但紫笋烹泉，银筝侑酒，此外总闲事。　　空中语，想出空中姝丽。图来菱角双髻。乐章琴趣三千调，作者古今能几。团扇底。也直得、樽前记曲呼娘子。旗亭药市。听江北江南，歌尘到处，柳下井华水。

【校记】

[一] 摸鱼子　《全清词·顺康卷》作《迈陂塘》。

又　用前韵题查韬荒词集

对层檐、沉沉春酌，惊心屡换时序。浮萍踪迹如相避，飞梦天涯难数。芳草渡。寻不到、断桥曲港龙山墅。白门此住。望塔火林梢，江楼雁底，莫共小窗语。　　新词好，沈鲍同时矜许。朗吟且漫携去。别裁懊恼回肠曲，转觉良工心苦。邀笛步。试唤取、双鬟绰板樽前度。迢迢紫路。计秋水鲈香，归期未晚，同听豆花雨。

金缕曲　初夏

　　谁在纱窗语。是梁间、双燕多愁，惜春归去。早有田田青荷叶，占断板桥西路。听半部、新添蛙鼓。小白蔫红都不见，但愔愔、门巷吹香絮。绿阴重，已如许。　　花源岂是重来误。尚依然、倚杏雕阑，笑桃朱户。隔院秋千看尽折[一]，过了几番疏雨。知永日、簸钱何处。午梦初回人定倦，料无心、肯到闲庭宇。空搔首，独延伫。

【校记】

[一] 折　《全清词·顺康卷》作"拆"。

疏影　芭蕉

　　是谁种汝。把绿天一片，檐牙遮住。欲折翻连，乍卷还抽，有得愁心如许。秋来惯与羁人伴，惹多少、冷风凄雨。那更堪、一点疏灯，绕砌暗虫交诉。　　待把蛛丝拭却，试今朝留与，个人题句。小院谁来，依旧黄昏，明月暂飞还去。罗衾梦断三更后，又一叶、一声低语。拚今番、尽剪秋阴，移种樱桃花树。

又　秋柳，和李十九韵

西风马首。有哀蝉几树，高下声骤。村外烟消，水际沙寒，斜阳似恋亭堠。<u>丝丝缕缕纷堪数</u>，更仿佛、叶初开候。待月中、疏影东西，思共故人携手。　　摇落江潭万里，系船酒醒夜，长笛京口。读曲歌残，晓露翻鸦，萧瑟白门非旧。赤阑桥畔流云远，遮不住、短墙疏牖。话六朝、遗事凄凉，张绪近来消瘦。

陈维崧

东风第一枝　踏青，和蘧庵先生原韵

檐溜才停，街泥乍浣，花梢日影摇午。陌头霁景增妍，水边烟光添妩。茜衫笑捡，忆春在、谢桥深处。正沿堤、絮燕吟莺[一]，吹满一天风絮。　　篱杏糁、红飘尘土[二]，溪柳罨、绿凝门户[三]。画完江左亭台，酿成花朝节序。为欢并日，况渐逼、韶光百五。约钿车、来日重游，又听小楼宵雨。

【校记】

[一]絮　《全清词·顺康卷》作"叫"。

[二]红飘尘土　《全清词·顺康卷》作"如尘鬓缕"。

[三]绿凝门户　《全清词·顺康卷》作"带烟朱户"。

齐天乐　辽后妆楼

　　洗妆楼下伤情路，西风又吹人到。一绺山鬟，半梳苔发，想象新兴闹扫。塔铃声悄。说不尽当年，花明月晓。人在天边，轴帘遥闪茜裙小[一]。　　如今顿成往事，回心深院里，也长秋草。上苑云房，官家水殿，惯是萧娘易老。红颜懊恼。与建业萧家，一般残照。惹甚闲愁，且归斟翠醑。

【校记】

[一] 裙 《全清词·顺康卷》作"钗"。

过秦楼　松陵城外，经疏香阁故址，感赋阁系才媛叶琼章读书处。

　　鸟啄双环，蝶粘交网，此是阿谁门第。垫巾绕柱，背手循廊，直恁冷清清地。想为草没空园，总到春归，也无人至。只樱桃一树，有时和雨，暗垂红泪。　　料昔日、人在小楼，窗儿帘子，定比今番不似。望残屋角，立尽街心，何处玉钗声腻。惟有门前远山，还学当年，眉峰空翠。忆香词尚在，吟向东风斜倚。

纱窗恨　蝴蝶，和毛文锡韵

　　闹红哑翠何时了，漾春心。一生轻薄谁拘管，粉墙阴。　　花架底、潜防纨扇，画梁前、巧斗红襟。描上鸳裙摺[一]，费泥金。

【校记】

[一] 描　《全清词·顺康卷》作"袖"。

李良年

疏影　黄梅

　　岁阑记否。着浅檀宫样，初染庭树。懒趁群芳，雪后春前，年年点缀寒圃。横斜月淡蜂黄影，长只傍、短垣低护。倚茜裙、欲捻苔枝，冻鸟一双飞去。　　依约荷圆磬小，剪来越镜里，先映眉妩。蓓蕾匀拈，细绞银丝，钗冷玉鱼偏处。还愁羯鼓催无力，沸蟹眼、胆瓶新注。正暖香、梦惹江南，忘了陇头人苦。

暗香　绿萼梅

　　春才几日。早数枝开遍，笑他红白。仙径曾逢，萼绿华来记相识。修竹天寒翠倚，翻认了、暗侵苔色。

纵一片、月底难寻，微晕怎消得。　　脉脉。清露湿。
便静掩帘衣，夜香难隔。吴根旧宅。篱角无言照溪侧。
只有楼边易堕[一]，又何处、短亭风笛。归路杳、但
梦绕，铜坑断碧。

【校记】

[一]堕　《全清词·顺康卷》作"坠"。

高阳台　过拂水山庄感事

屋背空青，墙腰断绿，沙头晚叠春船。一笛东风，
斜阳淡压荒烟。尚书老去苍凉甚，草堂西、贴石疏泉[一]。
倚香奁。天宝宫娥，爱说开元。　　松楸马鬣都休问，
却土花深处，也当新阡。白氎红巾，是非付与残编。
石家金谷曾拌坠，甚游人、尚记生前。更凄然。燕又
双飞，柳又三眠。

【校记】

[一]贴石疏泉　《全清词·顺康卷》作"南渡明年"。

齐天乐　蝉

满阶榆荚过墙竹，日长初扫三径。鸠妇呼残，燕

雏飞后，不许草堂人静。隔林遥听。恰吟侣参差，绿阴遮定。长记抛书，声声如在最高岭。　　柴关应误来客，乱喧晴叶底，剥啄难省。葵扇慵挥，桃笙乍展，午梦几番催醒。井梧秋冷。渐移近朱栏，有人闲凭。一笑回身，镜中看鬓影。

李符

齐天乐　苕南道中

　　野塘水漫孤城路[一]，晓来载诗移舰。柳悴汀荒，邱迟宅坏，急雨鸣蓑千点。绿芜如染。映翠藻参差，鹈鹕能占。沽酒何村，花明独树小桥店。　　昔游如昨日耳，记深深院宇，绮罗春艳。妆阁悬蛛，舞衫化蝶，满目繁华都减。湿云乍敛。露浮玉遥峰，相看无厌。渔唱沧浪，荻根灯又闪。

【校记】

[一]孤　《全清词·顺康卷》作"菰"。

摸鱼儿　吴清峙属题秋圃归帆图

　　镜奁中、白苹风起，扁舟乘兴容与。卞峰未抵皋亭好，便挂归帆南浦。朝至暮。听两岸、萧萧一派秋声去。贪看云树。任倚榜沉吟，推篷欹坐，收拾眼前句。　　闲情好，寂寞谁为伴侣。漫寻沙嘴鸥鹭。有人更在烟波外，欲向画中呼汝。留且住。同泛入、芦花野馆桥横处。衔杯共语。怕索米长安，马头鞭影，催别短亭路。

南浦　秋水，用碧山乐府韵同蘅圃赋

　　好景在沧浪，照乱山、冷枫翠渚红染。前度浣衣人，西风里、安排碧砧初遍。载诗载酒，画船重到风澜浅。藕塘万叶憔悴尽，换了芦花一片。　　临流曲榭依然，早不见、双双掠波紫燕。远浦夕阳含，秋奁影、但有烟鸿苍点。泠泠绕郭，几曾解洗江南怨。莫愁湖畔停兰枻，梦入鲈鱼乡远。

疏影　帆影

　　双桡且住。趁风旌五两，挂席吹去。侧浸纹波，一片横斜，不碍招来鸥鹭。忽遮红日江楼暗，只认是、凉云飞度。待翠蛾、帘底凭看，已过几重烟浦。　　摇漾东西不定，乍眠碧草上，旋入高树。荻渚枫湾，宛

转随人，消尽斜阳今古。有时淡月依稀见，总添得、
客愁凄楚。梦醒来、雨急潮浑，倚榜又无寻处。

扬州慢　广陵驿舍对月遇山左调兵南下

　　老柳梳烟，寒芦载雪，江城物候秋深。怨金河叫
雁，断续和疏砧。记前度、邗沟系缆，征衫又被[一]，
愁到如今。怅无眠、伴我凄凉，月在墙阴。　　竹西
歌吹，甚听来、都换笳音。料锁箧携香，笼灯照马，
翠馆难寻。淮海风流秦七，今宵在、梦更伤心。有燕
犀屯处，明朝莫去登临。

【校记】

[一] 被　《全清词·顺康卷》作"破"。

沈皥日

南浦　春水，用玉田韵，同蘅圃赋

　　新雨涨汀沙，倚兰桡、正值江亭初晓。堤坠乱桃
红，红桥下、斜映花阴如扫。波纹沁碧，一双燕子凌
波小。乍胃晴丝还又转，却误衔来萍草。　　漫从南
浦催归，是闲情、客里春游未了。双桨载笙歌，鸳鸯

起、何处画船吹到。曲终渺渺。前溪渐觉莺声悄。寒食今番过也，报道湔裙人少。

孙致弥

虞美人

青幡半卷花枝动。蝶翅酣香重。曲阑红映绿波中。又是一声莺啭、落花风。　　海棠午倦眠初足。扶起眉峰蹙。水晶帘下尽思量。独自倚楼和梦、送斜阳。

厉鹗

国香慢　素兰

路远三湘。记幽崖冷谷,采遍瑶房。仙人炼颜如洗,尚带铅霜。窈袅东风摇翠，返魂处、佳珥成行。飘零遇张硕，已坠红尘，还舞霓裳。　　月中何限怨，念王孙草绿，孤负空香。冰丝初弄，清夜应诉悲凉。玉斫相思一点，算除是、连理唐昌。闲阶澹成梦，白凤梳翎，写影云窗。

齐天乐 吴山望隔江霁雪

　　瘦筇如唤登临去，江平雪晴风小。湿粉楼台，酿寒城阙[一]，不见春红吹到。微茫越峤。但半沍云根，半销沙草。为问鸥边，而今可有晋时棹。　　清愁几番自遣，故人稀笑语，相忆多少。寂寂寥寥，朝朝暮暮，吟得梅花俱恼。将花插帽。向第一峰头，倚空长啸。忽展斜阳，玉龙天际绕。

【校记】

[一]酿　《全清词·雍乾卷》作"酽"。

疏影 ·湖上见柳影，因赋此阕

　　轻阴冉冉。正嫩苔弄碧，庭宇深掩。千缕柔魂，摇荡如烟，无端忽度阑槛。章台路暗人归处，看足了、斜阳浓淡。又几痕、水际低窥，近日楚腰全减。　　依约匀梳月底，乱云铺满径，笼住文簟。欲结同心，空试萸苗，作就三分销黯。寒添白袷清明后，扫不尽、随风微敛。最镜中、再写秋疏，记得踏枝鸦点。

水龙吟 用丁宏庵韵

　　客怀偏恨秋阴，故遮一半阑干影。蛩欺人独，鹊欺书滞，何曾惯听。叠叠吴云，迢迢楚水，悠悠醒枕。漫寻思那日，门前银浦，不抵似、关山永。　　凝立风帘露井。可能拌、参差簧冷。飘零愁发，萧条长铗，无言自领。楼月斜初，篝烟清后，旧家标韵。又新凉陡起，添衣时候，作西窗暝。

百字令

月夜过七里滩，光景奇绝，歌此调几令众山皆响。

秋光今夜，向桐江、为写当年高躅。风露皆非人世有，自坐船头吹竹。万籁生山，一星在水，鹤梦疑重续。桨音遥去，西岩渔父初宿。　　心忆汐社沉埋，清狂不见，使我形容独。寂寂冷萤三四点，穿破前湾茅屋。林净藏烟，峰危限月，帆影摇空绿。随风飘荡[一]，白云还卧深谷。

【校记】

[一]风　《全清词·雍乾卷》作"流"。

齐天乐　秋声馆赋秋声

篁凄灯暗眠还起，清商几处催发。碎竹虚廊，枯莲浅渚，不辨声来何叶。桐飙又接。尽吹入潘郎，一簪愁发。已是难听，中宵无用怨离别。　　阴虫还更切切。玉窗挑锦倦，惊响檐铁。漏断高城，钟疏野寺，遥送凉潮呜咽。微吟渐怯。讶篱豆花间，雨筛时节。独自开门，满庭都是月。

高阳台　落梅

　　缟月啼香，青禽警瘦，遗环与恨俱飘。雪没鞋痕，何人为扫溪桥。东风欲避层台远，御风归、第一春销。恼相思，枝北枝南，冷梦迢迢。　　山空记得吟疏影，拾参差片脑，自裹冰绡。湖水无声，流残旧怨新娇。余酸已在浓阴里，怕重屏、半萼难描。更堪他，消息经年，雨暮烟朝。

江炳炎

买陂塘　莼

　　记年时、湖干信宿，隔窗夜雨声骤。晓来渌涨平波阔，镜里千丝春透。沙渡口。有浅浅渔舠，低傍晴杨柳。吴娃短袖。把兰桨轻分，蘋花细拨，采摘小垂手。　　江乡好，说甚烧菘剪韭。香羹堪佐杯酒。萧然十载羁栖客,那为吟诗销瘦。从此后。拚忘却名心,去伴西溪叟。秋风依旧。纵不比鲈鱼,屡萦归梦,烟际几回首。

忆旧游　送杨耘谷游江楚诸胜

记停灯共巷,永漏敲扉,几度殷勤。忽起飘然兴,指落霞南浦,长揖匡神。添了卷帘疏雨,吟绕栋间云。便趁此东风,招邀古鹤,吹笛江滨。　　逡巡。恋游处,是篆印分章,花笔留裙。别后凄清意,问隔窗梅影,谁伴黄昏。料得梦中寻我,我梦也寻君。莫说着相思,山遥水远愁夕曛。

垂杨　柳影

轻寒乍暖。算碧阴占地[一],昼闲庭院。欲折偏难,巧莺空送声千啭。休嫌云暗章台畔。怕纤雨、楚腰吹断。正依稀、低映江潭,共夕阳飘乱。　　辛苦长亭夜半。是摇漾瘦魂,兔华初满。误了闺人,也曾描出春前怨。还教学缀修蛾浅。但漠漠、如烟一片。秋来待写疏痕,愁又远。

江昱

买陂塘 题家研南冷红词

掐檀痕、细巡银字，冷枫江外红舞。些儿宛转凄凉意，浑是玉田俦侣。梅子雨。又那信、江南肠断无佳句。湖山间阻。漫芍药厅前，茱萸湾畔，寂寞写离绪。　　垂虹路。雪夜吹箫自度。风流空忆南渡。平生亦有梅边集，流水静传弦语。堪和汝。还共叹幽商，不入昭华谱。为邻旧许。约鸥雨渔烟，瓮春篷月，吟啸傲千古。

湘月

戊午小春，同樊榭、授衣、玉井、蒥田、小轩泛舟红桥，分赋。

试香过也，甚湖村寂历，还动游兴。几日霜晴，渐逗取、篱畔先春梅信。冻蝶情疏，寒鸥梦暖，诗在无人境。林高深锁，剩将一片清景。　　桥外画舫都归，荒汀折苇，弄斜阳空影。似此风光，但付与、词客闲来消领。脉脉吟情，萧萧野意，浅水和烟暝。传杯休缓，雁风早又凄紧。

鹧鸪天 冬夜感旧

午夜寒多酒不胜。梦华往事记謷腾。屏留绿雾香煤暖，帐掩红罗烛泪凝。　　嗟岁月，怆无凭。近来风味转如僧。纸窗竹屋闲听雨，人与梅花共一灯。

江昉

八声甘州 怀黄梦珠汉上

怅花前两度换东风，虚负玩花辰。记青尊邀月，红阑谱字，白雪吟春。共数同心晨夕，委款拂芳尘。一别浑如雨，那不思君。　　最是临高远溯，望空波淼淼，烟暗遥津。对西窗无绪，啼鴂诉黄昏。想江城、落梅飘处，算几番、飞梦入湘云。销凝久、忆年时事，独掩重门。

木兰花慢　秋帆，和厉丈樊榭

近兼葭野岸，展十幅，挂樯竿。惯遥障堤痕，低遮鹭浴，高拂云寒。争先。惊飞雁底，带萧萧、落叶下江干。惆怅登楼望眼，几番张尽凉天。　　悠然。波静远如闲。宛转度枫湾。指一片斜阳[一]，参差影里，回首乡关。空悬。离愁渺渺，任西风、送客自年年。画出潇湘数点，依稀没入苍烟。

玉漏迟

伊人秋水远。相思迢递，茂陵心眼。悄对钉花，独自觉难消遣。枝上红稀翠暗，蝶梦绕、梨云秋苑。愁莫剪。花阴月冷，锦筝弹怨。　　旧时曳雪歌云，怅三叠阳关，一声河满。似草春怀，又被东风吹遍。书剑天涯去后，何处觅、试香庭院。帘半卷。怕听杏梁双燕。

凄凉犯　秋草

凄迷望极平原外，乱蛩一片声急。长亭怨满，王孙去后，无情自碧。苍茫暮色。衬残照、荒凉渐迫。黯黏天、遥连塞陌，隐隐间沙白。　　回首芳堤畔，惯碾香轮，飞花狼藉。斜川韦曲，甚青青、旧时游历。昨夜新寒，怕匝地、霜华乍入。又西风遍野暗剪，更瑟瑟。

齐天乐　秋水

浸空愁已随流杳，西风蓦然吹转。乍没芦几[一]，还平蓼渚，搅得残阳都乱。寒光片片。怪谁把并刀，夜来都剪。惊起眠鸥，和云掠去楚天远。　　眉痕最怜淡扫，正菱铜净拭，消瘦难掩。遥念伊人，寄缄双鲤，尺素休教轻溅。弯环断岸。又一叶浮红，顿成凄怨。记载盈盈，隔花催桨暖。

【校记】

[一] 几　《全清词·雍乾卷》作"矶"。

绮罗香　栏[一]

诘曲围春，玲珑界月，亚字形分十二。玉榭云廊，常伴帘衣垂地。夹画舫、六柱中开，笼绀塔、七层空际。又谁家、小径初晴，有人绣罢倦频倚。　　前宵偷按乐府，记得低扬试拍，钗声敲碎。不碍看花，只隔染裙湘水。风恻恻、嫌尔侵凉，酒恹恹、赖伊扶醉。正庭边、红药翻时，断香飘暗里。

【校记】

[一]栏 《全清词·雍乾卷》作"阑"。

史承谦

一萼红　桃花夫人庙

　　楚江边。旧苔痕玉座，灵迹自何年。香冷虚坛，尘生宝靥，千秋难释烦冤。指芳丛、飘残清泪，为一生、颜色误婵娟。恩怨前期，兴亡闲梦，回首凄然。　　似此伤心能几，叹诗人一例，轻薄流传。雨飒云昏，无言有恨，凭阑罢鼓神弦。更休题、章台何处，伴湘波、花木暗啼鹃。惆怅明珰翠羽，断础荒烟。

台城路

　　甲子秋，寓金陵蔡氏水亭，有句云"三秋丝雨侵孤馆，一树垂杨见六朝"，极为汪枫南先生所赏。丁卯秋重至，垂杨如故，亭沼依然，不胜今昔之感，词以写怀，并邀充上、韩怀同赋。

槐花忽送潇潇雨，轻装又来长道。水咽青溪，苔荒露井，故国最伤怀抱。登临倦了。只一点愁心，尚留芳草。斗酒新丰，而今惭愧说年少。　　何应重过小驻，看红阑碧浪，眉影如扫。潘鬓经秋，沈腰非故，应笑吟情渐杳。柔丝细褭。是几度西风，几番残照。司马金城，剧怜憔悴早。

双双燕

立甫三月中来荆溪，泊舟红桥，半月别去。昨过其地，凄然感怀，因约长源同赋。

春愁易满，记红到樱桃，乍逢欢侣。几番携手，醉里听残杜宇。曾向花源问渡。是水国、风光多处。可应酒殢香留，不记江南春雨。"酒殢香留又一年"，立甫句也。　　南浦。清阴如故。谁料得重来，暗添凄楚。月篷烟棹，载了冷吟人去[一]。可惜千条弱柳。更难系、轻帆频住。如今绿遍桥头，尽作情丝恨缕。

【校记】

[一]冷　《全清词·雍乾卷》作"爱"。

石州慢　岁暮寄广陵同学诸君

　　寒掩空庭，回首清游，转添凄咽。故人云外难期，岁晚凝情空切。爱闲多病，十年不到扬州，清狂杜牧还伤别。把酒慰飘零，记天涯风雪。　　愁绝。闲来拟趁，沙岸云帆，江头桂楫。只待看灯，潮稳落梅风歇。隋堤携手，相邀重认风流，丝丝杨柳应堪折。二十四桥边，醉年时明月。

绮罗香　秦邮道中

　　风柳夸腰，露桃呈脸，倦客顿舒愁抱。摇漾晴云，不定浴波沙鸟。映水郭、酒旆斜挑，倚高楼、黛痕初扫。记春帆、前度曾过，惊心又是隔年了。　　佳辰何处祓禊，怊怅采兰人远，空嗟长道。官烛分烟，一半韶光还好。沾暮雨、只有杨花，系归心、不关芳草。奈今宵、尚滞江皋，楚天双岫杳。

任曾贻

高阳台

　　薄雨催晴，轻阴弄晚，峭寒未觉春赊。行过红桥，匆匆鞭影横斜。门前无数垂杨柳，任翠阴、一半低遮。
最怜他，照影清溪，独浣春纱。　　重来人面知何处，
总相思梦稳，难到天涯。陌上花开，枉教盼断香车。
何因得似红襟燕，认朱楼、飞入伊家。感年华，开过
樱桃，又到梨花。

百字令　立春前一日，寄怀储丈漏津

　　短篷听雨，共江干秋晚，几番潮汐。不道烟帆分
别浦，一水迢迢长隔。贳酒当垆，敲诗午夜，弹指成
今昔。双鱼何处，飘摇尺素难觅。　　又是雪霁明窗，
炉温小阁，残腊余今夕。想到南枝初破蕊，一点新春
消息。稳卧湖村，鬓丝无恙，肯便闲吟笔。甚时花底，
玉尊同醉春碧。

西子妆

　　"春尽絮飞留不住，因风好去落谁家"，刘梦得句
也。偶忆是诗，感而赋此。

　　紫燕初飞，朱樱乍熟，小院浓阴深护。飞来点点
是杨花，趁天斜、拂帘穿户。从风漫舞。知踪迹、飘
零何许。记春前，道不堪攀折，别来无据。　　长亭

路。九十韶光，蓦地又将暮。相思一点在谁家，叹匆匆、欲留难住。刘郎秀句。吟未了、红牙重谱。最关情，一夜蘋洲细雨。

月底修箫谱 同储长源、史位存、衍存饮愿息斋

酿新晴，催薄暮。月额几丝雨。趁蝶寻香，又过翠阴路。眼看红紫飘残，蔷薇开也，尚留得、春光几许。　　漫凝伫。主人花底邀宾，分笺共题句。酒酿杯深，肯便背花去。尽教画槛频移，银灯再剪，休更问、咚咚漏鼓。

琐窗寒 纸窗

败叶鸣廊，浓云压槛，小窗欲暝。霜风剪剪，次第酿成寒信。向疏棂、抱影凝情，最愁人是更初静。怕烛烬香残，吹来点点，雪花凄紧。　　应省。将寒屏。恰几幅银笺，倩他遮尽。围炉炙砚，虚白乍来相映。盼花开，枝北枝南，月明描取横斜影。约春深、听雨挑灯，故人同夜永。

蒋士铨

水调歌头

偶为共命鸟，都是可怜虫。泪与秋河相似，点点注天东。十载楼中新妇，九载天涯夫婿，首已似飞蓬。年光愁病里，心绪别离中。　　咏春蚕，疑夏雁，泣秋蛩。几见珠围翠绕，含笑坐东风。闻道十分消瘦，为我两番磨折，辛苦念梁鸿。谁知千里度[一]，各对一灯红。

【校记】

[一]度《全清词·雍乾卷》作"夜"。

赵文哲

倦寻芳

柳遮翠馆，花落红亭，催老芳序。满目江山，何处送春归去。漫惜侵帘莺语滑，可怜隔浦鹃啼苦[一]。最消魂，是斜阳欲下，一庭疏雨。　　怅往事、都如流水，人面重门，佳约无据。系马踟蹰，不记旧时芳树。青子绿阴空自好，年年总被东风误。只多情，燕归来，画梁愁诉。

林蕃钟

清平乐

晚妆初就。炉篆消闲昼[一]。冷落夕阳疏雨后。花影一帘红瘦。　　低鬟无语盈盈。画罗凉意微生。为问翠阴孤蝶，近来多少春情。

又

翠禽飞尽。烟入疏帘暝。曲曲屏山闲小景。望里江南远近。　　残花飘落金樽。楼头暮雨黄昏。一片绿阴芳草，春归如梦无痕。

玉楼春

罗帏小障残寒浅[一]。诉到深情莺语软。城边风约角声来，窗外月和花影转。　　相逢暂遣愁蛾展。

惜别每嫌银烛短。今宵有酒为君斟，明日画桥春共远。

【校记】

[一] 障 《全清词·雍乾卷》作"嶂"。

珍珠帘

　　暮帆微觉西风劲。正闲看、几处疏林残暝。秋色画桥边，引十年游兴。柳外新蟾凉意浅，早澹了、碧溪云影。人静。爱入棹蘋香，翠痕千顷。　　重问旧日词仙，有花飞玉笛，雪依孤艇。零落翠樽空几，月圆如镜。今夜湖光留我住，但梦与、闲鸥俱冷。还省。又隔院飘来，一声清磬。按，《国朝词综》有小序云："石湖为白石老仙游衍地也，秋夜泊舟，有感而作。"

吴锡麒

月华清

　　鸦影偎烟，蛩机絮月，月和人共归去。愁满青衫，怕有琵琶难诉。想玉阑[一]、吹老苔花，枉闲却、扇边眉妩。延伫。渐响余落叶，冷摇灯户。　　不怨美人迟暮。怨水远山遥，梦来都阻。翠被香消，莫话青鸾前度。剩醉魂、一片迷离，绕不了、天涯红树。谁语。正高楼横笛，数声清苦。

【校记】

[一]阑 《全清词·雍乾卷》作"栏"。

望湘人

惯留寒弄暝，非雨非晴，误抛多少春色。半带闲愁，半迷归梦。黯黯蘋芜空碧。阁处云浓，禁余烟重，欲移无力。最晚来、如雪东阑[一]，一树梨花明白。　　孤负饷箫巷陌。已清明时过，懒携游屐。只润逼熏炉，约略故香留得。天涯燕子，问伊来也，可有斜阳信息。听傍人、半晌呢喃，似怨暮寒帘隙。

【校记】

[一]阑 《全清词·雍乾卷》作"栏"。

吴翌凤

瑶华

疏花散雾，小雨收灯[一]，过禁城寒食。寻春归晚，谁念我、重上吹香巷陌。[二]年芳轻别，早梦断、谢桥春色[三]。但盼到[四]、垂柳阴中，一片池塘自碧。　　玉笙声里残寒，想燕子归来，东风犹识。彩云飞过[五]，斜阳外、闲却红阑几尺。苔阴小立，试重问、玉钿遗迹。算惟有[六]、冷月笼烟，照我夜分吹笛。

【校记】

[一]疏花散雾，小雨收灯　《全清词·雍乾卷》作"疏烟扫径，宿雨收晴"。

[二]寻春归晚，谁念我、重上吹香巷陌　《全清词·雍乾卷》作"寻芳携酒，归已晚、愁上吹香房陌"。

[三]年芳轻别，早梦断、谢桥春色　《全清词·雍乾卷》作"流光易度，问谁见、翠苞红坼"。

[四]但　《全清词·雍乾卷》作"早"。

[五]过　《全清词·雍乾卷》作"去"。

[六]算　《全清词·雍乾卷》作"念"。

长亭怨[一]

正帘外、雨声不定。[二]柳下人家，燕巢先冷。润绝琴丝，落红庭院晚风劲。倦怀谁省[三]。知消减、看花心性。梦破黄昏，又听到、断钟零磬。　　春尽。问吟魂何事[四]，犹恋旧时芳景。银屏睡醒[五]，谁扶上、江南烟艇。想当时[六]、罗袜侵阶，有几处、雾深花暝。

到人去庭空，一片露华凉浸。

【校记】

[一] 长亭怨 《全清词·雍乾卷》作《长亭怨慢》。

[二] 正帘外、雨声不定 《全清词·雍乾卷》作"经几度、画檐疏雨"。

[三] 倦怀谁省 《全清词·雍乾卷》作"旅怀畴省"。

[四] 事 《全清词·雍乾卷》作"自"。

[五] 睡 《全清词·雍乾卷》作"梦"。

[六] 时 《全清词·雍乾卷》作"初"。

齐天乐[一]

十年不上吹笙路，相看俊游都老。小径无花，闲门有燕，愁入故园芳草。烧灯过了。问隔水人家，冷烟多少。负尽年华，钿车密约那曾到[二]。　　新来吟兴渐懒[三]，春衫都试遍，犹是寒峭[四]。破梦灯痕，恋衣香气，消领旧时怀抱。绿窗深窈。知柳外花边，几番残照。如此溪山[五]，甚时归去好。

【校记】

[一] 齐天乐 《全清词·雍乾卷》作《台城路》。

[二] 钿车密约那曾到 《全清词·雍乾卷》作"棹歌声里度昏晓"。

[三] 新来 《全清词·雍乾卷》作"残乡"。

[四] 是 《全清词·雍乾卷》作"自"。

[五] 如此溪山 《全清词·雍乾卷》作"寄语盟鸥"。

郭麐

疏影

　　珠啼玉泣。向画筵深夜，相对愁绝。今世红红，宿世虫虫，生平最惜离别。风帘露席随升降，判滴满、烂银荷叶。算芳心、未是灰时，肯怕界残红颊。　　便与纱笼护取，也应护不到，将炧时节。苦忆高楼，网户曈昽，照见粉痕明泻^[一]。罗襦低解闻芎泽，有谁问、阶前堆积。只凄然、拥髻人人，愁涴石榴裙褶。

【校记】

[一] 泻 《箧中词》作"灭"。

前调

　　生香活色。记旧曾相约，短棹游历。认是西溪，千树梅花，无人管领烟月。故家台榭知何处，有野鹤、暂归能说。见当时、二老风流，闲倚画阑清绝。　　同向江湖流浪，欲归那便肯，如此踪迹。江北江南，铜井铜坑，过了试花时节。人生但有三间屋，便无地、种梅也得。问何时、深闭柴门，稳卧故山风雪。

张惠言

水调歌头

东风无一事，妆出万重花[一]。闲来阅遍花影，惟有月钩斜。我有江南铁笛，要倚一枝香雪，吹彻玉城霞[二]。清影渺难即，飞絮满天涯。　飘然去，吾与汝，泛云槎。东皇一笑相语，芳意落谁家[三]。难道春花开落，又是春风来去[四]，便了却韶华。花外春来路，芳草不曾遮。

【校记】

[一] 妆 《全清词·雍乾卷》作"装"。
[二] 彻 《全清词·雍乾卷》作"澈"。
[三] 落 《全清词·雍乾卷》作"在"。
[四] 又 《全清词·雍乾卷》作"更"。

又

百年复几许，慷慨一何多。子当为我击筑，我为子高歌。招手海边鸥鸟，看我胸中云梦，蒂芥近如何。楚越等闲耳，肝胆有风波。　生平事，天付与，且婆娑。几人尘外相视，一笑醉颜酡。看到浮云过了，又恐堂堂岁月，一掷去如梭。劝子且秉烛，为驻好春过。

又

　　珠帘卷春晓[一]，胡蝶忽飞来。游丝飞絮无绪，乱点碧云钗。肠断江南春思，黏着天涯残梦，剩有首重回。银蒜且深押，疏影任徘徊。　　　罗帏卷，明月入，似人开。一尊属月起舞，流影入谁怀。迎得一钩月到，送得三更月去，莺燕不相猜[二]。但莫凭阑久，重露湿苍苔。

【校记】

[一] 珠　《全清词·雍乾卷》作"疏"。

[二] 相　《全清词·雍乾卷》作"曾"。

又

　　今日非昨日，明日复何如。竭来真悔何事，不读十年书。为问东风吹老，几度枫江兰径，千里转平芜。寂寞斜阳外，渺渺正愁予。　　　千古意[一]，君知否，只斯须。名山料理身后，也算古人愚。一夜庭前绿遍，三月雨中红透，天地入吾庐。容易众芳歇，莫听子规呼。

【校记】

[一] 意　《全清词·雍乾卷》作"事"。

又

长镵白木柄，劚破一庭寒。三枝两枝生绿，位置小窗前。要使花颜四面，和着草心千朵，向我十分妍。何必兰与菊，生意总欣然。　　晓来风，夜来雨，晚来烟。是他酿就春色，又断送流年。便欲诛茅江上，只怕空林衰草[一]，憔悴不堪怜。歌罢且更酌，与子绕花间。

【校记】

[一] 怕　《全清词·雍乾卷》作"恐"。

张琦

摸鱼儿

渐黄昏、楚魂愁断。啼鹃早又相唤。芳心欲寄天涯路，无奈水遥山远。春过半。看丝影花痕，胃尽青苔院。好春一片。只付与轻狂，蜂儿蝶子，吹送午尘暗。　　关山客，漫说归期易算。知他多少凄怨。不曾真个东风妒，已是燕残莺懒。春晼晚。怕花雨朝来，一霎方塘满。嫣红谁伴。尽倚遍回阑，暮云过尽，空有泪如霰。

南浦

惊回残梦，又起来、清夜正三更。花影一枝枝瘦，明月满中庭。道是江南绮陌，却依然、小阁倚银屏。怅海棠已老，心期难问，何处望高城。　　忍记当时欢聚，到花时、长此托春醒。别恨而今谁诉，梁燕不曾醒。帘外依依香絮，算东风、吹到几时停。向鸳衾无奈，啼鹃又作断肠声。

金应城

湘春夜月

镇愁人，画帘尽日低垂。一任蝶舞莺歌，都付与斜晖。无奈梁间燕子，带东风一缕，蓦地归来。又深苔细草，和将春思，吹入啼眉。　　屏山倦倚，熏炉欲烬，宝篆微微。且上银钩，却放得、纤纤月影，斜卷花枝。雕阑旧梦，倩谁删、万缕相思。算只是，把双犀依旧、从教深押，莫问天涯。

金式玉

南浦

　　年年寄旅，向天涯、底事又难留。几度凉飔萧瑟，倦羽不胜秋。此去斜阳无数，怎抛他、幽恨锁重楼。算年来重到，人还在否，难问旧帘钩。　　只为雕梁春信，趁东风、容易到南州。雨雨风风花事，一度一含愁。谙尽凄凉情绪，再相逢、切莫话温柔。只怜伊瘦损，阑干竟日自凝眸。

周济

徵招

　　边笳吹老天山雪，踆鸟乍栖庭树[一]。露重卸金盘，听商音凄苦。儿童骄自诩。便闲把、棘门军聚。数点敲残，千家寒月，隔墙砧杵。　　何处。是灵津，流澌结、冲冲马蹄难驻。待约鹡鸰，齐沸春池蛙鼓。熏风知几度。向瑶榭、换将荷柱。漫凝想、鹤氅风姿，有顾荣挥羽。

【校记】

[一] 鸟 《箧中词》作"乌"。

满庭芳

珍重经年，玲珑数朵，楼前越样丰姿。东君着意，开比海棠迟。烂漫群芳似锦，深宵露、洗尽燕支。无人见，亭亭顾影，明月过墙时。　　浑疑。逢洛浦，凌波佩解，天慰相思。正团圆果就，怎说将离。一剪红襟斜度，窥鸳枕、云想轻移。年年约，湔裙俊侣，沉醉碧颇黎。

蝶恋花

柳絮年年三月暮。断送莺花，十里湖边路。万转千回无落处。随侬只恁低低去。　　满眼颓垣欹病树。纵有余英，不直封姨妒。烟里黄沙遮不住。河流日夜东南注。

董士锡

江城子

寒风相送出层城。晓霜凝。画轮轻。墙内乌啼、墙外少人行。折尽垂杨千万缕，留不住，此时情。　　红桥独上数春星。月华生。水天平。镜里芙蓉，应向脸边明。金雁一双飞过也，空目断，远山青。

潘德舆

蝶恋花

　　百尺高楼春色暮。不卷珠帘，怕惹黏窗絮。只有惜春莺解语。随风又入烟中树。　　陌上寻芳羞独去。碧水红桥，尽是相思处。吹尽残花须闭户。黄昏渐有潇潇雨。

戈载

兰陵王

　　画桥直。明镜波纹皱碧。轻烟绕、歌榭舞楼，一派迷离黯春色。东风遍故国。吹老关津怨客。长堤畔，千缕碧条，时见流莺度金尺。　　萍踪半陈迹。记侧帽题襟，香霭瑶席。天涯今又逢寒食。叹携手人远，俊游难再，飞花飞絮散旧驿。送潮过江北。　　悲恻。乱愁积。对孤馆残灯，无限凄寂。青禽望断情何极。乍倚枕寻梦，怕闻邻笛。那堪窗外，更细雨，夜半滴。

步月

　　梨月笼晴，柳烟摇暝，绣堤夜景凄寂。嫩寒剪剪，逗一丝风力。记携酒、流水画桥，听莺语、翠阴无迹。如今换、彻晓泪鹃，尽情啼急。　　蘼芜芳径窄。香影梦模糊，云暗愁碧。玉箫甚处，正灯飘华席。问知否、门外落红，已零落、钿车消息。归来也，莲漏隔花静滴。

项鸿祚

东风第一枝

斗草庭闲，簸钱院静，东风吹满香絮。薄寒尚勒花期，天意似催春暮。杏梁归燕，几曾会、相思言语。便等闲、飞入卢家，不带离魂同去。　　空自想、俊游伴侣。又烦恼、酒边心绪。鸾笺待写深情，肠断都无新句。初三下九，问旧约、更谁凭据。怕有人、蹙损双蛾，日日画楼听雨。

水龙吟

瑶池昨夜新凉，一奁环佩秋声碎。多应卷尽，晴丝万缕，静香十里。鹭怅盟寒，鸳惊梦冷，画阑谁倚[一]。剩吴娃小艇，采芳重到，料比似、人憔悴。　　可是凌波仙子，嫁西风、靓妆都洗。碧筒唤酒，红衣试舞，旧欢难记。怕点清霜，怕逢疏雨，怕随流水。算关心、只有跳珠零乱，作相思泪。

【校记】

[一]阑 《箧中词》作"栏"。

湘月

绳河一雁，带微云澹月，吹坠秋影[一]。风约疏钟，似唤我、同醉寺桥烟景。黄叶声多，红尘梦断，中有檀栾径。空明积水，诗愁浩荡千顷。　　乘兴欲叩禅关，残萤几点，飐寒星不定。清夜湖山，肯付与、词客闲来消领。跨鹤天高，盟鸥缘浅，心事塘蒲冷。朔风狂啸，满林宿鸟都醒。

【校记】

[一]坠 《箧中词》作"堕"。

摸鱼子

正鸳机、花明昼锦，雨丝织到愁处。杏钿狼藉青芜国，前度凤钩香污。湖上路。问孤负、良辰美景谁院宇。残箫倦鼓。剩占岸轻桡，垂帘小榭，烟柳短桥暮。　　空赢得，采壁留题秀句。凄凉醉玉风度。旧时系马门前树，一片绿阴吹雾。听燕语。谩说道、蔷薇后约今在否。银筝自谱。尽付与红儿，酒边缓唱，忍泪看春去。

八声甘州

更不须、携酒看黄花，凄凉胜游稀。但苏翁圃外，藏鸦细柳，相对依依。回忆西湖旧梦，秋水浸渔几[一]。今日登临地，风景都非。　　自折茱萸簪帽，叹沈腰瘦减，泪满莱衣。况天涯兄弟，不似雁同飞。误江楼、玉人凝伫，盼归舟、我尚未能归。休长望[二]、有阑干处，总是斜晖。

【校记】

[一]几　《箧中词》作"矶"。
[二]长　《箧中词》作"怅"。

八声甘州

界斜红、飐出晚晴天，相看转凄然。甚匆匆只是，横催雁阵，低照鸥眠。树外山眉衬黛，远道草芊芊。

一段苍茫意^[一]，都付樊川。　　汉阙秦宫何处，送几声画角，吹老华年。尽欢游长好，到此黯流连。倚江楼、玉人凝望，带西风、帆影落窗前。愁无限、近黄昏也，新月笼烟。

【校记】

[一]茫　《箧中词》作"凉"。

龚自珍

清平乐

垂杨近远。玉鞚行来缓。三里春风韦曲岸。目断那人庭院。　　驻鞭独自思惟。撩人历乱花飞。日暮春心怊怅，可能纫佩同归。

浪淘沙

云外起朱楼。缥缈清幽。笛声叫破五湖秋。整我图书三万轴，同上兰舟。　　镜槛与香篝。雅澹温柔。替侬好好上帘钩。湖水湖风凉不管，看汝梳头。

沈传桂

高阳台

酒薄欺寒，衣单约暖，轻尘不散春浓。旧梦笙歌，依然十里帘栊。看花莫问花深浅，有斜阳、总是愁红。漫怜侬。燕子人家，细雨空蒙。　　欢盟已误钿车约，但闲凭绣槛，倦倚熏笼。废绿亭台，一鹃啼瘦东风。能消几日寻芳去，便翠阴、换了香丛。更惺忪。短草平芜，怨笛烟中。

孙麟趾

祝英台近

懒看山，慵唤酒，来访美人墓。随着钟声，问到水边路。只从芳草搜寻，断碑扪遍，总不是、埋伊香土。　　恨难诉。可曾月夜魂归，花底悄吟句。旧日罗裙，化作蝶飞去。自怜飘泊天涯，又逢寒食，便珠泪、也无弹处。

虞美人

东风小院春寒浅。慵把湘帘卷。闲思往事甚分明。

半是钿钗罗扇、梦中情。　　碧窗树近闻莺语。弄暝沉沉雨。画桥几日不曾过。未识谁家门巷、落花多。

姚燮

高阳台

拭唾题裙，横筝坐酒，湖楼影事阑珊。两地鹃愁，十年红雨关山。重逢丁巷春如梦，病夭桃、褪了烟鬟。泪偷弹。紫玉犀钗，敲遍阑干。　　旧欢那忍重提说，剩柳莺晓箔，桐凤秋纨。黯到香魂，墙阴谁护情幡。西风明日钱塘路，散蘋花、吹聚应难。悄无言。两道愁青，抹上眉弯。

许宗衡

百宜娇

镂玉无烟，雕琼有蕊，连夜小池风紧。欲语谁应，镜中人笑，拈得一痕菱影。销除红泪，便唾点、细皴愁晕。恁鸳鸯、能耐宵寒，梦回双抱香冷。　　空惆怅、凌波旧印。莲瓣几时留，袜尘犹认。只恐消磨，不关开落，负尔聪明心性。霜华已老，愿此后、东风无准。

早猜详、流水三生，生林难问[一]。

【校记】

[一]生 《箧中词》作"上"。

西窗烛

蓟门烟树，照影苍凉，啼鸦惊拍风翅。茫茫千里
关山白，似雪路冰河，欲归无地。忆旧游、梦里箫声，
良夜欢惊如坠。　　和愁睡。玉宇琼楼，人间天上，
都是寻常事。便教万古团栾好，恐耐到鸡鸣，也非容
易。忍思量、金粟前身，冻合三生清泪。

王锡振

暗香

乱峰翠匝。笑几人潦倒，相逢携锸。霰影四遮，
雪窖冰庐气萧飒。便拟沙场醉卧，浑忘却、东风鸣甲。
甚岁晚、绝塞人家，箫鼓也迎腊。　　闲踏。马蹄怯。
叹去国路遥，夜月残阖。玉箫恨抐。回首中原黯如雾。
多少飞蓬泪眄，待准备、花时蛮榼。怕恁日、春去也，
绿阴梦压。

疏影

江楼跨鹤。算那回草草，挥手云壑。曾记花时，宋玉墙东，春来好景如昨。湖山金粉都抛尽，谩记忆、江南江北。好重寻、墩墅风流，剩有旧时屏箔。　　谁念长杨往事，关河几万里，天净尘幕。流水匆匆，四十年华，惨澹琼犀帘角。穷荒蛉蠃尊前在[一]，倩玉手、驼酥更酌。判雁飞、不到天涯，只是夕阳红薄。

【校记】

[一] 蠃　《箧中词》作"裸"。

杨传第

双双燕

娉婷瘦影，叹白骑重来，旧时庭院。珍丛试绕，愁绝翠阴零乱。犹记蛛丝宛转。曾抱着、花枝低颤。只今墙角孤飞，还怕相逢罗扇。　　悲咽，花枝不见。算舞向风前，斜曛相伴。怜侬痴小，如此凄凉怎遣。便有梦魂缱绻。奈香梦、醒来更怨。病翼能否经秋，已是粉痕销减。

蒋春霖

一萼红

短墙阴。怪东风未到，春色已深深。压雪檐低、垂萝径窄，红萼开倩谁簪。谩惆怅、天寒袖薄，唤玉笛、吹怨入空林。烽火连江，河山满眼，那处登临。　　回首东园旧路，剩几分流水，几树寒岑。冷雨宫垣，斜阳乔木，还听箫鼓沉沉。待销尽、华鬘小劫，洗冰泪、招客说伤心。只怕南枝开遍，没个人寻。

扬州慢

野幕巢乌，旗门噪鹊，谯楼吹断箫声。过沧桑一霎，又旧日芜城。怕双燕、归来恨晚，斜阳颓阁，不忍重登。但红桥、风雨梅华[一]，开落空营。　　劫灰到处，便遗民、见惯都惊。问障扇遮尘，围棋赌墅，可奈苍生。月黑流萤何处，西风黯、鬼火星星。更伤心南望，隔江无数峰青[二]。

【校记】

[一]华 《箧中词》作"花"。
[二]数 《箧中词》作"限"。

三姝媚

相思堤上柳。唤渔童樵青,系船沽酒。水鹤飞来,
背乱山无语,共君招手。莫上层楼,春已在、斜阳时候。
雁碛沙寒,潮落潮生,暮帆催又。　　尘海吟身惊瘦。
剩卅载才名,对华消受^[一]。尚着宫衣,听夜窗弦索,
泪殷双袖。眼底沧桑,休更叠、哀蝉凄奏。怕问王孙
芳草,淮阴渡口。

【校记】

[一]华 《箧中词》作"花"。

东风第一枝

糁草疑霜,融泥似水,飞花觅又无处。树梢才褪
遥峰,帘外暗兼细雨。轻冰半霁,甚倚着、东风狂舞。
怕一番、暖意烘晴,还带落梅消去。　　华市冷^[一]、
试灯已误。芳径滑、踏青尚阻。依然浅画溪山,愁杀
嫩寒院宇。春回万瓦,听滴断、檐声凄楚。剩几分、
残粉楼台,好趁夕阳钩取。

【校记】

[一]华 《箧中词》作"花"。

台城路

惊飞燕子魂无定，荒洲坠如残叶。树影疑人，鸮声幻鬼，欹侧春冰途滑。颓云万叠。又雨击寒沙，乱鸣金铁。似引宵程，隔溪磷火乍明灭。　　江间奔浪怒涌，断箙时隐隐，相和呜咽。野渡舟危，空村草湿，一饭芦中凄绝。孤城雾结。剩胃网离鸿，怨啼昏月。险梦愁题，杜鹃枝上血。

琵琶仙

天际归舟，悔轻与、故国梅花为约。归雁啼入筜篛，沙洲共漂泊。寒未减、东风又急，问谁管、沈腰愁削。一舸青琴，乘涛载雪，聊共斟酌。　　更休怨、伤别伤春，怕垂老、心期渐非昨。弹指十年幽恨，损箫娘眉萼。今夜冷、篷窗倦倚，为月明、强起梳掠。怎奈银甲秋声，暗回清角。

蒋敦复

兰陵王

暮烟直。凄断湖桥瘦碧。阳关曲，前度送人，折取香绵赠行色。芳萍寄水国。谁识。莺花故客。秋千畔，寒食旧游，韦杜城南去天尺。　　佳期杳无迹。只藕外停船，鸥际移席。音书珍重安眠食。看玉勒人去，画楼天远，长亭芳草接败驿。隔云树江北。　　心恻。泪频积。怨絮影飘零，长恁孤寂。腰支有恨愁长极[一]。奈万里征戍，一声哀笛。西风残露，尽化作，恨泪滴[二]。

【校记】

[一] 支　《箧中词》作"肢"。长　《箧中词》作"无"。

[二] 恨泪滴　《箧中词》作"泪痕滴"。

阮郎归

玉骢人去画楼西。天涯芳草低。落花情愿作香泥。但随郎马蹄。　　新燕语，旧莺啼。小园胡蝶飞[一]。春风昨夜解罗帏。今朝裙带吹。

【校记】

[一] 胡　《箧中词》作"蝴"。

庄棫

壶中天慢

行云何处，却分明依旧，昨宵华月。城上乌啼啼未晓，正好三更时节。巷口烟深，窗间烛暗，乍见心先怯。那能再与，殷勤深诉离别。　　回忆往日来时，手中团扇，竟教难抛撇。几曲银屏天样远，尚有轻纱隔绝。欲住无言，为愁含笑，待与何人说。遥知去后，比前更觉凄切。

凤凰台上忆吹箫

瓜渚烟消，芜城月冷，何年重与清游。对妆台明镜，欲说还羞。多少东风过了，云缥缈、何处勾留。都非旧，君还记否，吹梦西洲。　　悠悠。芳辰转眼，谁料到而今，尽日楼头。念渡江人远，侬更添忧。天际音书久断，还望断、天际归舟。春回也，怎能教人，忘了闲愁。

谭廷献

满庭芳

花是将离，曲成怜子，心情不似当年。桃笙选梦，绿酒说从前。满地萝阴似水，无人到、斗草阑边。风初起，池萍点点，摇荡不成圆。　　闻蝉。杨柳外，乍调脆管，半涩新弦。试重问齐宫，旧事谁传。消受晚来风露，离亭树、淡欲生烟。声徐歇，高楼微月，翠袖隔重帘。

蝶恋花

楼外啼莺依碧树。一片天风，吹折柔条去。玉枕醒来追梦语。中门便是长亭路。　　眼底芳春看已暮。罢了新妆，只是鸾羞舞。惨绿衣裳年几许。争禁风月争禁雨。

又

下马门前人似玉。一听班骓，便倚阑干曲。乍见回身蛾黛蹙。泥他絮语怜幽独。　　燕子飞来银蒜触。却怕窥帘，推整罗裙幅。语在修眉成在目。无端红泪双双落。

又

抹丽柔香新欲破。为卜团圞，暗数盈盈朵。睡起
鬓边低渐堕。镜前细整留人坐。　　却换罗衣怜汗颗。
不唤红儿，自启葳蕤锁。一握鬢云梳复裹。半庭残日
匆匆过。

又

帐里迷离香似雾。不烬炉灰，酒醒闻余语。连理
枝头侬与汝。千花百草从渠许。　　莲子青青心独苦。
一唱将离，日日风兼雨。豆蔻香残杨柳暮。当时人面
无寻处。

又

庭院深深人悄悄。埋怨鹦哥，错报韦郎到。压鬓
钗梁金凤小。低头只是闲烦恼。　　花发江南年正少。
红袖高楼，争抵还乡好。遮断行人西去道。轻躯愿化
车前草。

又

玉颊妆台人道瘦。一日风尘，一日同禁受。独掩疏棂如病酒。卷帘又是黄昏后。　　六曲屏前携素手。戏说分襟，真遣分襟骤。书札平安知信否。梦中颜色浑非旧。

张鸣珂

南浦

溪雨夜廉纤，趁东风着力，溶溶流晓。新涨渐平堤，垂杨外、一带林塘如扫。偷窥镜面，理妆十五渔娃小。南浦那时曾赋别，肠断绿波春草。　　年年开遍桃花，数江乡又是，鳜鱼肥了。杜若暗生香，汀洲畔、可有搴芳人到。烟波杳渺，湔裙伫立风前悄。回首画船天上坐，载得落红多少。

东风第一枝

石屋横琴，罗浮迟梦，琼妃休误轻约。翠禽飞上苔枝，隔篱乍舒嫩萼。东风帘卷，正镜里、晓鬟初掠。忆那时、缟袂相逢，惊起睡酣双鹤。　　风峭峭、茜裙渐薄，波澹澹、素蟾未落。浪传春到江南，忽听数声戍角[一]。何郎老去，已换了、雕阑疏箔[二]。待剪灯、横幅重临，记取冻香池阁。

潘钟瑞

长亭怨慢

最无奈、飘零风絮。道是离人，泪痕如许。点上侬襟，旧时余晕更难数。可怜情尽，犹未得、埋香土。小院画帘启[一]，且约共、残红留住。　　凄楚。叹浮萍后果，落向砚池终误。斜阳影里，荡一缕、愁魂销处。早不曾、同着春来，又何苦、同春归去。算谢女多才，应也无心吟汝。

王鹏运

齐天乐

新霜一夜秋魂醒，凉痕沁人如醉。叶染轻黄，林凋暗绿，野色犹堪描绘。危楼倦倚。对一抹残阳，冷翻雅背[一]。桄触愁心，暮烟明灭断霞尾。　　遥山青到甚处，澹云低蘸影，都化秋水。蟹籣灯疏，雁汀月小，滴尽鲛人清泪。孤檠绽蕊。算夜读秋窗，尚饶滋味。梦落江湖，曙光摇万苇。

【校记】

[一]雅　《箧中词》作"鸦"。

宴清都

欢意随春减。阑干外、恼人新绿都换。番风次第，荼蘼过了，华年难绊。依依就地持觞，漫惆怅、寻春较晚。试凭高、认取春痕，乱红零落谁管。　　年年。对酒伤春，兰成憔悴，愁赋应懒。莺帘按拍，鸾笺觅句，旧游烟散。休嫌絮影飘零，伫迷却、天涯望眼。醉归来、鼓角严城，轻寒乍转。

绮罗香

雨断云流，天空翳净，寂寂虚堂延伫。望里婵娟，依约镜中眉妩。任高寒、玉宇琼楼，休孤负、翠樽金缕。算怨娥、省识琴心，冰弦尘掩向谁谱。　　流光弹指暗换，犹记东涂西抹，年时三五。断梦迷烟，赢得凄凉筝语。待放将、一片空明，为照彻、万家砧杵。且婆娑、弄影花阴，漫教幽兴阻。

郑文焯

湘月

夜铃语断，更斜阳瘦影，谁问今古。独立苍茫，镇占老、一角青山无主。衰草丛生，枯枫倒出，时见归禽度。残烽零劫，仗他半壁支拄。　　长见峭倚荒天，凄凉如笔，写愁边风雨。不许登临，怕倦客、题遍伤心秋句。卧景空丘，招魂破寺，剩有孤云驻。梦痕飞上 [一]，故王台榭何处。

【校记】

[一] 痕　《箧中词》作"魂"。

八声甘州

唤吟边、瘦月替珠灯，扶魂上西楼。叹芳时俊侣，尊前掇送，坠梦难收。又是黄花劝客，须插少年头。明日风成阵，绿减汀洲。　　笛外乱峰无语，甚秋肠寸裂，还听吹秋。想湖亭夕宴，歌泪迸波流。自销凝、断襟零佩，剩水云、冷画两三鸥。休重向、小帘深处，残叶题愁。

寿楼春

听吴讴销魂。正江城角冷，雨驿灯昏。记得残鹃啼遍，乱山红春。明镜老、如花人。寄故裙、遥遥乌孙。念浊酒谁呼，零弦自语，愁满一筝尘。　　沧波苑，空林曛。渐题香秀笔，不点歌樽。最忆烟沉荒戍，月孤长门。砧杵急，悲从军。赋楚萍、飘飘无根。怎说与黄花，西风泪痕吹满巾。

摸鱼儿

渺吴天、觅愁无地，江山如此谁醒。乱云空逐惊涛去，人共一亭幽迥。斜月近。怕重见、青樽中有山河影。吟魂自警。对潮打孤城，烟生坏塔，笛语夜凄哽。　　招提境。还作东门帐饮[一]，中流同是漂梗。当年击楫英雄老，输与过江鱼艇。愁暗省。换满目、胡沙蛮气连天并。苔茵坐冷，任怪石能言，荒波变酒，莫更赋离景。

【校记】

[一] 东　《箧中词》作"青"。

东风第一枝

　　玉斗新梅，珠敲暗竹，江乡半酿寒暖。粉云几处愁深，素波者番恨浅。寻香旧径，趁细屟、弓痕轻软。怕笛边、误约飞花，阁住小帘归燕。　　沙草际、渐迷望眼，风絮里、暗消醉面。乍看舞鹤闲庭，又寻印鸿故苑。吴篷谁倚，画澹远、山眉如线。更镜娥、含泪窥人，梦想缟衣重见。

词选

长洲吴梅录

李白

菩萨蛮[一]

平林漠漠烟如织。寒山一带伤心碧。暝色入高楼。有人楼上愁。　　玉阶空伫立。宿鸟归飞急。何处是归程[二]。长亭更短亭[三]。

【校记】

[一]《全唐五代词》于词牌后标"中吕宫"。

[二] 归　《全唐五代词》作"回"。

[三] 更　《全唐五代词》作"接",校云:"《湘山野录》《唐宋诸贤绝妙词选》作'连'。"

温庭筠

菩萨蛮

小山重叠金明灭。鬓云欲度香腮雪。懒起画蛾眉。弄妆梳洗迟。　　照花前后镜。花面交相映。新贴绣罗襦[一]。双双金鹧鸪。

【校记】

[一] 贴　《全唐五代词》作"帖",校云:"《唐宋诸贤绝妙词选》卷一作'著'。"

又

水精帘里颇黎枕。暖香惹梦鸳鸯锦。江上柳如烟。雁飞残月天。　　藕丝秋色浅。人胜参差剪。双鬓隔香红。玉钗头上风。

又

蕊黄无限当山额。宿妆隐笑纱窗隔。相见牡丹时。暂来还别离。　　翠钗金作股。钗上双蝶舞[一]。心事竟谁知。月明花满枝。

【校记】

[一] 双蝶　《全唐五代词》作"蝶双"，校云："鄂本、汤本《花间集》作'双蝶'。"

又

翠翘金缕双䴔䴖。水纹细起春池碧。池上海棠梨。雨晴红满枝。　　绣衫遮笑靥。烟草黏飞蝶。青琐对芳菲。玉关音信稀。

又

杏花含露团香雪。绿杨陌上多难别[一]。灯在月胧明。觉来闻晓莺。　玉钩褰翠幕。妆浅旧眉薄。春梦正关情。镜中蝉鬓轻。

【校记】

[一] 难　《全唐五代词》作"离"。

又

玉楼明月长相忆。柳丝袅娜春无力。门外草萋萋。送君闻马嘶。　画罗金翡翠。香烛消成泪[一]。花落子规啼。绿窗残梦迷。

【校记】

[一] 消　《全唐五代词》作"销"。

又

凤皇相对盘金缕。牡丹一夜经微雨。明镜照新妆。鬓轻双脸长。　画楼相望久。阑外垂丝柳[一]。音信不归来。社前双燕回。

又

　　牡丹花谢莺声歇。绿杨满院中庭月。相忆梦难成。背窗灯半明。　　翠钿金压脸。寂寞香闺掩。人远泪阑干。燕飞春又残。

又

　　满宫明月梨花白。故人万里关山隔。金雁一双飞。泪痕沾绣衣。　　小园芳草绿。家住越溪曲。杨柳色依依。燕归君不归。

又

　　宝函钿雀金𪆴鹏。沉香阁上吴山碧。杨柳又如丝。驿桥春雨时。　　画楼音信断。芳草江南岸。鸾镜与花枝。此情谁得知。

又

南园满地堆轻絮。愁闻一霎清明雨。雨后却斜阳。杏花零落香。　　无言匀睡脸。枕上屏山掩。时节欲黄昏。无憀独倚门。

又

夜来皓月才当午。重帘悄悄无人语。深处麝煤长[一]。卧时留薄妆。　　当年还自惜。往事那堪忆。花落月明残[二]。锦衾知晓寒。

【校记】

[一] 煤 《全唐五代词》作"烟"。

[二] 落 《全唐五代词》作"露",校云:"鄂本、汤本《花间集》作'落'"。

又

雨晴夜合玲珑日。万枝香袅红丝拂。闲梦忆金堂。满庭萱草长。　　绣帘垂箓簌。眉黛远山绿。春水渡溪桥。凭阑魂欲销[一]。

【校记】

[一] 阑 《全唐五代词》作"栏"。

又

竹风轻动庭除冷。珠帘月上玲珑影。山枕隐浓妆[一]。绿檀金凤皇。　　两蛾愁黛浅。故国吴宫远。春恨正关情。画楼残点声。

【校记】

[一]浓　《全唐五代词》作"秾"。

更漏子

柳丝长,春雨细。花外漏声迢递。惊塞雁,起城乌。画屏金鹧鸪。　　香雾薄。透帘幕。惆怅谢家池阁。红烛背,绣帘垂[一]。梦长君不知。

【校记】

[一]帘　《全唐五代词》作"帷",校云:"原作'帘',据《尊前集》改。"

又

星斗稀,钟鼓歇。帘外晓莺残月。兰露重,柳风斜。满庭堆落花。　　虚阁上。倚阑望[一]。还似去年惆怅。春欲暮,思无穷。旧欢如梦中。

[一] 阑 《全唐五代词》作"栏"。

又

玉炉香，红蜡泪。偏照画堂秋思。眉翠薄，鬓云残。夜长衾枕寒。　　梧桐树。三更雨。不道离情正苦。一叶叶，一声声。空阶滴到明。

梦江南

梳洗罢，独倚望江楼。过尽千帆皆不是，斜晖脉脉水悠悠。肠断白蘋洲。

无名氏

后庭宴

千里故乡，十年华屋。乱魂飞过屏山簇。眼重眉褪不胜春，菱花知我销香玉。　　双双燕子归来，应解笑人幽独。断歌零舞，遗恨清江曲。万树绿低迷，一庭红扑簌。

南唐中主

山花子[一]

菡萏香锁翠叶残[二]。西风愁起绿波间。还与韶光共憔悴[三]，不堪看。　　细雨梦回鸡塞远，小楼吹彻玉笙寒。多少泪珠何限恨，倚阑干。

【校记】

[一] 山花子　《全唐五代词》作《浣溪沙》，校云："《唐宋诸贤绝妙好词选》卷一作《山花子》。"

[二] 锁　《全唐五代词》作"销"。

[三] 韶　《全唐五代词》作"容"，校云："南词本、王本《南唐二主词》、《唐宋诸贤绝妙词选》作'韶'。萧本《南唐二主词》作'寒'。"

又

手卷真珠上玉钩。依前春恨锁重楼。风里落花谁是主，思悠悠。　　青鸟不传云外信，丁香空结雨中愁。回首渌波三峡暮[一]，接天流。

【校记】

[一] 渌　《全唐五代词》作"绿"。三峡　《全唐五代词》作"三楚"，校云："《唐宋诸贤绝妙词选》、《苕溪渔隐丛话》后集卷三九作'三峡'。马令《南唐书》卷二五、《苕溪渔隐丛话》后集卷一八作'春色'。"

后主

相见欢[一]

林花谢了春红。太匆匆。无奈朝来寒雨[二]、晚来风。　　胭脂泪。相留醉[三]。几时重。自是人生长恨、水长东。

【校记】

[一] 相见欢　《全唐五代词》作《乌夜啼》，校云："《乐府雅词》拾遗卷下作《忆真妃》。"

[二] 无奈　《全唐五代词》作"常恨"，校云："王本《南唐二主词》、《乐府雅词》作'无奈'。"雨　《全唐五代词》作"重"，校云："南词本、王本《南唐二主词》、《乐府雅词》作'雨'。"

[三] 相留　《全唐五代词》作"留人"。

又[一]

无言独上西楼。月如钩。寂寞梧桐深院、锁清秋。　　翦不断。理还乱。是离愁。别有一般滋味[二]、在心头。

【校记】

[一]《全唐五代词》作《乌夜啼》，校云："《花草精编》卷一作《相见欢》。"

[二] 有　《全唐五代词》作"是"，校云："《花草粹编》作'有'。"般　《全唐五代词》作"番"。

浪淘沙

帘外雨潺潺。春意阑珊[一]。罗衾不耐五更寒[二]。梦里不知身是客，一晌贪欢。　　独自莫凭栏。无限江山[三]。别时容易见时难。流水落花春去也[四]，天上人间。

【校记】

[一]阑珊　《全唐五代词》作"将阑"，校云："南词本、王本《南唐二主词》、《唐宋诸贤绝妙词选》卷一、《苕溪渔隐丛话》前集卷五九引《西清诗话》作'阑珊'。"

[二]耐　《全唐五代词》作"暖"，校云："南词本、萧本、王本《南唐二主词》作'耐'。"

[三]江　《全唐五代词》作"关"，校云："《唐宋诸贤绝妙词选》作'江'。"

[四]春去也　《全唐五代词》作"归去也"，校云："一作'何处也'。南词本、王本《南唐二主词》作'春去也'。《苕溪渔隐丛话》作'何处也'。"

虞美人

风回小院庭芜绿。柳眼春相续。凭栏半日独无言。依旧竹声新月、似当年。　　笙歌未散樽罍在[一]。池面冰初解。烛明香暗画楼深[二]。满鬓清霜残雪、思难禁[三]。

【校记】

[一]罍　《全唐五代词》作"前"。

[三] 禁 《全唐五代词》作"任"。

又

　　春花秋月何时了。往事知多少。小楼昨夜又东风。故国不堪回首、月明中。　　雕阑玉砌应犹在[一]。只是朱颜改。问君能有几多愁。恰似一江春水、向东流。

【校记】

[一] 应犹 《全唐五代词》作"依然",校云:"《唐宋诸贤绝妙词选》作'应犹'。"

和凝

春光好

　　苹叶软[一],杏花明。画船轻。双浴鸳鸯出绿汀[二]。棹歌声。　　春水无风无浪,春天半雨半晴。红粉相随南浦晚,几含情。

【校记】

[一] 苹 《全唐五代词》作"蘋"。

[二] 绿 《全唐五代词》作"渌",校云:"刘辑本《红叶稿》、吴本《花

间集》、《花间集校》、《尊前集》作‘绿’。"

韦庄

菩萨蛮

　　红楼别夜堪惆怅。香灯半卷流苏帐。残月出门时。美人和泪辞。　　琵琶金翠羽。弦上黄莺语。劝我早归家。绿窗人似花。

又

　　人人尽说江南好。游人只合江南老。春水碧于天。画船听雨眠。　　垆边人似月。皓腕凝霜雪[一]。未老莫还乡。还乡须断肠。

【校记】

[一]霜　《全唐五代词》作"双",校云:"《阳春集》、《金奁集》、《唐宋诸贤绝妙词选》卷一作‘霜’。"

又

　　如今却忆江南乐。当时年少轻衫薄[一]。骑马倚斜桥。满楼红袖招。　　翠屏金屈曲。醉入花丛宿。

此度见花枝。白头誓不归。

【校记】

[一]轻 《全唐五代词》作"春"。

又

洛阳城里春光好。洛阳才子他乡老。柳暗魏王堤。此时心转迷。　　桃花春水渌。水上鸳鸯浴。凝恨对斜晖^[一]。忆君君不知。

【校记】

[一]斜 《全唐五代词》作"残",校云:"王辑本《浣花词》作'斜'。"

李珣

巫山一段云

古庙依青嶂,行宫枕碧流。水声山色锁妆楼。往事思悠悠。　　云雨朝还暮,烟花春复秋。啼猿何必近孤舟。行客自多愁。

孙光宪

后庭花

石城依旧空江国。故宫春色。七尺青丝芳草碧。绝世难得。　　玉英落尽何人识[一]。野棠如织。只是教人添怨忆。怅望无极。

【校记】

[一] 玉英落尽何人识　《全唐五代词》作"玉英凋落尽。更何人识"。

冯延巳

罗敷艳歌[一]

马嘶人语春风岸，芳草绵绵。杨柳桥边。落日高楼酒旆悬。　　旧愁新恨知多少，目断遥天。独立花前。更听笙歌满画船。

【校记】

[一] 罗敷艳歌　《全唐五代词》作《采桑子》，校云："《尊前集》作《罗敷艳歌》。毛本《尊前集》注云：'一名《采桑子》。'"

又

　　小堂深静无人到，满院春风。惆怅墙东。一树樱桃带雨红。　　愁心似醉兼如病，欲语还慵。日暮疏钟。双燕归来画阁中[一]。

【校记】

[一]来　《全唐五代词》作"栖"，校云："原注云：'别作"来"。'萧本《阳春集》作'来'。"

清平乐

　　雨晴烟晚。绿水新池满。双燕飞来垂柳院。小阁画帘高卷。　　黄昏独倚朱栏[一]。西南初月眉湾[二]。砌下落花风起，罗衣特地春寒。

【校记】

[一]栏　《全唐五代词》作"阑"。
[二]初　《全唐五代词》作"新"，校云："原注云：'别作"初"。'《近体乐府》卷三作'初'。"湾　《全唐五代词》作"弯"。

又

　　春愁南陌。故国音书隔。细雨霏霏梨花白。燕拂画楼金额。　　尽日相望王孙。尘满罗衣泪痕。谁向桥边吹笛，驻马西望销魂。

蝶恋花

六曲阑干偎碧树。杨柳风轻，展尽黄金缕。谁把
钿筝移玉柱。穿帘燕子双飞去[一]。　　满眼游丝兼
落絮。红杏开时，一霎清明雨。浓睡觉来莺乱语[二]。
惊残好梦无寻处。

【校记】

[一]燕子双　《全唐五代词》作"海燕惊"，校云："原注云：'别作"燕
子双"。'《词综》作'燕子双'。《珠玉词》《近体乐府》《乐府雅词》《唐
宋诸贤绝妙词选》作'海燕双'。"

[二]莺乱语　《全唐五代词》作"慵不语"。

又

谁道闲情抛弃久[一]。每到春来，惆怅还依旧。日
日花前常病酒。不辞镜里朱颜瘦[二]。　　河畔青芜堤
上柳。为问新愁，何事年年有。独立小桥风满袖[三]。
平林新月人归后。

【校记】

[一]弃　《全唐五代词》作"掷"，校云："原注云：'别作"弃"。'《近

体乐府》作'弃'。罗泌校云:'一作"抛掷"。'"

[二]不 《全唐五代词》作"敢",校云:"原注云:'别作"不"。'《近体乐府》作'不'。"

[三]立 《全唐五代词》作"上"。桥 《全唐五代词》作"楼",校云:"原注云:'别作"桥"。'《近体乐府》作'桥'。罗泌校云:'一作"小楼"。'"

又

　　庭院深深深几许。杨柳堆烟,帘幕无重数。玉勒雕鞍游冶处。楼高不见章台路。　　雨横风狂三月暮。门掩黄昏,无计留春住。泪眼问花花不语。乱红飞过秋千去[一]。

【校记】

[一]过 《全唐五代词》作"入",校云:"《近体乐府》《乐府雅词》《唐宋诸贤绝妙词选》作'过'。"

南乡子

　　细雨湿秋风[一]。金凤花残满地红。闷蹙黛眉慵不语[二]。情绪。寂寞相思知几许。

【校记】

[一]湿 《全唐五代词》作"泣",校云:"吴本、侯本、金本《阳春集》作'湿'。"

[二]闷 《全唐五代词》作"闲"。

又

玉枕拥孤衾。抱恨还同岁月深^[一]。帘外曲房谁
共醉^[二]。憔悴。惆怅秦楼弹粉泪。

【校记】

[一] 抱　《全唐五代词》作"抱",校云:"侯本、金本《阳春集》作'抱'。"

[二] 外　《全唐五代词》作"卷"。

晏殊

清平乐

金风细细。叶叶梧桐坠。绿酒初尝人易醉。一枕
小窗浓睡。　　紫薇朱槿初残^[一]。斜阳却照阑干。
双燕欲归时节,银屏昨夜微寒。

【校记】

[一] 初　《全宋词》作"花"。

林逋

霜天晓角

冰清霜洁。昨夜梅花发。甚处玉龙三弄,声摇动、
枝头月。　　梦绝。金兽爇。晓寒兰烬灭。要卷珠帘

清赏，且莫扫、阶前雪。

点绛唇　草

金谷年年，乱生春色谁为主。余花落处。满地和烟雨。　又是离歌，一阕长亭暮。王孙去。萋萋无数。南北东西路。

范仲淹

苏幕遮

碧云天，红叶地[一]。秋色连波，波上寒烟翠。山映斜阳天接水。芳草无情，更在斜阳外。　黯乡魂，追旅意[二]。夜夜除非,好梦留人睡。明月楼高休独倚。酒入愁肠，化作相思泪。

【校记】

[一]红　《全宋词》作"黄"。
[二]意　《全宋词》作"思"。

欧阳修

少年游　草

阆干十二独凭春。晴碧远连云。千里万里，二月
三月，行色苦愁人。　　谢家池上，江淹浦畔，吟魄
与离魂。那堪疏雨滴黄昏。更特地、忆王孙。

临江仙

柳外轻雷池上雨，雨声滴碎荷声。小楼西角断虹
明。阆干倚处，待得月华生。　　燕子飞来窥画栋，
玉钩垂下帘旌。凉波不动簟纹平。水精双枕，傍有堕
钗横。

王安石

桂枝香　金陵怀古

登临送目。正故国晚秋，天气初肃。千里澄江似练，
翠峰如簇。征帆去棹残阳里[一]，背西风、酒旗斜矗。
彩舟云淡，星河鹭起，图画难足。　　念自昔[二]、豪
华竞逐[三]。叹门外楼头，悲恨相续。千古凭高，对
此谩嗟荣辱。六朝旧事随流水，但寒烟、衰草凝绿[四]。

至今商女，时时犹唱，后庭遗曲。

【校记】

[一]征 《全宋词》作"归"。

[二]自 《全宋词》作"往"。

[三]豪 《全宋词》作"繁"。

[四]衰 《全宋词》作"芳"。

晏幾道

临江仙

梦后桥台高锁，酒醒帘幕低垂。去年春恨却来时。落花人独立，微雨燕双飞。 记得小蘋初见，两重心字罗衣。琵琶弦上说相思。当时明月在，曾照彩云归。

虞美人

闲敲玉镫隋堤路。一笑开朱户。素云凝澹月婵娟。门外鸭头春水、木兰船。 吹花拾蕊嬉游惯。天与相逢晚。一声长笛倚楼时。应恨不题红叶、寄相思。

六幺令 [一]

雪残风信，悠飓春消息。天涯倚楼新恨，杨柳几丝碧。还是南云雁少，锦字无端的。宝钗瑶席。彩弦声里，拚作尊前未归客。　　遥想疏梅此际，月底香英坼 [二]。别后谁绕前溪，手拣繁枝摘。莫道伤高恨远，付与临风笛。尽堪愁寂。花时往事，更有多情个人忆。

【校记】

[一] 幺 《全宋词》作"么"。

[二] 坼 《全宋词》作"白"。

张先

渔家傲

巴子城头青草暮。巴山重叠相逢处。燕子占巢花脱树。杯且举。瞿塘水阔舟难渡。　　天外吴门清雪路 [一]，君家正在吴门住。赠我柳枝情几许。春满缕。为君将入江南去。

【校记】

[一] 雪 《全宋词》作"雪"。

碧牡丹 [一]

　　步障摇红绮。晓月堕，沉烟砌。缓板香檀，唱彻伊家新制。怨入眉头，敛黛峰横翠。芭蕉寒，雨声碎。　　镜华翳。闲照孤鸾戏。思量去时容易。钿合瑶钗 [二]，至今冷落轻弃。望极蓝桥，但暮云千里。几重山，几重水。

【校记】

[一]《全宋词》于词牌后标"晏同叔出姬"。

[二]合 《全宋词》作"盒"。

青门引 [一]

　　乍暖还轻冷。风雨晚来方定。庭轩寂寞近清明，残花中酒，又是去年病。　　楼头画角风吹醒。入夜重门静。那堪更被明月，隔墙送过秋千影。

【校记】

[一]《全宋词》于词牌后标"春思"。

柳永

雨霖铃

寒蝉凄切。对长亭晚,骤雨初歇。都门帐饮无绪,方留恋处[一],兰舟催发。执手相看泪眼,竟无语凝咽[二]。念去去、千里烟波,暮霭沉沉楚天阔。　　多情自古伤离别。更那堪、冷落清秋节。今宵酒醒何处,杨柳岸、晓风残月。此去经年,应是良辰,好景虚设。便总有[三]、千种风情,更与何人说。

【校记】

[一]方 《全宋词》无此字。

[二]咽 《全宋词》作"噎"。

[三]总 《全宋词》作"纵"。

卜算子慢[一]

江枫渐老,汀蕙半凋,满目败红衰翠。楚客登临,正是暮秋天气。引疏砧、断续残阳里。对晚景、伤怀念远,新愁旧恨相继。　　脉脉人千里。念两处风情,万重烟水。雨歇天高,望断翠峰十二[二]。尽无言、谁会凭高意。纵写得、离肠万种,奈归鸿谁寄[三]。

玉蝴蝶

望处雨收云断，凭栏悄悄[一]，目送秋光。晚景
萧疏，堪动宋玉悲凉。水风轻、蘋花渐老，月露冷、
梧叶飘黄。遣情伤。故人何在，烟水茫茫。　　难忘。
文期酒会，几孤风月，屡变星霜。海阔天遥，未知何
处是潇湘。念双燕、难凭远信，指暮天、空识归航。
黯相望。断鸿声里，立尽斜阳。

望远行　雪

长空降瑞，寒风剪、渐渐瑶华初下[一]。乱飘僧舍，
密洒歌楼，迤逦渐迷鸳瓦。好是渔人，披得一蓑归去，
江上晚来堪画。满长安、高却旗亭酒价。　　幽雅。
乘兴最宜访戴，泛小棹、越溪潇洒。皓鹤夺鲜，白鹇

失素，千里广铺寒野。须信幽兰歌断，同云收尽[二]，别有琼台瑶榭[三]。放一轮明月，交光清夜。

【校记】

[一]华 《全宋词》作"花"。

[二]同 《全宋词》作"彤"。

[三]琼台瑶榭 《全宋词》作"瑶台琼榭"。

八声甘州

对潇潇暮雨洒江天，一番洗清秋。渐霜风凄紧[一]，关河冷落，残照当楼。是处红衰绿减[二]，苒苒物华休。惟有长江水，无语东流。　　不忍登高临远，望故乡渺邈，归思难收。叹年来踪迹，何事苦淹留。想佳人、妆楼长望[三]，误几回、天际识归舟。争知我、倚阑干处，正恁凝愁。

【校记】

[一]紧 《全宋词》作"惨"。

[二]绿 《全宋词》作"翠"。

[三]长 《全宋词》作"颙"。

雪梅香

景萧索，危楼独立面晴空。动悲秋情绪，当时宋玉应同。渔市孤烟袅寒碧，水村残叶舞愁红。楚天阔，浪浸斜阳，千里溶溶。　　临风。想佳丽，别后愁颜，镇敛眉峰。可惜当年，顿乖雨迹云踪。雅态妍姿正欢洽，落花流水忽西东。无聊恨[一]，相思意尽，分付征鸿[二]。

【校记】

[一] 聊　《全宋词》作"憀"。

[二] 相思意尽，分付征鸿　《全宋词》作"相思意，尽分付征鸿"。

诉衷情

雨晴气爽，伫立江楼望处，澄明远水生光，重叠暮山耸翠。遥想断桥幽径[一]，隐隐渔村，向晚孤烟起。　　残阳里。脉脉朱栏静倚[二]。黯然情绪，未饮先如醉。愁无际。暮云过了，秋风老尽[三]，故人千里。竟日空凝睇。

【校记】

[一] 想　《全宋词》作"认"。

[二] 栏　《全宋词》作"阑"。

[三] 风　《全宋词》作"光"。

竹马子

登孤垒荒凉，危亭旷望，静临烟渚。对雌霓挂雨，雄风拂槛，微收烦暑。渐觉一叶惊秋，残蝉噪晚，素商时序。览景想前欢，指神京、非雾非烟深处。　向此成追感，新愁易积，故人难聚。凭高尽日凝伫。赢得消魂无语。极目霁霭霏微，断鸦零乱[一]，萧索江城暮。南楼画角，又逐残阳去[二]。

【校记】

[一]断 《全宋词》作"暝"。
[二]逐 《全宋词》作"送"。

苏轼

贺新凉[一]

乳燕飞华屋。悄无人、槐阴转午[二]，晚凉新浴。手弄生绡白团扇，扇手一时似玉。渐困倚、孤眠清熟。帘外谁来推绣户，枉教人、梦断瑶台曲。又却是，风敲竹。　石榴半吐红巾蹙。待浮花浪蕊都尽，伴君幽独。秾艳一枝细看取，芳意千重似束。又恐被、秋风惊绿。若待得君来向此，怕花前对酒不忍触[三]。共粉泪，两簌簌。

水龙吟　和章质夫杨花韵 [一]

似花还似非花，也无人惜从教坠。抛家傍路，思量却似，无情有思。萦损柔肠，困酣娇眼，欲开还闭。梦随风万里，寻郎去处，又还被、莺呼起。　　不恨此花飞尽，恨西园、落红难缀。晓来雨过，遗踪何在，一池萍碎。春色三分，二分尘土，一分流水。细看来、不是杨花，点点是、离人泪。

又　黄州梦过栖霞楼

小舟横截春江，卧看翠壁红楼起。云间笑语，使君高会，佳人半醉。危柱哀弦，艳歌余响，遏云萦水 [一]。念故人老大，风流未减，独回首、烟波里。　　推枕惘然不见，但空江、月明千里。五湖闻道，扁舟归去，仍携西子。云梦南州，武昌东岸，昔游应记。料多情梦里，端来见我，也参差是。

【校记】

[一] 遏 《全宋词》作"绕"。

卜算子 黄州定慧院寓居作

　　缺月挂疏桐，漏断人初定[一]。时见幽人独往来，缥缈孤鸿影。　　惊起却回头，有恨无人省。拣尽寒枝不肯栖，寂寞沙洲冷[二]。

【校记】

[一] 定 《全宋词》作"静"。

[二] 寂寞沙洲冷 《全宋词》作"枫落吴江冷"。

江城子[一]

　　天涯流落思无穷。既相逢。却匆匆。携手佳人、和泪折残红。为问东风余几许，春纵在，与谁同。　　隋堤三月水溶溶。背归鸿。去吴中。回首彭城、清泗与淮通。欲寄相思千点泪，流不到，楚江东。

【校记】

[一] 江城子 《全宋词》作《江神子》。

念奴娇 赤壁怀古

大江东去，浪声沉[一]、千古风流人物。故垒西边，人道是、三国孙吴赤壁[二]。乱石崩云[三]，惊涛掠岸[四]，卷起千堆雪。江山如画，一时多少豪杰。　　遥想公瑾当年，小乔初嫁了，雄姿英发。羽扇纶巾，谈笑里[五]、樯橹灰飞烟灭[六]。故国神游，多情应是，笑我生华发[七]。人间如寄[八]，一尊还酹江月。

【校记】

[一] 声沉 《全宋词》作"淘尽"。

[二] 孙吴 《全宋词》作"周郎"。

[三] 崩云 《全宋词》作"穿空"。

[四] 掠 《全宋词》作"拍"。

[五] 里 《全宋词》作"间"。

[六] 樯橹 《全宋词》作"强虏"。

[七] 多情应是，笑我生华发 《全宋词》作"多情应笑，我早生华发"。

[八] 寄 《全宋词》作"梦"。

洞仙歌 咏柳

江南腊尽，早梅花开后。分付新春与垂柳。细腰肢、自有入格风流，仍更是，骨体清英雅秀。　　永丰坊那畔，尽日无人，惟见金丝弄晴昼。肠断絮飞时[一]、绿叶成阴，无个事、一成消瘦。又莫是、东风逐君来，便吹散眉间、一点春皱。

【校记】

[一]肠断絮飞时 《全宋词》作"断肠是,飞絮时"。

又

冰肌玉骨,自清凉无汗。水殿风来暗香满。绣帘开、一点明月窥人,人未寝、欹枕钗横鬓乱。　　起来携素手,庭户无声,时见疏星渡河汉。试问夜如何、夜已三更,金波淡、玉绳低转。但屈指、西风几时来,又不道、流年暗中偷换。

满庭芳

归去来兮,吾归何处,万里家在岷峨。百年强半,来日苦无多。坐见黄州载闰[一],儿童尽、楚语吴歌。山中友,鸡豚社饮[二],相劝老东坡。　　云何。当远去[三],人生底事,来往如梭。待闲看秋风,洛水清波。好在堂前细柳,应念我、莫剪柔柯。仍传语,江南父老,时与晒渔蓑。

[一]载 《全宋词》作"再"。

[二]饮 《全宋词》作"酒"。

[三]远 《全宋词》作"此"。

又

　　归去来兮，清溪无底，上有千仞嵯峨。画桥西畔[一]，天远夕阳多。老去君恩未报，空回首、弹铗悲歌。船头转，长风万里，归马驻平坡。　　　　无何。何处是，银潢尽处，天女停梭。问人间何事，久戏风波。顾问同来稚子，应烂汝、腰下长柯。青衫破，群仙笑我，千缕挂烟蓑。

【校记】

[一]西 《全宋词》作"东"。

水调歌头　快哉亭作

　　落日绣帘卷，亭下水连空。知君为我，新作窗户湿青红。长记平山堂上，敧枕江南烟雨，杳杳没孤鸿[一]。认得醉翁语，山色有无中。　　　　一千顷，都镜净，倒碧峰。忽然浪起，掀舞一叶白头翁。堪笑兰台公子，未解庄生天籁，刚道有雌雄。一点浩然气，千里快哉风。

又 丙辰中秋寄子由[一]

　　明月几时有,把酒问青天。不知天上宫阙,今夕是何年。我欲乘风归去,又恐琼楼玉宇,高处不胜寒。起舞弄清影,何似在人间。　　转朱阁,低绮户,照无眠。不应有恨,何事长向别时圆。人有悲欢离合,月有阴晴圆缺,此事古难全。但愿人长久,千里共婵娟。

又 赋琵琶

　　昵昵儿女语,灯火夜微明。恩冤尔汝来去,弹指泪和声。忽变轩昂勇士,一鼓填然作气,千里不留行。回首暮云远,飞絮搅青冥。　　众禽里,真彩凤,独不鸣。跻攀寸步千险,一落百寻轻。烦子指间风雨,置我肠中冰炭,起坐不能平。推手从归去,无泪与君倾。

秦观

满庭芳

　　山抹微云，天黏衰草^[一]，画角声断谯门。暂停征棹，聊共引离尊。多少蓬莱旧事，空回首、烟霭纷纷。斜阳外，寒鸦万点，流水绕孤村。　　销魂。当此际，香囊暗解，罗带轻分。漫赢得青楼，薄倖名存^[二]。此去何时见也，襟袖上、空惹啼痕。伤情处，高城望断，灯火已黄昏。

【校记】

[一] 黏　《全宋词》作"连"。

[二] 漫赢得青楼，薄倖名存　《全宋词》作"漫赢得、青楼薄倖名存"。

又

　　晚色云开^[一]，春随人意，骤雨方过还晴^[二]。高台芳树^[三]，飞燕蹴红英。舞困榆钱自落，秋千外、绿水桥平。东风里，朱门映柳，低按小秦筝。　　多情。行乐处，珠钿翠盖，玉辔红缨。渐酒空金榼，花困蓬瀛。豆蔻梢头旧恨，十年梦、屈指堪惊。凭栏久^[四]，疏烟淡日，寂寞下芜城。

[一] 晚 《全宋词》作"晓"。

[二] 方 《全宋词》作"才"。

[三] 高台芳树 《全宋词》作"古台芳榭"。

[四] 栏 《全宋词》作"阑"。

望海潮　洛阳怀古

　　梅英疏淡，冰澌溶泄，东风暗换年华。金谷俊游，铜驼巷陌。新晴细履平沙。长记误随车。正絮翻蝶舞，芳思交加。柳下桃蹊，乱分春色到人家。　　西园夜饮鸣笳。有华灯碍月，飞盖妨花。兰苑未空，行人渐老，重来事事堪嗟[一]。烟暝酒旗斜。但倚楼极目，时见栖鸦。无奈归心，暗随流水到天涯。

【校记】

[一] 事事 《全宋词》作"是事"。

如梦令

　　遥夜月明如水[一]。风紧驿亭深闭。梦破鼠窥灯，霜送晚寒侵被。无寐。无寐。门外马嘶人起。

[一]月明 《全宋词》作"沉沉"。

生查子

眉黛远山长，新柳开青眼。楼阁断霞明，罗幕春寒浅。　　杯嫌玉漏迟，烛厌金刀剪。月色忽飞来，花影和帘卷。

浣溪沙

漠漠轻寒上小楼。晓阴无赖似穷秋。淡烟流水画屏幽。　　自在飞花轻似梦，无边丝雨细如愁。宝帘闲挂小银钩。

好事近　梦中作

春路雨添花，花动一山春色。行到小溪深处，有黄鹂千百。　　飞云当面化龙蛇，夭矫转空碧。醉卧古藤阴下，了不知南北。

鹊桥仙

纤云弄巧，飞星传恨，银汉迢迢暗度。金风玉露一相逢，便胜却、人间无数。　　柔情似水，佳期如梦，忍顾鹊桥归路。两情若是久长时，又岂在、朝朝暮暮。

踏莎行　郴州旅舍

雾失楼台，月迷津渡。桃源望断无寻处。可堪孤馆闭春寒，杜鹃声里斜阳暮。　　驿寄梅花，鱼传尺素。砌成此恨无重数。郴江幸自绕郴山，为谁流下潇湘去。

江城子

西城杨柳弄春柔。动离忧。泪难收。犹记多情、曾为系归舟。碧野朱桥当日事，人不见，水空流。　　韶华不为少年留。恨悠悠。几时休。飞絮落花时候、一登楼。便作春江都是泪，流不尽，许多愁。

水龙吟

小楼连苑横空^[一]，下窥绣毂雕鞍骤。珠帘半卷，单衣初试，清明时候。破暖轻风，弄晴微雨，欲无还有。卖花声过尽，垂杨院落[二]，红成阵、飞鸳甃。　　玉佩丁东别后。怅佳期、参差难又。名缰利锁，天还知道，和天也瘦。花下重门，柳边深巷，不堪回首。念多情、但有当时皓月，照人依旧。

【校记】

[一]苑　《全宋词》作"远"。

[二]垂杨　《全宋词》作"斜阳"。

南柯子[一]

玉漏迢迢尽，银潢淡淡横。梦回宿酒未全醒。已被邻鸡催起、怕天明。　　臂上妆犹在，襟间泪尚盈。水边灯火渐人行。天外一钩残月、照三星。

【校记】

[一]南柯子　《全宋词》作《南歌子》。

贺铸

薄倖

淡妆多态[一]，更滴滴[二]、频回盼睐[三]。便认得琴心先许^[四]，欲绾合欢双带^[五]。记画堂、风月逢迎^[六]，轻颦浅笑娇无奈^[七]。待翡翠屏开^[八]，芙蓉帐掩^[九]，羞把香罗暗解^[十]。　自过了、烧灯后^[十一]，都不是^[十二]、踏青挑菜。几回凭双燕，丁宁深意，往来却恨重帘碍^[十三]。约何时再，正春浓酒困^[十四]，人闲昼永无聊赖。厌厌睡起，犹有花梢日在。

【校记】

[一]淡妆　《全宋词》作"艳真"。

[二]滴滴　《全宋词》作"的的"。

[三]盼　《全宋词》作"眄"。

[四]先　《全宋词》作"相"。

[五]欲绾合欢　《全宋词》作"与写宜男"。

[六]风月逢迎　《全宋词》作"斜月朦胧"。

[七]浅　《全宋词》作"微"。

[八]待　《全宋词》作"便"。

[九]帐　《全宋词》作"帐"。

[十]羞把香罗暗解　《全宋词》作"与把香罗偷解"。

[十一]烧　《全宋词》作"收"。

[十二]是　《全宋词》作"见"。

[十三]却　《全宋词》作"翻"。

[十四]困　《全宋词》作"暖"。

青玉案

　　凌波不过横塘路。但目送、芳尘去。锦瑟年华谁与度。月台花榭^[一],琐窗朱户。惟有春知处^[二]。　　碧云冉冉蘅皋暮^[三]。彩笔新题断肠句。试问闲愁都几许^[四]。一川烟草,满城风絮。梅子黄时雨。

【校记】

[一] 月台花榭　《全宋词》作"月桥花院"。

[二] 惟　《全宋词》作"只"。

[三] 碧　《全宋词》作"飞"。

[四] 试问闲愁　《全宋词》作"若问闲情"。

柳色黄^[一]

　　薄雨催寒^[二],斜照弄晴,春意空阔。长亭柳色才黄,远客一枝先折。烟横水际,映带几点归鸦,东风消尽龙沙雪^[三]。还记出门时^[四],恰而今时节。　　将发。画楼芳酒,红泪清歌,顿成轻别。已是经年,杳杳音尘都绝^[五]。欲知方寸,共有几许清愁,芭蕉不展丁香结。枉望断天涯,两厌厌风月。

【校记】

[一] 柳色黄　《全宋词》作《石州引》。

[二] 催　《全宋词》作"初"。

清平乐

小桃初谢。双燕还来也。记得年时寒食下。紫陌青门游冶。　　楚城满目春华。可堪游子思家。惟有夜来归梦，不知身在天涯。

望美人[一]

厌莺声到枕，花气动帘，醉魂愁梦相半。被惜余薰，带惊剩眼。几许伤春春晚。泪竹痕鲜，佩兰香老，湘天浓暖。记小江、风月佳时，屡约非烟游伴。　　须信鸾弦易断。奈云和再鼓，曲终人远。认罗袜无综[二]，旧处弄波清浅。青翰棹舣，白频洲畔[三]。尽目临皋飞观。不解寄、一字相思，幸有归来双燕。

【校记】

[一]望美人 《全宋词》作《望湘人》。

[二]综 《全宋词》作"踪"。

[三]频 《全宋词》作"蘋"。

踏莎行

急雨收春，斜风约水。浮红涨绿鱼文起。年年游子惜余春，春归不解招游子。　　留恨城隅，关情纸尾。阑干长对西曛倚。鸳鸯俱是白头时，江南渭北三千里。

周邦彦 <small>大鹤山人稿本。</small>

瑞龙吟

章台路。还是见粉梅梢[一]，试华桃树[二]。愔愔坊陌人家，定巢燕子，归来旧处。　　黯凝伫。因记个人痴小[三]，乍窥门户。侵晨浅约宫黄，障风映袖，盈盈笑语。　　前度刘郎重到，访邻寻里，同时歌舞。唯有旧家秋娘，声价如故。吟笺赋笔，犹记燕台句。知谁伴、名园露饮，东城闲步。事与孤鸿去。探春尽是，伤春离绪[四]。官柳低金缕。归骑晚，纤纤池塘飞雨。断肠院落，一帘风絮。

【校记】

[一] 还是见粉梅梢　《全宋词》作"还见褪粉梅梢"。

[二] 华　《全宋词》作"花"。

[三] 记　《全宋词》作"念"。

[四] 伤春离绪　《全宋词》作"伤离意绪"。

兰陵王　柳

　　柳阴直。烟里丝丝弄碧。隋堤上，曾见几番，拂水飘绵送行色。登临望故国。谁识。京华倦客。长亭路，年去岁来，应折柔条过千尺。　　闲寻旧踪迹。又酒趁哀弦，灯照离席。梨花榆火催寒食。愁一箭风快，半篙波暖，回头迢递便数驿。望人在天北。　　凄恻。恨堆积。渐别浦萦回，津堠岑寂。斜阳冉冉春无极。念月榭携手，露桥闻笛。沉思前事，似梦里，泪暗滴。

琐窗寒　寒食

　　暗柳啼鸦，单衣伫立，小帘朱户。桐花半亩，静锁一庭愁雨。洒空阶、夜阑未休，故人剪烛西窗语。似楚江暝宿，风灯零乱，少年羁旅。　　迟暮。嬉游处。正店舍无烟，禁城百五。旗亭唤酒，付与高阳俦侣。想东园、桃李自春，小唇秀靥今在否。到归时、定有残英，待客携樽俎。

齐天乐

　　绿芜凋尽台城路，殊乡又逢秋晚。暮雨生寒，鸣蛩劝织，深阁时闻裁剪。云窗静掩。叹重拂罗裀[一]，顿疏花簟。尚有练囊[二]，露萤清夜照书卷。　　荆江留滞最久，故人相望处，离思何限。渭水西风，长安乱叶，空忆诗情宛转。凭高眺远。正玉液新篘，蟹螯初荐。醉倒山翁，但愁斜照敛。

【校记】

[一]裀　《全宋词》作"茵"。

[二]练　《全宋词》作"练"。

六丑　蔷薇谢后作

　　正单衣试酒，怅客里[一]、光阴虚掷。愿春暂留，春归如过翼。一去无迹。为问家何在[二]，夜来风雨，葬楚宫倾国。钗钿堕处遗香泽。乱点桃蹊，轻翻柳陌。多情更谁追惜[三]。但蜂媒蝶使，时扣窗槅[四]。　　东园岑寂。渐蒙笼暗碧。静绕珍丛底，成叹息。长条故若行客[五]。似牵衣待话，别情无极。残英小、强簪巾帻。终不似、一朵钗头颤袅，向人欹侧。漂流处、莫趁潮汐。恐断鸿[六]、尚有相思字，何由见得。

【校记】

[一]怅　《全宋词》作"恨"。

[二]家　《全宋词》作"花"。

[三]更　《全宋词》作"为"。

[四] 楠 《全宋词》作"隔"。

[五] 若 《全宋词》作"惹"。

[六] 鸿 《全宋词》作"红",校云："按,'红'原作'鸿',从《阳春白雪》
卷一。"

大酺

对宿烟收,春禽静,飞雨时鸣高屋。墙头青玉旆,
洗铅霜都尽,嫩梢相触。润逼琴丝,寒侵枕障,虫网
吹粘帘竹。邮亭无人处,听檐声不断,困眠初熟。奈
愁极频惊[一],梦轻难记,自怜幽独。　　　行人归意速。
最先念、流潦妨车毂。怎奈向、兰成憔悴,卫玠清羸,
等闲时、易伤心目。未怪平阳客,双泪落、笛中哀曲。
况萧索、青芜国。红糁铺地,门外荆桃如菽。夜游共
谁秉烛。

【校记】

[一] 频 《全宋词》作"顿"。

满庭芳　夏日溧水无想山作

风老莺雏,雨肥梅子,午阴嘉树清圆。地卑山近,
衣润费炉烟[一]。人静乌鸢自乐,小桥外、新绿溅溅。

凭栏久，黄芦苦竹，拟泛九江船。　　年年。如社燕。飘流瀚海，来寄修椽。且莫思身外，长近樽前。憔悴江南倦客，不堪听、急管繁弦。歌筵畔，先安枕簟[二]，容我醉时眠。

【校记】

[一]炉　《全宋词》作"垆"。

[二]枕簟　《全宋词》作"簟枕"。

应天长慢[一]

条风布暖，霏雾弄晴，池台遍满春色。正是夜堂无月，沉沉暗寒食。梁间燕，前社客。似笑我、闭门愁寂。乱花过，隔院芸香，满地狼藉。　　长记那回时，邂逅相逢，郊外驻油壁。又见汉宫传烛，飞烟五侯宅。青青草，迷路陌。强载酒[二]、细寻前迹。市桥远，柳下人家，犹自相识。

【校记】

[一]应天长慢　《全宋词》作《应天长》。

[二]载　《全宋词》作"带"。

玉楼春

桃溪不作从容住。秋藕绝来无续处。当时相候赤栏桥，今日独寻黄叶路。　　烟中列岫青无数。雁背夕阳红欲暮。人如风后入江云，情似雨余黏地絮。

少年游

并刀如水，吴盐胜雪，纤指破新橙[一]。锦幄初温，兽香不断[二]，相对坐调笙。　　低声问、向谁行宿，城上已三更。马滑霜浓，不如休去，直是少人行。

【校记】

[一] 指　《全宋词》作"手"。
[二] 香　《全宋词》作"烟"。

拜星月慢[一]

夜色催更，清尘收露，小曲幽坊月暗。竹槛灯窗，识秋娘庭院。笑相遇，似觉琼枝玉树，暖日明霞光烂。水盼兰情[二]，总平生稀见。　　画图中、旧识春风面。谁知道、自到瑶台畔。眷恋雨润云温，苦惊风吹散。念荒寒、寄宿无人馆。重门闭、败壁秋虫叹。怎奈向、一缕相思，隔溪山不断。

[一] 拜星月慢　《全宋词》作《拜星月》。

[二] 盼　《全宋词》作"眄"。

尉迟杯

隋堤路。渐日晚、密霭生深树。阴阴淡月笼沙，还宿河桥深处。无情画舸，都不管、烟波隔南浦。等行人、醉拥重衾，载将离恨归去。　　因思旧客京华[一]，长偎傍、疏林小槛欢聚。冶叶倡条俱相识，仍惯见、珠歌翠舞。如今向、渔村水驿，夜如岁、焚香独自语。有何人、念我无聊[二]，梦魂凝想鸳侣。

【校记】

[一] 思　《全宋词》作"念"。

[二] 聊　《全宋词》作"憀"。

西河

佳丽地。南朝盛事谁记。山围故国绕清江，髻鬟对起。怒涛寂寞打孤城，风樯遥度天际。　　断崖树，犹倒倚。莫愁艇子曾系。空余旧迹郁苍苍，雾沉半垒。夜深月过女墙来，伤心东望淮水[一]。　　酒旗戏鼓

甚处市。想依稀、王谢邻里。燕子不知何世。入寻常、巷陌人家，相对如说兴亡，斜阳里。_{末句有二种读法。}

【校记】
[一] 伤 《全宋词》作"赏"。

荔枝香近

照水残红零乱，风唤去。尽日恻恻轻寒[一]，帘底吹香雾。黄昏客枕无聊[二]，细响当窗雨。愁看两两相依燕新乳[三]。　　楼下水，渐绿遍、行舟浦。暮往朝来，心逐片帆轻举。何日迎门，小槛朱笼报鹦鹉。共剪西窗蜜炬。

【校记】
[一] 恻恻 《全宋词》作"测测"。
[二] 聊 《全宋词》作"憀"。
[三] 愁 《全宋词》无此字。

霜叶飞

露迷衰草。疏星挂，凉蟾低下林表。素娥青女斗婵娟，正倍添凄悄。渐飒飒、丹枫撼晓。横天云浪鱼鳞小。似故人相看，又透入、清辉半晌，特地留照。　　迢递望极关山，波穿千里，度日如岁难到。凤楼今夜听西风[一]，奈五更愁抱。想玉匣哀弦闭了。无心重理相思调。念故人[二]、牵离恨，屏掩孤鼙，泪流多少。

【校记】

[一] 西 《全宋词》作"秋"。

[二] 念故人 《全宋词》作"见皓月"。

过秦楼

　　水浴清蟾，叶喧凉吹，巷陌马声初断。闲依露井，笑扑流萤，惹破画罗轻扇。人静夜久凭栏[一]，愁不归眠，立残更箭。叹年华一瞬，人今千里，梦沉书远。　　空见说、鬓怯琼梳，容销金镜，渐懒趁时匀染。梅风地溽，梧雨苔滋[二]，一架舞红都变。谁信无聊为伊[三]，才减江淹，情伤荀倩。但明河影下，还看稀星数点。

【校记】

[一] 栏 《全宋词》作"阑"。

[二] 梧 《全宋词》作"虹"。

[三] 聊 《全宋词》作"憀"。

花犯　梅花

粉墙低，梅花照眼，依然旧风味。露痕轻缀。疑净洗铅华，无限清丽^[一]。去年胜赏曾孤倚。冰盘共宴喜^[二]。更何惜^[三]、雪中高士^[四]，香篝薰素被。　　今年对花太匆匆^[五]，相逢似有恨，依依憔悴^[六]。凝望久^[七]，青苔上、旋看飞坠。相将见、脆圆荐酒^[八]，人正在、空江烟浪里。但梦想、一枝潇洒，黄昏斜照水。

【校记】

[一] 清　《全宋词》作"佳"。

[二] 共　《全宋词》作"同"。

[三] 何　《全宋词》作"可"。

[四] 士　《全宋词》作"树"。

[五] 太　《全宋词》作"最"。

[六] 憔　《全宋词》作"愁"。

[七] 凝望　《全宋词》)作"吟望"。

[八] 圆　《全宋词》作"丸"。

浪淘沙慢^[一]

晓阴重^[二]，霜凋岸草，雾隐城堞。南陌脂车待发。东门帐饮乍阕。正拂面垂杨堪揽结。掩红泪、玉手亲折。念汉浦离鸿去何许，经时信音绝。　　情切。望中地远天阔。向露冷风清，无人处、耿耿寒漏咽。嗟万事难忘，唯是轻别。翠樽未竭。凭断云留取，西楼残月。　　　罗带光销纹衾叠。连环解、旧香顿歇。怨歌永、琼壶敲尽缺。恨春去、不与人期，弄夜色，空余满地梨花雪。

【校记】

[一] 浪淘沙慢 《全宋词》作《浪淘沙》。
[二] 晓 《全宋词》作"昼"。

夜飞鹊

河桥送人处，良夜何其[一]。斜月远堕余辉。铜盘烛泪已流尽，霏霏凉露沾衣。相将散离会处[二]，探风前津鼓，树杪参旗。花骢会意，纵扬鞭、亦自行迟。　　　迢递路回清野，人语渐无闻，空带愁归。何意重经前地[三]，遗钿不见，斜径都迷。兔葵燕麦，向斜阳[四]、影与人齐[五]。但徘徊班草、欷歔酹酒，极望天西。

【校记】

[一] 良 《全宋词》作"凉"。
[二] 处 《全宋词》无此字。
[三] 经前 《全宋词》作"红满"。
[四] 斜 《全宋词》作"残"。

辛弃疾

念奴娇　书东流村壁

野棠花落，又匆匆过了，清明时节。划地东风欺客梦，一枕云屏寒怯[一]。曲岸持觞，垂杨系马，此地曾轻别。楼空人去，旧游飞燕能说。　　闻道绮陌东头，行人曾见[二]，帘底纤纤月。旧恨春江流不尽[三]，新恨云山千叠。料得明朝，尊前重见，镜里花难折。也应惊问，近来多少华发。

【校记】

[一]枕 《全宋词》作"夜"。

[二]曾 《全宋词》作"长"。

[三]不尽 《全宋词》作"未断"。

祝英台近[一]

宝钗分，桃叶渡，烟柳暗南浦。怕上层楼，十日九风雨。断肠片片飞红，都无人管，更谁劝[二]、流莺声住。　　鬓边觑。试把花卜归期[三]，才簪又重数。

罗帐灯昏，哽咽梦中语[四]。是他春带愁来，春归何处。却不解、带将愁去[五]。

【校记】

[一] 祝英台近 《全宋词》作《祝英台令》，后标词题"晚春"。

[二] 更谁劝 《全宋词》作"倩谁唤"。

[三] 归 《全宋词》作"心"。

[四] 哽 《全宋词》作"呜"。

[五] 带将愁去 《全宋词》作"将愁归去"。

沁园春　带湖新居将成

三径初成，鹤怨猿惊，稼轩未来。甚云山自许，平生意气，衣冠人笑，抵死尘埃。意倦须还，身闲贵早，岂为莼羹鲈鲙哉。秋江上，看惊弦雁避，骇浪船回。　　东岗更葺茅斋。好都把、轩窗临水开。要小舟行钓，先应种柳，疏篱护竹，莫碍观梅。秋菊堪餐，春兰可佩，留待先生手自栽。沉吟久，怕君恩未许，此意徘徊。

满江红　暮春

家住江南，又过了、清明寒食。花径里、一番风雨，一番狼藉。红粉暗随流水去[一]，园林渐觉清阴密。算年年、落尽刺桐花，寒无力。　　庭院静，空相忆。无处说[二]，闲愁极。怕流莺乳燕，得知消息。尺素如今何处也，绿云依旧无踪迹[三]。谩教人、羞去上层楼，平芜碧。

【校记】

[一]红粉暗随流水去　《全宋词》作"流水暗随红粉去"。

[二]无处说　《全宋词》作"无处说"。

[三]绿　《全宋词》作"彩"。

又

敲碎离愁，纱窗外、风摇翠竹。人去后、吹箫声断，倚楼人独。满眼不堪三月暮。举头已觉千山绿。但试把[一]、一纸寄来书，从头读。　　相思字，空盈幅。相思意，何时足。滴罗襟点点，泪珠盈掬。芳草不迷行客路。垂杨只碍离人目。最苦是、立尽月黄昏，阑干曲[二]。

【校记】

[一]把　《全宋词》作"将"。

[二]阑　《全宋词》作"栏"。

水调歌头　舟次扬州，和杨济翁周显先韵

落日塞尘起，塞马猎清秋[一]。汉家组练十万，列槛耸层楼[二]。谁道投鞭飞渡，忆昔鸣髇血污，风雨佛狸愁。季子正年少，匹马黑貂裘。　　今老矣，搔白首，过扬州。倦游欲去江上，手种橘千头。二客东南名胜，万卷诗书事业，尝试与君谋。莫射南山虎，直觅富民侯。

【校记】

[一] 塞马　《全宋词》作"胡骑"。

[二] 槛　《全宋词》作"舰"。层　《全宋词》作"高"。

又

带湖吾甚爱，千丈翠奁开。先生杖履无事，一日走千回。凡我同盟鸥鹭，今日既盟之后，来往莫相猜。白鹤在何处，尝试与偕来。　　破青萍，排翠藻，立苍苔。窥鱼笑汝痴计，不解举吾杯。废沼荒丘畴昔，明月清风此夜，人世几欢哀。东岸绿阴少，杨柳更须栽。

贺新郎　别茂嘉十二弟

绿树听鹈鴂。更那堪、杜鹃声住[一]，鹧鸪声切[二]。

啼到春归无啼处[三]，苦恨芳菲都歇。算未抵、人间离别。马上琵琶关塞黑，更长门、翠辇辞金阙。看燕燕，送归妾。　　将军百战身名裂。向河梁、回头万里，故人长绝。易水萧萧西风冷，满座衣冠似雪。正壮士、悲歌未彻。啼鸟还知如许恨，料不啼、清泪长啼血。谁伴我[四]，醉明月。

【校记】

[一]杜鹃 《全宋词》作"鹧鸪"。

[二]鹧鸪 《全宋词》作"杜鹃"。

[三]啼 《全宋词》作"寻"。

[四]伴 《全宋词》作"共"。

又　赋琵琶[一]

凤尾龙香拨。自开元、霓裳曲罢，几番风月。最苦浔阳江头客，画舸亭亭待发。记出塞、黄云堆雪。马上离愁三万里，望昭阳、宫殿孤鸿没。弦解语，恨难说。　　辽阳驿使音尘绝，琐窗寒、轻拢慢捻，泪珠盈睫。推手含情还却手，一抹梁州哀彻。千古事、云飞烟灭。贺老定场无消息，想沉香亭北繁华歇。弹到此，为呜咽。

木兰花慢　滁州送范倅

老去情味减^[一]，对别酒、怯流年。况屈指中秋，十分好月，不照人圆。无情水都不管，共西风、只管送归船^[二]。秋晚莼鲈江上，夜深儿女灯前。　　征衫。便好去朝天。玉殿正思贤。想夜半承明，留教视草，却遣筹边。长安故人问我，道愁肠、殢酒只依然^[三]。目断秋霄落雁，醉来时响空弦。

【校记】

[一]去　《全宋词》作"来"。
[二]管　《全宋词》作"等"。
[三]道愁肠、殢酒只依然　《全宋词》作"道寻常、泥酒只依然"。

摸鱼儿

淳熙己亥，自湖北漕移湖南，同官王正之置酒小山亭为赋。

更能消、几番风雨。匆匆春又归去。惜春长怕花开早^[一]，何况落红无数。春且住。见说道、天涯芳草无归路[二]。怨春不语。算只有殷勤，画檐蛛网，尽日惹飞絮。　　长门事，准拟佳期又误。蛾眉曾有人妒。千金纵买相如赋，脉脉此情谁诉。君莫舞。君不见、玉环飞燕皆尘土。闲愁最苦。休去倚危栏[三]，斜阳正在，烟柳断肠处。

水龙吟　过南涧双溪楼[一]

举头西北浮云，倚天万里须长剑。人言此地，夜深长见，斗牛光焰。我觉山高，潭空水冷，月明星淡。待燃犀下看，凭栏却怕，风雷怒、鱼龙惨。　　峡束苍江对起[二]，过危楼、欲飞还敛。元龙老矣，不妨高卧，冰壶凉簟。千古兴亡，百年悲笑，一时登览。问何人又卸，片帆沙岸，系斜阳缆。

又 登建康赏心亭

楚天千里清秋，水随天去秋无际。遥岑远目，献愁供恨，玉簪螺髻。落鹰楼头[一]，断鸿声里，江南游子。把吴钩看了，阑干拍遍[二]，无人会、登临意。　　休说鲈鱼堪脍[三]，尽西风、季鹰归未。求田问舍，怕应羞见，刘郎才气。可惜流年，忧愁风雨，树犹如此。倩何人唤取，红巾翠袖[四]，揾英雄泪。

【校记】

[一]鹰　《全宋词》作"日"。

[二]阑　《全宋词》作"栏"。

[三]脍　《全宋词》作"鲙"。

[四]红巾　《全宋词》作"盈盈"。

西河　送钱仲耕自江西漕移守婺州

西江水。道是西江人泪[一]。无情却解送行人，月明千里。从今日日倚高楼，伤心烟树如荠。　　会君难，别君易。草草不如人意。十年着破绣衣茸，种成桃李。问君可是厌承明，东方鼓吹千骑。　　对梅花、更消一醉。看明年[二]、调鼎风味。老病自怜憔悴。过吾庐、定有幽人相问，岁晚渊明归来未。

南乡子　登京口北固亭有怀

何处望神州。满眼风光北固楼。千古兴亡多少事，悠悠。不尽长江滚滚流。　　年少万兜鍪。坐断东南战未休。天下英雄谁敌手，曹刘。生子当如孙仲谋。

菩萨蛮　书江西造口壁

郁孤台下清江水。中间多少行人泪。西北是长安^[一]。可怜无数山。　　青山遮不住。毕竟东流去^[二]。江晚正愁余^[三]。山深闻鹧鸪。

【校记】

[一]西 《全宋词》作"东"。

[二]东 《全宋词》作"江"。

[三]余 《全宋词》作"予"。

张孝祥

满江红

斗帐高眠,寒窗静、潇潇雨意。南楼近、更移三鼓,漏传一水。点点不离杨柳外,声声只在芭蕉里。也不管、滴破故乡心,愁人耳。　　无似有,游丝细。聚复散,真珠碎。天应分付与,别离滋味。破我一床蝴蝶梦,输他双枕鸳鸯睡。向此际、别有好思量,人千里。

鹧鸪天　西湖

日日青楼醉梦中。不知楼外已春浓。杏花未湿疏疏雨[一],杨柳初摇短短风。　　扶画鹢,跃花骢。涌金门外小桥东。行行又入笙歌里,人在珠帘第几重。

【校记】

[一]湿　《全宋词》作"遇"。

程垓<small>苏东坡表兄弟。</small>

摸鱼儿

掩凄凉、黄昏庭院,角声何处呜咽。矮窗曲屋风灯冷，还是苦寒时节。凝伫切。念翠被薰笼，夜夜成虚设。倚窗愁绝^[一]。听凤竹声中，犀帏影外^[二]，簌簌酿寒雪^[三]。　　伤心处，却忆当年轻别。梅花满院初发。吹香弄蕊无人见，惟有暮云千叠。情未彻。又谁料而今，好梦分吴越^[四]。不堪重说。但记得当初，重门锁处，犹有夜深月。

【校记】

[一]窗　《全宋词》作"阑"。

[二]犀帏影外　《全宋词》作"犀影帐外"。

[三]簌簌酿寒雪　《全宋词》作"簌簌酿寒轻雪"，校云："陆校：'酿'字下多一字。"

[四]吴　《全宋词》作"胡"。

南浦

　　金鸭懒薰香，向晚来、春醒一枕无绪。浓绿涨瑶窗，东风外、吹尽乱红飞絮。无言伫立，断肠惟有流莺语。碧云欲暮。空惆怅韶华，一时虚度。　　追思旧日心情，记题叶西楼，吹花南浦。老去觉欢疏，伤春恨、多付断云残雨^[一]。黄昏院落，问谁犹在凭栏处^[二]。可堪杜宇。但只解声声，催他春去。

刘克庄

玉楼春

年年跃马长安市。客里似家家似寄。青钱唤酒日无何，红烛呼卢宵不寐。　　易挑锦妇机中字。难得玉人心下事。男儿西北有神州，莫洒水西桥畔泪。

俞国宝

风入松

一春长费买花钱。日日醉潮边[一]。玉骢惯识西湖路，骄嘶过、沽酒楼前[二]。红杏香中歌舞[三]，绿杨影里秋千。　　暖风十里丽人天。花压鬓云遍[四]。画船载得春归去[五]，余情付[六]、湖水湖烟。明日重扶残醉，来寻陌上花钿。

【校记】

[一]潮 《全宋词》作"花"。

[二]楼 《全宋词》作"垆"。

[三]歌舞 《全宋词》作"箫鼓"。

[四]鬓云遍 《全宋词》作"鬓云偏"。

[五]得 《全宋词》作"取"。

[六]付 《全宋词》作"寄"。

姜夔白石。

探春慢

　　衰草愁烟，乱鸦送日，飞沙回旋平野^[一]。拂雪金鞭，欺寒茸帽，还记章台走马。谁念漂零久，谩赢得^[二]、幽怀难写。故人清沔相逢，小窗闲共情话。　　长恨离多会少，重访问竹西，珠泪盈把。雁碛波平，渔汀人散，老去不堪游冶。无奈苔溪月，又唤我^[三]、扁舟东下。甚日归来，梅花零乱春夜。

【校记】

[一]飞 《全宋词》作"风"。

[二]谩 《全宋词》作"漫"。

[三]唤 《全宋词》作"照"。

一萼红 人日登定王台

古城阴。有官梅几许，红萼未宜簪。池面冰胶，墙腰雪老，云意还又沉沉。翠藤共、闲穿径竹，渐笑语、惊起卧沙禽。野老林泉，故王台榭，呼唤登临。　　南去北来何事，荡湘云楚水，目极伤心。朱户粘鸡[一]，金盘簇燕，空叹时序侵寻。记曾共、西楼雅集，想垂杨、还袅万丝金。待得归鞍到时，只怕春深。

【校记】

[一] 粘　《全宋词》作"黏"。

扬州慢

淮左名都，竹西佳处，解鞍少驻初程。过春风十里，尽荠麦青青。自胡马、窥江去后，废池乔木，犹厌言兵。渐黄昏、清角吹寒，都在空城。　　杜郎俊赏，算而今、重到须惊。纵豆蔻词工，青楼梦好，难赋深情。二十四桥仍在，波心荡、冷月无声。念桥边红药，年年知为谁生。

暗香　为石湖赋梅

　　旧时月色。算几番照我，梅边吹笛。唤起玉人，不管清寒与攀摘。何逊而今渐老，都忘却、春风词笔。但怪得、竹外疏花，香冷入瑶席。　　江国。正寂寂。叹寄与路遥，夜雪初积。翠尊易泣。红萼无言耿相忆。长记曾携手处，千树压、西湖寒碧。又片片、吹尽也，几时见得。

疏影　同前题。

　　苔枝缀玉。有翠禽小小，枝上同宿。客里相逢，篱角黄昏，无言自倚修竹。昭君不惯胡沙远，但暗忆、江南江北。想佩环、月下归来[一]，化作此花幽独。　　犹记深宫旧事，那人正睡里，飞近蛾绿。莫似春风，不管盈盈，早与安排金屋。还教一片随波去，又却怨、玉龙哀曲。等恁时、重觅幽香，已入小窗横幅。

【校记】

[一]下　《全宋词》作"夜"。

长亭怨慢　衰柳

　　渐吹尽、枝头香絮。是处人家，绿深门户。远浦萦回，暮帆零乱向何许。阅人多矣，谁得似、长亭树。树若有情时，不会得、青青如此。　　日暮。望高城不见，只见乱山无数。韦郎去也，怎忘得、玉环分付。第一是、早早归来，怕红萼、无人为主。算空有并刀，难剪离愁千缕。

齐天乐　蟋蟀

庾郎先自吟愁赋。凄凄更闻私语。露湿铜铺，苔侵石井，都是曾听伊处。哀音似诉。正思妇无眠，起寻机杼。曲曲屏山，夜凉独自甚情绪。　　西窗又吹暗雨。为谁频断续，相和砧杵。候馆吟秋[一]，离宫吊月，别有伤心无数。豳诗谩与[二]。笑篱落呼灯，世间儿女。写入琴丝，一声声更苦。

【校记】

[一] 吟　《全宋词》作"迎"。
[二] 谩　《全宋词》作"漫"。

念奴娇　荷花

闹红一舸，记年时[一]，常与鸳鸯为侣。三十六陂人未到，水佩风裳无数。翠叶吹凉，玉容消酒[二]，更洒菰蒲雨。嫣然摇动，冷香飞上诗句。　　日暮。青盖亭亭，情人不见，争忍凌波去。只恐舞衣寒易落，愁入西风南浦。高柳垂阴，老鱼吹浪，留我花间住。田田多少，几回沙际归路。

【校记】

[一]年　《全宋词》作"来"。

[二]消　《全宋词》作"销"。

湘月

五湖旧约，问经年底事，长负清景。暝入西山，渐唤我、一叶夷犹乘兴。倦网都收，归禽时度，月上汀洲冷。中流容与，画桡不点清镜。　　谁解唤起湘灵，烟鬟雾鬓，理哀弦鸿阵。玉麈谈玄，叹坐客、多少风流名胜。暗柳萧萧，飞星冉冉，夜久知秋信。鲈鱼应好，旧家乐事谁省。

淡黄柳

空城晓角。吹入垂杨陌。马上单衣寒恻恻。看尽鹅黄嫩绿。都是江南旧相识。　　正岑寂。明朝又寒食。强携酒、小桥宅。怕梨花、落尽成秋色。燕燕飞来，问春何在，唯有池塘自碧。

侧犯　咏芍药

　　恨春易去。甚春却向扬州住。微雨。正茧栗梢头、弄诗句。红桥二十四，总是行云处。无语。渐半脱宫衣、笑相顾。　　金壶细叶，千朵围歌舞。谁念我、鬓成丝，来此共樽俎。后日西园，绿阴无数。寂寞刘郎，自修花谱。

惜红衣　荷花

　　簟枕邀凉，琴书换日。睡余无力。细洒冰泉，并刀破甘碧。墙头唤酒，谁问讯、城南诗客。岑寂。高树晚蝉，说西风消息。　　红梁水陌[一]。鱼浪吹香，红衣半狼藉。维舟试望故国。渺天北[二]。可惜渚边沙外，不共美人游历。问甚时同赋，三十六陂秋色。

【校记】

[一] 红　《全宋词》作"虹"。
[二] 渺　《全宋词》作"眇"。

琵琶仙　吴兴载酒

双桨来时，有人似、旧曲桃根桃叶。歌扇轻约飞花，蛾眉正奇绝。春渐远、汀洲自绿，更添了、几声啼鴂。十里扬州，三生杜牧，前事休说。　　又还是、宫烛分烟，奈愁里、匆匆换时节。都把一襟芳思，付与空阶榆荚[一]。千万缕、藏鸦细柳，为玉尊、起舞回雪。想见西出阳关，故人初别。

【校记】

[一]付　《全宋词》无此字。

凄凉犯　赋柳合肥赋秋柳。

绿杨巷陌。西风起[一]、边城一片离索。马嘶渐远，人归甚处，戍楼吹角。情怀正恶。更衰草寒烟淡薄。似当时、将军部曲，迤逦度沙漠。　　追念西湖上，小舫携歌，晚花行乐。旧游在否，想如今、翠凋红落。谩写羊裙[二]，等新雁来时系着。怕匆匆、不肯寄与，误后约。

【校记】

[一]西　《全宋词》作"秋"。
[二]谩　《全宋词》作"漫"。

翠楼吟　与故人话武昌旧游

月冷龙沙，尘清虎落，今年汉酺初赐。新翻胡部曲，听毡幕元戎歌吹。层楼高峙。看槛曲萦红，檐牙飞翠。人姝丽。粉香吹下，夜寒风细。　　此地。宜有神仙[一]，拥素云黄鹤，与君游戏。玉睇凝望久[二]，叹芳草萋萋千里。天涯情味。仗酒祓清愁，花消英气[三]。西山外。晚来还卷，一帘秋霁。

【校记】

[一] 神 《全宋词》作"词"。

[二] 睇 《全宋词》作"梯"。

[三] 消 《全宋词》作"销"。

法曲献仙音　赋张彦远官舍

虚阁笼寒，小帘通月，暮色偏宜高处[一]。树隔离宫，水平驰道，湖山尽入尊俎。奈楚客、淹留久，砧声带愁去。　　屡回顾。过秋风、未成归计，谁念我、重见冷枫红舞。唤起淡妆人，问遁仙、今在何许。象笔鸾笺，甚而今、不道秀句。怕平生幽恨，化作沙边烟雨。

【校记】

[一]宜 《全宋词》作"怜"。

眉妩　戏张仲远_{以仲远畏妻}。

看垂杨连苑，杜若侵沙，愁损未归眼。信马青楼去，重帘下，娉婷人妙飞燕。翠尊共款。听艳歌、郎意先感。便携手，月地云阶里，爱良夜微暖。　　无限。风流疏散。有暗藏弓履，偷寄香翰。明月闻津鼓^[一]，湘江上，催人还解春缆。乱红万点。怅断魂、烟水遥远。又争似相携，乘一舸、镇长见。

【校记】

[一]月 《全宋词》作"日"。

石湖仙　寿石湖居士

松江烟浦。是千古三高，游衍佳处。须信石湖仙，似鸱夷、翩然引去。浮云安在，我自爱、绿香红舞。容与。看世间、几度今古。　　卢沟旧曾驻马，为黄花、闲吟秀句。见说胡儿，也学纶巾欹羽^[一]。玉友金蕉，玉人金缕。缓移筝柱。闻好语。明年定在槐府。

[一]羽 《全宋词》作"雨"。

八归 湘中送胡德华

芳莲坠粉，疏桐吹绿，庭院暗雨乍歇。无端抱影销魂处，还见篠墙萤暗，藓阶蛩切。送客重寻西去路，问水面琵琶谁拨。最可惜、一片江山，总付与啼鴂。 长恨相从未款，而今何事，又对西风离别。渚寒烟淡，棹移人远，缥缈行舟如叶。想文君望久，倚竹愁生步罗袜。归来后、翠尊双饮，下了珠帘，玲珑闲看月。

陆游

南乡子

归梦寄吴樯。水驿江程去路长。想见芳洲初系缆，斜阳。烟树参差认武昌。 愁鬓点新霜。曾是朝衣惹御香[一]。重到故乡交旧少，凄凉。却恐他乡胜故乡[二]。

【校记】

渔家傲

东望山阴何处是。往来一万三千里。写得家书空
满纸。流清泪。书回已是明年事。　　寄语红桥桥下
水。扁舟何日寻兄弟。行遍天涯真老矣。愁无寐。鬓
丝几缕茶烟里。

真珠帘

山村水馆参差路。感羁游、正似残春风絮。掠地
穿帘，知是竟归何处。镜里新霜空自悯，问几时、鸾
台鳌署。迟暮。谩凭高怀远，书空独语。　　自古。
儒冠多误。悔当年、早不扁舟归去。醉下白蘋洲，看
夕阳鸥鹭。菰菜鲈鱼都弃了，只换得、青衫尘土。休
顾。早收身江上，一蓑烟雨。

水龙吟 [一]

闹花深处层楼，画帘半卷东风软。春归翠陌，平

沙茸嫩[二]，垂杨金浅。迟日催花，淡云阁雨，轻寒轻暖。恨芳菲世界，游人未赏，都付与、莺和燕。　　寂寞凭高念远。向南楼、一声归雁。金钗斗草，青丝勒马，风流云散。罗绶分香，翠绡封泪，几多幽怨。正销魂、又是疏烟淡月，子规声断。

【校记】

[一]《全宋词》此词作者为陈亮。

[二] 沙 《全宋词》作"莎"。

刘过

贺新郎

　　老去相如倦。向文君说似，而今怎生消遣。衣袂京尘曾染处，空有香红尚软。料彼此、魂销肠断。一枕新凉眠客舍，听梧桐、疏雨秋风颤。灯晕冷，记初见。　　楼低不放珠帘卷。晚妆残、翠蛾狼藉[一]，泪痕流脸[二]。人道愁来须殢酒，无奈愁深酒浅。但托意[三]、焦琴纨扇。莫鼓琵琶江上曲，怕荻花、枫叶俱凄怨。云万叠，寸心远。

【校记】

[一] 蛾 《全宋词》作"钿"。

[二] 流脸 《全宋词》作"凝面"。

[三] 托意 《全宋词》作"寄兴"。

张辑 字宗瑞，有《东泽绮语债》二卷。其词体与方回同，往往将旧词调别立一名，此名即取己词中语"疏帘淡月"，实即《桂枝香》也。

疏帘淡月

　　梧桐雨细。渐滴作秋声，被风惊碎。润逼衣篝，线袅蕙炉沉水。悠悠岁月天涯醉。一分秋、一分憔悴。紫箫吹断[一]，素笺恨切，夜寒鸿起。　　又何苦、凄凉客里。负草堂春绿，竹溪空翠。落叶西风，吹老几番尘世。从前谙尽江湖味。听商歌、归兴千里。露侵宿酒，疏帘淡月，照人无寐。

【校记】

[一] 吹 《全宋词》作"吟"。

卢祖皋 字申之，有《蒲江词》。有二刻一为汲古阁本，一为南昌彭氏和圣邑斋本，彭刻较毛刻多七十一首。

贺新郎

挽住风前柳。问鸱夷、当日扁舟，近曾来否。月落潮生无限事，零乱茶烟未久。谩留得[一]、莼鲈依旧。可是功名从来误[二]，抚荒祠、谁继风流后。今古恨，一搔首。　　江涵雁影梅花瘦。四无尘、雪飞风起，夜窗如昼。万里乾坤清绝处，付与渔翁钓叟。又恰是、题诗时候。猛拍阑干呼鸥鹭，道他年、我亦垂纶手。飞过我，共樽酒。

【校记】

[一] 谩　《全宋词》作"漫"。

[二] 功名从来　《全宋词》作"从来功名"。

倦寻芳

香泥垒燕，密叶巢莺，春晴寒浅[一]。花径风柔，着地舞裀红软[二]。斗草烟欺罗袂薄，秋千影落春游倦。醉归来，记宝帐歌慵，锦屏香暖。　　别来怅、光阴容易，还又荼蘼，牡丹开遍。妒恨疏狂，那更柳花迎面。鸿羽难凭芳信短，长安犹近归期远。倚危楼，但镇日、绣帘高卷。

西江月

燕掠晴丝裊裊,鱼吹水叶粼粼。禁街微雨洒香尘。寒食清明相近。　　谩着宫罗试暖[一],闲呼社酒酬春。晚风帘幕悄无人。二十四番花讯。

清平乐

柳边深院。燕语明如剪。消息无凭听又懒。隔断画屏双扇。　　宝杯金缕红牙。醉魂几度儿家。何处一春游荡,梦中犹恨杨花。如剪:快。宝杯:酒。金缕:唱。红牙:拍板。

水龙吟　荼蘼

荡红流水无声，暮烟细草粘天远[一]。低回倦蝶，往来忙燕，芳期顿懒。绿雾迷墙，翠虬腾架，雪明香暖。笑依依欲挽，春风教住，还疑是、相逢晚。　　不似梅妆瘦减。占人间、丰神萧散。攀条弄蕊，天涯犹记，曲阑小院。老去情怀，酒边风味，有时重见。对枕帏空想，东窗旧梦[二]，带将离怨[三]。

【校记】

[一]粘　《全宋词》作"黏"。

[二]窗　《全宋词》作"床"。

[三]怨　《全宋词》作"恨"。

又　淮西重午

会昌湖上扁舟，几年不醉西山路。流光又是，宫衣初试，安榴半吐。千里江山，满川烟草，薰风淮楚。念离骚恨远，独醒人去，阑干外、谁怀古。　　亦有鱼龙戏舞。艳晴川、绮罗歌鼓。乡情节意，樽前同是，天涯羁旅。涨渌池塘，翠阴庭院，归期无据。问明年此夜，一眉新月，照人何处。

摸鱼儿 九日登姑苏台

　　怪西风、晓来欹帽，年华还是重九。天机衮衮山新瘦，客子情怀谁剖。微雨后。更雁带边寒，袅袅欺罗袖。慵荷倦柳。悄不似黄花，田田照眼，风味尽如旧。　　登临地，寂寞崇台最久。阑干几度搔首。翻云覆雨无穷事，流水斜阳知否。吟未就。但衰草寒烟[一]，商略愁时候。闲愁浪有。总输与渊明，东篱醉舞，身世付杯酒。

【校记】

[一] 寒　《全宋词》作"荒"。

渔家傲 寿白石先生

　　白石山中风景异。先生日日怀归计。何事黄冈飞雪地。偏着意。画堂却为东坡起。　　人说前身坡老是。文章气节浑相似。只待鼎彝勋业遂。梅花外。归来长向山中醉。

木兰花慢 别南湖两诗僧

　　嫩寒催客棹，载酒去、载诗归。正红叶漫山，清泉漱石，多少心期。三生溪桥话别，怅薜萝、犹惹翠云衣。不似今番醉梦，帝城几度斜晖。　　鸿飞。烟水弥弥。回首处，只君知。念吴江鹭忆，孤山鹤怨，依旧东西。高峰梦醒云起，是瘦吟、窗底忆君时。何日还寻后约，为余先寄梅枝。

高观国《竹屋词》。

齐天乐

碧云阙处无多雨，愁与去帆俱远。倒苇沙闲，枯兰砌冷[一]，寥落寒江秋晚。楼阴纵览。正魂怯清吟，病多依黯。怕揖西风[二]，袖罗香自去年减。　　风流江左久客，旧游得意处，朱帘曾卷。载酒春情，吹箫夜约，犹忆玉娇香脸[三]。尘楼故苑[四]，叹壁月空檐，梦云飞观。送绝征鸿，楚峰烟数点。

【校记】
[一]砌 《全宋词》作"潋"。
[二]揖 《全宋词》作"挹"。
[三]脸 《全宋词》作"软"。
[四]楼 《全宋词》作"栖"。

又 中秋夜怀梅溪梅溪即史达祖（邦卿）。

晚云知有关山念，澄霄卷开清霁。素景分中，冰
盘正溢，何啻婵娟千里。危栏静倚[一]。正玉管吹凉，
翠觞留醉。记约清吟，锦袍初唤醉魂起。　　孤光天
地共影，浩歌谁与舞，凄凉风味。古驿烟寒，幽垣梦
冷，应念秦楼十二。归心对此。想斗插天南，雁横辽
水。试问姮娥，有愁能为寄。

【校记】
[一] 栏 《全宋词》作"阑"。

玉楼春　拟宫词

几双海燕来金屋。香满离宫三十六。春风剪草碧
纤纤，春雨浥花红扑扑。　　卫姬郑女腰如束。齐唱
阳春新制曲。曲终移宴起笙箫，花下晚寒生翠縠。

临江仙　东越道中

俱是洛阳年少客，才华迥出天真。青衫贯拂软红
尘[一]。酒狂因月舞，诗俊为梅新。　　寄语长安风
月道，鹦花暖作青春[二]。披风沐露问前津。客中春
不当，归去倍还人。

贺新郎　赋梅

月冷霜袍拥。见一枝、年华又晚，粉愁香冻。云隔溪桥人不渡[一]，的皪春心未纵。清影怕、寒波摇动。更没纤毫尘俗态，倚高情、预得春风宠。沉冻蝶，挂么凤。　　一杯正要吴姬捧。想见那、柔酥弄白，暗香偷送。回首罗浮今在否，寂寞烟迷翠坲[二]。又争奈、桓伊三弄。开遍西湖春意烂，算群花、正作江山梦。吟思怯，暮云重。

【校记】

[一] 渡 《全宋词》作"度"。

[二] 坲 《全宋词》作"拢"。

兰陵王　为十年故人作_{梦窗词中凡用"燕"字皆指妓言。人家女儿为□□□，姬妾为琴客。}

凤箫咽。花底寒轻夜月。兰堂静，香雾翠深，曾与瑶姬恨轻别。罗巾泪暗叠。情入歌声怨切。殷勤意，欲去又留，柳色和秋为重折[一]。　　十年迥凄绝。念髻怯瑶簪，衣褪香屑[二]。双鳞不渡烟江阔。自春来，人见水边花外，羞倚东风翠袖怯。正愁恨时节。　　南陌。阻金勒。甚望断青禽，难倩红叶。春愁欲解丁香结。整新欢罗带，旧香宫箧。凄凉风景，待见了，更向说[三]。

水龙吟　云意

旧家心绪如云，乍舒乍卷初无定。西郊载雨，东城隔雾，还开晴景。爱恼花阴，喜移月地，朦胧清影。任无心有意，溶溶曳曳，萧散处、有谁问。　　朝暮如今难准。枉教他、惜春人恨。远峰依旧，前踪何在，有时愁凝。此兴飘然，不妨吹断，一川轻暝。待良宵、再入高唐梦里，觅巫阳信。

史达祖

绮罗香　咏春雨

　　做冷欺花，将烟困柳，千里偷催春莫。尽日冥迷，愁里欲飞还住。惊粉重、蝶宿西园，喜泥润、燕归南浦。最妨它、佳约风流，钿车不到杜陵路。　　沉沉江上望极，还被春潮晚急，难寻官渡。隐约遥峰，和泪谢娘眉妩。临断岸、新绿生时，是落红、带愁流处。记当日、门掩梨花，剪灯深夜语。

双双燕　咏燕_{首句应二二，此则变为一三。覆檐、绮井、窗顶，皆藻井也。}

　　过春社了，度帘幕中间，去年尘冷。差池欲住，试入旧巢相并。还相雕梁藻井。又软语、商量不定。飘然快拂花梢，翠尾分开红影。　　芳径。芹泥雨润。爱贴地争飞，竞夸轻俊。红楼归晚，看足柳昏花暝。应自栖香正稳。便忘了、天涯芳信。愁损翠黛双蛾，日日画栏独凭^[一]。

【校记】

[一]栏　《全宋词》作"阑"。

东风第一枝　咏春雪

巧沁兰心，偷黏草甲，东风欲障新暖。谩疑碧瓦难留[一]，信知暮寒较浅[二]。行天入镜，做弄出、轻松纤软。料故园、不卷重帘，误了乍来双燕。　　青未了、柳回白眼。红欲断、杏开素面。旧游忆着山阴，厚盟遂妨上苑。熏炉重熨[三]，便放慢、春衫针线。恐凤靴、挑菜归来，万一灞桥相见。<small>挑菜节，《武林旧事》二月二日，宫中办挑菜宴，以资戏笑，王宫贵邸亦多仿之。</small>

【校记】

[一] 疑　《全宋词》作"凝"，校云："别作'疑'。"

[二] 较　《全宋词》作"轻"，校云："别作'较'。"

[三] 熏　《全宋词》作"寒"，校云："别作'熏'。"熨　《全宋词》作"暖"，校云："别作'熨'，又作'燠'。"

风流子

红楼横落日，萧郎去、几度碧云飞。记窗眼递香，玉台妆罢，马蹄敲月，沙路人归。如今但、一鹦通信息，双燕说相思。入耳旧歌，怕听金缕[一]，断肠新句，羞染乌丝。　　相逢南溪上，桃花嫩娇样，浅澹罗衣。恰是怨深腮赤，愁重声迟。怅东风巷陌，草迷春恨，软尘庭户，花误幽期。多少寄来芳字，都待还伊。

三姝媚

烟光摇缥瓦。望晴檐多风,柳花如洒。锦瑟横床,瑟二十五弦。想泪痕尘影,凤弦常下。倦出犀帷,频梦见、王孙骄马。讳道相思,偷理绡裙,自惊腰衩。　惆怅南楼遥夜。记翠箔张灯,枕肩歌罢。又入铜驼,遍旧家门巷,首询声价。可惜东风,将恨与、闲花俱谢。记取崔徽模样,归来暗写。

寿楼春　寻春服感念悼亡作。

裁春衫寻芳。记金刀素手,同在晴窗。几度因风残絮,照花斜阳。谁念我、今无裳[一]。自少年、消磨疏狂。但听雨挑灯,欹床病酒,多梦睡时妆。　飞花去,良宵长。有丝阑旧曲,金谱新腔。最恨湘云人散,楚兰魂伤。身是客,愁为乡。算玉箫、犹逢韦郎。近寒食人家,相思未忘蘋藻香。词中用平声字之多者,莫过于《寿楼春》。

[一] 裳 《全宋词》作"肠",校云:"别作'裳'。"

贺新郎

花落台池静。自春衫闲来,老了旧香荀令。酒既相违诗亦可,此外云沉梦冷。又催唤、官河兰艇。匣岸烟霏吹不断,望楼阴、欲带朱桥影。和草色,入轻暝。　　裙边竹叶多应剩。怪南溪见后,无个再来芳信。蝴蝶一生花里活,难制窃香心性。便有段、新愁随定。落日年年宫树绿,堕新声、玉笛西风劲。谁伴我,月中听。_{"听"字平仄兼用。}

又

绿障南城树。有高楼、衔城楼下,芰荷无数。客自倚阑鱼亦避,恐是持竿伴侣。对别浦、扁舟容与。杨柳影闲风不到[一],倩诗情、飞过鸳鸯浦。人正在,断肠处。　　两山带着冥冥雨。想低帘短额,谁见恨时眉妩。_{"眉妩"指山。}别为清尊眠锦瑟,怕被歌留愁住。便欲趁、采莲归去。前度刘郎虽老矣,奈年来、犹道多情句。应笑杀[二],旧鸥鹭。

夜合花 赋笛

冷截龙腰，偷擎鸾爪，楚山长锁秋云。梅花未落，年年怨入江城。千嶂碧，一声清。杜人间、儿女箫笙。共凄凉处，琵琶溢浦，长啸苏门。　　当时低度西邻。天澹阑干欲暮，曾赋高情。子期老矣，不堪带酒重听。纤手静，七星明。有新声、应更魂惊。梦回人世，寥寥夜月，空照天津。

瑞鹤仙

杏烟娇湿鬓。过杜若汀洲，楚衣香润。回头翠楼近。指鸳鸯沙上，暗藏春恨。归鞭隐隐。便不念、芳盟未稳。自箫声、吹落云东，再数故园花信。　　谁问。听歌窗罅，倚月钩栏[一]，旧家轻俊。芳心一寸。相思后，总灰尽。奈春风多事，吹花摇柳，也把幽情唤醒。对南溪、桃萼翻红，又成瘦损。

[一]栏 《全宋词》作"阑",校云:"又作'阑边'。"

湘江静

暮草堆青云浸浦。记匆匆、倦篙曾驻。渔榔四起,沙鸥未落,怕愁沾诗句。碧袖一声歌,石城怨、西风随去。沧波荡晚,菰蒲弄秋,还重到、断魂处。　　酒易醒,思正苦。想空山、桂香悬树。三年梦冷,孤吟意短,屡烟钟津鼓。屐齿厌登临,移灯后[一]、几番凉雨。潘郎渐老,风流顿减,闲居未赋。

【校记】

[一]灯 《全宋词》作"橙",校云:"别作'灯'。"

齐天乐　白发

秋风早入潘郎鬓,斑斑遽惊如许。暖雪侵梳,晴丝拂领,栽满愁城深处。瑶簪谩妒。便羞插宫花,自怜衰暮。尚想春情,旧吟凄断茂陵女。司马相如娉茂陵女卓文君咏《白头吟》。　　人间公道惟此,叹朱颜也恁,容易堕去。涅了重缁,搔来便短[一],方悔风流相误。郎潜几缕。渐疏了铜驼,俊游俦侣。纵有鬖鬖,奈何诗思苦。

【校记】

[一] 便 《全宋词》作"更"，校云："别作'便'。"

又 秋兴

阑干只在鸥飞处，年年怕吟秋兴。断浦沉云，空
山挂雨，中有诗愁千顷。波声未定。望舟尾拖凉，渡
头笼暝。正好登临，有人歌罢翠帘冷。　　悠然魂堕
故里，奈闲情未了，还被吹醒。拜月虚檐，听蛩坏砌，
谁复能怜娇俊。忧心耿耿。寄桐叶芳题，冷风新咏[一]。
莫遣秋声，树头喧夜永。

【校记】

[一] 风 《全宋词》作"枫"。

秋霁

江水苍苍，望倦柳愁荷，共感秋色。废阁先凉，
古帘空暮，雁程最嫌风力。故园信息。爱渠入眼南山
碧。念上国。谁是、莼鲈江汉未归客。　　还又岁晚，

瘦骨临风，夜闻秋声，吹动岑寂。露蛩悲、清灯冷屋，翻书愁上鬓毛白。年少俊游浑断得。但可怜处，无奈苒苒魂惊，采香南浦，剪梅烟驿。

步月

剪柳章台，问梅东阁，醉中携手初归。逗香帘下，璀璨镂金衣。正依约、冰丝射眼，更荏苒、蟾玉西飞。轻尘外、双鸳细蹙，谁赋洛滨妃。　　霏霏。红雾绕，步摇共鬓影，吹入花围。管弦将散，人静烛笼稀。泥私语、香樱乍破，怕夜寒、罗袜先知。归来也，相偎未肯入重帏。

吴文英

解连环　留别姜石帚

思和云结。断江楼望睫，雁飞无极。正岸柳、衰不堪攀，忍持赠故人，送秋行色。岁晚来时，暗香乱、石桥南北。又长亭暮雪，点点泪痕，总成相忆。　　杯前寸阴似掷。几酬花唱月，连夜浮白。省听风、听雨笙箫，向别枕倦醒，絮飐空碧。片叶愁红，趁一舸、西风潮汐。叹沧波、路长梦短，甚时到得。

水龙吟　惠山酌泉

艳阳不到青山，古阴冷翠成秋苑。吴娃点黛，江妃拥髻，空蒙遮断。树密藏溪，草深迷市，峭云一片。二十年旧梦，轻鸥素约，霜丝乱、朱颜变。　　龙吻春霏玉溅。煮银瓶、羊肠车转。临泉照影，清寒沁骨，客尘都浣。鸿渐重来，夜深华表，露零鹤怨。把闲愁换与，楼前晓色，棹沧波远。<small>"二十年旧梦"，应上一下四。</small>

齐天乐　春暮

新烟初试花如梦，疑收楚峰残雨。茂苑人归，秦楼燕宿，<small>梦窗词中，"燕"字指歌妓言。</small>同惜天涯为旅。游情最苦。早柔绿迷津，乱莎荒圃。数树梨花，晚风吹堕半汀鹭。　　流红江上去远，翠尊曾共醉，云外别墅。<small>最好用上声韵。"翠尊曾共醉"，应上一下四。</small>澹月秋千，幽香巷陌，愁结伤春深处。听歌看舞。驻不得当时，柳蛮樱素。睡起恹恹，洞箫谁院宇。

瑞龙吟　送尹梅津时在苏州。

　　黯分袖。肠断去水流萍，住船系柳。吴宫晓月娆花[一]，醉题恨倚，蛮江豆蔻。　　吐春绣。笔底丽情多少，眼波眉岫。新园锁却愁阴，露黄漫委，寒香半亩。　　还背垂虹秋去，四桥烟雨，一宵歌酒。犹忆翠微携壶，乌帽风骤。西湖到日，重见梅钿皱。谁家听、琵琶未了，朝骢嘶漏。印剖黄金籀。待来共凭，齐云话旧。莫唱朱樱口。生怕遣、楼前行云知后。唳鸿怨角[二]，空教人瘦。双拽头。住船系柳：别地。露黄：菊花。垂虹：吴江也。乌帽：重阳。梅钿：遇官妓。齐云：楼名，在苏州城北。

【校记】

[一] 晓 《全宋词》作"娇"。

[二] 唳 《全宋词》作"泪"。

西子妆慢　湖上清明薄游自此以下五首皆梦窗自度腔（共九调）。

　　流水曲尘，艳阳酷酒[一]，画舸游情如雾。笑拈芳草不知名，乍凌波、断桥西堍。垂杨漫舞。总不解、将春系住。燕归来，问彩绳纤手，如今何许。　　欢盟误。一箭流光，又趁寒食去。不堪衰鬓着飞花，傍绿阴、冷烟深树。玄都秀句。记前度、刘郎曾赋。最伤心，一片孤山细雨。"酷"或谓应作"醋"。

江南春自度腔，小石调。赋张药翁杜蘅山庄

　　风响牙签，云寒古砚，芳铭犹在棠笏。秋床听雨，
妙谢庭、春草吟笔。城市喧鸣辙。清溪上、小山秀洁。
便向此、搜松访石，葺屋营花，红尘远避风月。　　瞿
塘路，随汉节。记羽扇纶巾，气凌诸葛。青天万里，
料漫忆、莼丝鲈雪。车马从休歇。荣华事、醉歌耳热。
真个是^[一]、天与此翁，芳芷嘉名，纫兰佩兮琼玦。

芳铭犹在棠笏：甘棠遗爱之意。

【校记】
[一]真个是 《全宋词》无此句。

梦芙蓉　赵昌芙蓉图梅津所藏恐其人已死，乃寄托芙蓉而为此词。

芙蓉图与芙蓉人合二为一者也。

　　西风摇步绮。记长堤骤过，紫骝十里。断桥南岸，
人在晚霞外。锦温花共醉。当时曾共秋被。自别霓裳，
应红销翠冷，霜枕正慵起。　　惨淡西湖柳底。摇荡
秋魂，夜月归环佩。画图重展，惊认旧梳洗。去来双
翡翠。难传眼恨眉意。梦断琼娘，仙云深路杳，城影

醮流水[一]。"被""块""痴"诸字，但有梦窗叶韵。

【校记】

[一]醮 《全宋词》作"蘸"。

高山流水

　　丁基仲侧室善丝桐赋咏，晓达音吕，备歌舞之妙。

　　素弦一一起秋风。写柔情、多在春葱。徽外断肠声，霜霄暗落惊鸿。低髻处、剪绿裁红。仙郎伴、新制还赓旧曲，映月帘栊。似名花并蒂，日月醉春浓[一]。　　吴中。空传有西子，应不解、换徵移宫。兰蕙满襟胸[二]，唾碧总喷花茸。后堂深、想费春工。客愁重、时听蕉寒雨碎，泪湿琼钟。恁风流也，称金屋、贮娇慵。

【校记】

[一]月 《全宋词》作"日"。

[二]胸 《全宋词》作"怀"。

霜花腴　重阳前一日泛石湖此调须依四声。石湖为范成大别墅。

　　翠微路窄，醉晚风、凭谁为整敧冠。霜饱花腴，烛销人瘦^[一]，秋光作也都难。病怀强宽。恨雁声、偏落歌前。记年时、旧宿凄凉，暮烟秋雨野桥寒。　　妆靥鬓英争艳，度清商一曲，暗坠金蝉。芳节多阴，兰情稀会，晴晖称拂吟笺。更移画船。引佩环、邀下婵娟。算明朝、未了重阳，紫萸应耐看。

【校记】

[一] 销　《全宋词》作"消"。

惜红衣

　　余从姜石帚游苕霅间三十五年矣，重来伤今感昔，聊以咏怀。

　　鹭老秋丝，蘋愁暮雪，鬓那不白。倒柳移栽，如今暗溪碧。乌衣细语，伤伴惹^[一]、茸红曾约。南陌。前度刘郎，寻流花踪迹。　　朱楼水侧。雪面波光，汀莲沁颜色。当时醉近绣箔，夜吟寂。三十六几重到^[二]，清梦冷云南北。买钓舟溪上，应有烟蓑相识。第二句"雪"字不必叶韵，但用一入声字，即可矣。

【校记】

[一] 伴　《全宋词》作"绊"。

[二] 几　《全宋词》作"矶"。

风入松　为友人放琴客赋琴客者自己家中之姬妾。

春风吴柳几番黄。欢事小蛮窗。梅花正结双头梦，被玉龙、吹散幽香。昨夜灯前歌黛，今朝陌上啼妆。　　最怜无侣伴雏莺。桃叶已春江。曲屏先暖鸳衾惯，夜寒深、都是思量。莫道蓝桥路远，行云只隔幽坊。小蛮，歌伎也。

又　邻舟妙香

画船帘密不藏香。飞作楚云狂。傍怀半卷金炉烬，怕暖消[一]、春日朝阳。清馥晴薰残醉[二]，断烟无限思量。　　凭阑心事隔垂杨。楼燕锁幽妆。梅花偏恼多情月，慰溪桥、流水昏黄。哀曲霜鸿凄断，梦魂寒蝶幽飏。

【校记】

[一] 消　《全宋词》作"销"。

[二] 薰　《全宋词》作"熏"。

莺啼序　春晚感怀此为长调中之最长者，凡二百四十字。

残寒正欺病酒，掩沉香绣户。燕来晚、飞入西城，似说春事迟暮。画船载、清明过却，晴烟冉冉吴宫树。

念羁情游荡,随风化为轻絮。　　十载西湖,傍柳系马,趁娇尘软雾。溯红渐、招入仙溪,锦儿偷寄幽素。倚银屏、春宽梦窄,断红湿、歌纨金缕。暝堤空,轻把斜阳,总还鸥鹭。　　幽兰旋老,杜若还生,水乡尚寄旅。别后访、六桥无信,事往花委,瘗玉埋香,几番风雨。长波妒盼,遥山羞黛,渔灯分影春江宿,记当时、短楫桃根渡。青楼仿佛,临分败壁题诗,泪墨惨淡尘土。　　危亭望极,草色天涯,叹鬓侵半苎。暗点检、离痕欢唾,尚染鲛绡,亸凤迷归,破鸾慵舞。殷勤待写,书中长恨,蓝霞辽海沉过雁,漫相思、弹入哀筝柱。伤心千里江南,怨曲重招,断魂在否。

又　咏荷,和赵修全韵<small>实为咏采赏荷之人。</small>

　　横塘棹穿艳锦,引鸳鸯弄水。断霞晚、笑折花归,绀纱低护灯蕊。润玉瘦、冰轻倦浴,斜拖凤股盘云坠。听银床声细。梧桐渐搅凉思。　　窗隙流光,冉冉迅羽,诉空梁燕子。误惊起、风竹敲门,故人还又不至。记琅玕、新诗细掐,早陈迹、香痕纤指。<small>丁稿作"记琅玕、新诗陈迹,捋香痕、纤葱玉指"。</small>怕因循,罗扇恩疏,又生秋意。　　西湖旧日,画舸频移,叹几萦梦寐。霞佩冷,叠澜不定,麝霭飞雨,乍湿鲛绡,暗盛红泪。练单夜共，波心宿处，琼箫吹月霓裳舞，向明朝、未觉花容悴。嫣香易落，回头澹碧销烟，镜空画罗屏里。　　残蝉度曲，唱彻西园，也感红怨翠。念省惯、吴宫幽憩。暗柳追凉，晓岸参斜，露零沤起。丝萦寸藕，留连欢事。桃笙平展湘浪影，有昭华、秋李冰相倚。如今鬓点凄霜，半箧秋词，恨盈蠹纸。六月二十四日为荷花生日。"昭华""秋李"或谓二人名，或记咏物，当以后者为胜。

绛都春

余往来清华池馆六年，赋咏屡矣。感昔伤今，益不堪怀，乃复作此解。词一首为一解。

春来雁渚，弄艳冶、又入垂杨如许。困舞瘦腰，瘦腰：柳腰。啼湿宫黄池塘雨。碧沿苍藓云根路。尚追想、凌波微步。小楼重上，凭谁为唱，旧时金缕。　　凝伫。烟萝翠竹，欠罗袖、"欠"字词中不常用。为倚天寒日暮。强醉梅边，招得花奴来樽俎。东风须惹春云住。更莫把[一]、飞琼吹去。便教携取薰笼[二]，夜温绣户。

【校记】

[一] 更 《全宋词》作"□"。

[二] 薰 《全宋词》作"熏"。

木兰花慢

陪仓幕游虎邱。时魏益斋已被新擢，陈芬窟、李方庵皆将满秩。

紫骝嘶冻草，晓云锁、岫眉颦。正蕙雪初消[一]，松腰玉瘦，憔悴真真。轻藜渐穿险磴，步荒苔、犹认瘗花痕。千古兴亡旧恨，半邱残日孤云[二]。　　开尊。重吊吴魂。岚翠冷、洗微醺。问几曾夜宿，月明起看，剑水星纹。登临总成去客，更软红、先有探芳人。回首沧波故苑，落梅烟雨黄昏。

【校记】

[一]消 《全宋词》作"销"。

[二]邱 《全宋词》作"丘"。

高阳台　落梅

宫粉雕痕，仙云堕影，无人野水荒湾。古石埋香，金沙锁骨连环。南楼不恨吹横笛，恨晓风、千里关山。半飘零，庭上黄昏，月冷阑干。　　寿阳空理愁鸾。《绝妙》作"宫里愁鸾镜"。间谁调玉髓，暗补香瘢。细雨归鸿，孤山无限春寒。离魂难倩招清些，梦缟衣、解佩溪边。最愁人，啼鸟清明，叶底青圆。

三姝媚　咏春情此调史邦卿所创。

吹笙池上道。为王孙重来，旋生芳草。水石清寒，过半春犹自，燕沉莺悄。稚柳阑干，晴荡漾、禁烟残照。往事依然，争忍重听，怨红凄调。　　曲榭方亭初扫。印藓迹双鸳，记穿林窈。顿隔年华，似梦回花上，露晞平晓。恨逐孤鸿，客又去、清明还到。便鞚墙头归骑，青梅已老。

八声甘州　陪庾幕诸公游灵岩

渺空烟四远，是何年、青天坠长星。幻苍崖云树，名娃金屋，残霸宫城。箭径酸风射眼，腻水染花腥。时靸双鸳响，廊叶秋声。　　宫里吴王沉醉，倩五湖倦客，独钓醒醒。问苍天无语[一]，华发奈山青。水涵空、阑干高处，送乱鸦、斜日落渔汀。连呼酒，上琴台去，秋与云平。

【校记】

[一]天　《全宋词》作"波"。

齐天乐　与江湖诸友泛湖

曲尘犹沁伤心水，歌蝉暗惊春换。露藻清啼，烟萝澹碧，先结湖山秋怨。波帘翠卷。叹霞薄轻绡，氾人重见。傍柳追凉，暂疏怀袖负纨扇。　　南花清斗素靥，画船应不载，坡静诗卷。"静"应作"靖"，盖指林和靖也。卷中《木兰花慢》"静梅香底"句同。按，宋人说部如《苕溪渔隐丛话》《癸辛杂志》等书，于林和靖皆书"靖"作"静"，此稿亦然，不知何据，姑仍之。泛酒芳筒，题名蠹壁，重集湘鸿江燕。平芜未剪。怕一夕西风，镜心红变。望眼愁生^[一]，暮天菱唱远。宋人有《江湖集》，即陈宗之起所刻。陈即睦亲坊书棚陈道人，一时江湖名手之作，皆备载之。吴词中所用指此。

【校记】

[一] 眼　《全宋词》作"极"。

龙山会　陪毗陵幕府诸名胜载酒双清赏芙蓉

石径幽云罅^[一]。步帐深深^[二]，艳锦青红亚。小桥和梦醒^[三]，环佩杳^[四]、烟水茫茫城下。何处不秋阴，问谁借、东风艳冶。最娇娆，愁侵醉颊，红绡泪洒^[五]。　　摇落翠莽平沙，欲挽斜阳^[六]，驻短亭车马。晓妆羞未堕，沉恨起、金谷魂飞深夜。惊雁落清歌，酹花底^[七]、觥船快泻。去未舍、待月向井梧梢上挂。

【校记】

[一] 罅　《全宋词》作"冷"。

[二] 帐 《全宋词》作"障"。

[三] 醒 《全宋词》作"过"。

[四] 环 《全宋词》作"仙"。

[五] 红绡泪洒 《全宋词》作"泪洒红绡"。

[六] 欲 《全宋词》作"竟"。

[七] 底 《全宋词》作"倩"。

王沂孙

南浦　春水

　　柳外碧连天，漾翠纹渐平，低蘸云影。应是雪初消，巴山路、蛾眉乍窥清镜。绿痕无际，几番飘荡江南恨[一]。弄波素袜知甚处，空把落红流尽。　　何时橘里莼乡，泛一舸、翩然东风归兴[二]。孤梦绕沧浪，蘋花岸、漠漠雨昏烟暝。连筒接缕，故溪深掩柴门静。只愁双燕衔春去[三]，拂破蓝光千顷。

【校记】

[一] 飘 《全宋词》作"漂"。

[二] 泛一舸、翩然东风归兴 《全宋词》作"泛一舸翩翩，东风归兴"。

[三] 春 《全宋词》作"芳"。

眉妩　新月

渐新痕悬柳，澹彩穿花，依约破初暝。便有团圆意，深深拜、相逢谁在香径。画眉未稳。料素蛾[一]、犹带离恨。最堪爱，一曲银钩小，宝帘挂秋冷。　　千古盈亏休问。叹谩磨玉斧[二]，难补金镜。太液池犹在，凄凉处、何人重赋清景。故山夜永。试待他、窥户端正。看云外山河，还老桂花旧影[三]。

【校记】

[一] 蛾　《全宋词》作"娥"。

[二] 谩　《全宋词》作"慢"。

[三] 还老桂花旧影　《全宋词》作"还老尽、桂花影"。

水龙吟　海棠

世间无此娉婷，玉环未破东风睡。将开半敛，似红还白，余花怎比。偏占年华，禁烟才过，夹衣初试。叹黄州一梦，燕宫绝笔，无人解、看花意。　　犹记花阴同醉。小阑干、月高人起。千枝媚色，一庭芳景，清寒似水。银烛延娇，绿房留艳，夜深花底。怕明朝、小雨蒙蒙，便化作、燕支泪。

绮罗香　秋思

屋角疏星，庭阴暗水，犹记藏鸦新树。试折梨花，行入小栏深处[一]。听粉片、簌簌飘阶，有人在、夜窗无语。料如今、门掩孤灯，画屏尘满断肠句。　　佳期浑似流水，还见梧桐几叶，轻敲朱户。一片秋声，应做两边愁绪。江路远、归雁无凭，写绣笺、倩谁将去。谩无聊、犹掩芳樽，醉听深夜雨。

【校记】

[一]栏　《全宋词》作"阑"。

齐天乐　蝉

一襟余恨宫魂断，年年翠阴庭树。乍咽凉柯，还移暗叶，重把离愁深诉。西窗过雨。怪瑶佩流空，玉筝调柱。镜暗妆残，为谁娇鬓尚如许。　　铜仙铅泪似洗，叹移盘去远[一]，难贮零露。病翼惊秋，枯形阅世，消得斜阳几度。余音更苦。甚独抱清峻[二]，顿成凄楚。谩想薰风，柳丝千万缕。鬓，蝉鬓。

【校记】

[一]移　《全宋词》作"携"。
[二]峻　《全宋词》作"高"。

三姝媚　次周公谨故京送别韵 故京，杭州。

兰缸花半绽。正西窗凄凄，断萤新雁。别久逢稀，谩相看华发，共成销黯。总是飘零，更休赋、梨花秋苑。何况如今，离思难禁，俊才都减。　　今夜山高江浅。又月落帆空，酒醒人远。彩袖乌纱，解愁人、惟有断歌幽婉。一信东风，再约看、红腮青眼。只恐扁舟西去，蘋花弄晚。

高阳台

浅莩梅酸[一]，新沟水绿，初晴节序暄妍。独立雕栏，谁怜枉度华年。朝朝准拟清明近，料燕翎、须寄银笺。又争知，一字相思，不到吟边。　　双蛾不拂青鸾冷，任花阴寂寂，掩户闲眠。屡卜佳期，无凭却恨金钱。何人寄与天涯信，趁东风、急整归鞭[二]。纵飘零，满院杨花，犹是春前。

【校记】

[一] 浅 《全宋词》作“残”。

[二] 鞭 《全宋词》作“船”。

又

西麓陈君衡远游未还，周公谨有怀人之赋，倚其歌而和之。

驼褐轻装，狨鞯小队，冰河夜渡流澌。朔雪平沙，飞花乱拂蛾眉。琵琶已是凄凉调，更赋情、不比当时。想如今，人在龙庭，初劝金卮。　　一枝芳信应难寄，向山边水际，独抱相思。江雁孤回，天涯人自归迟。归来依旧秦淮碧，问此愁、还有谁知。对东风，空似垂杨，零乱千丝。

扫花游　秋声

商飙乍发，渐淅淅初闻，萧萧还住。顿惊倦旅。背青灯吊影，起吟愁赋。断续无凭，试立荒庭听取。在何许。但落叶满阶，惟有高树。　　迢递归梦阻。正老耳难禁，病怀凄楚。故山院宇。想边鸿孤唳，砌蛩私语。数点相和，更着芭蕉细雨。避无处。这闲愁、夜深尤苦。

琐窗寒　春思

趁酒梨花，催诗柳絮，一窗春怨。疏疏过雨，洗尽满阶芳片。数东风、二十四番，几番误了西园宴。认小帘朱户，不如飞去，旧窠双燕[一]。　　曾见。双蛾浅。自别后多应，黛痕不展。扑蝶花阴，怕看题诗团扇。试凭他、流水寄情，溯红不到春更远。但无聊、病酒厌厌，夜月荼蘼院。

【校记】

[一] 窠　《全宋词》作"巢"。

摸鱼儿 宋人往往前后两叠用重复韵。

洗芳林、夜来风雨。匆匆还送春去。方才送得春归了，那又送君南浦。君听取。怕此际春归，也过吴中路。君行到处。便快折河边[一]，千条翠柳，为我系春住。　　春还住。休索吟春伴侣。残花今已尘土。姑苏台下烟波远，西子近来何许。能唤否。又只恐残春，到了无凭据[二]。烦君妙语。更为我将春，连花带柳，写入翠笺句。

张炎 玉田。江昱尝笺注玉田词。

南浦 春水 张炎以“春水”“孤雁”两词在少年时最为得名。

波暖绿粼粼，燕飞来，好是苏堤才晓。鱼没浪痕圆，流红去、翻唤东风难扫[一]。荒桥断浦，柳阴撑出扁舟小。回首池塘青欲遍，绝似梦中芳草。　　和云流出空山，甚年年、净洗花香不了。新绿乍生时[二]，孤村路、犹忆那回曾到。余情渺渺。茂林觞咏如今悄。前度刘郎从去后[三]，溪上碧桃多少。

【校记】

[一] 唤 《全宋词》作“笑”。

[二] 绿 《全宋词》作“渌”。

[三] 从 《全宋词》作“归”。

解连环　孤雁

　　楚江空晚。怅离群万里，恍然惊散。自顾影、欲下寒塘，正沙净草枯，水平天远。写不成书，只寄得、相思一点。叹因循误了，残毡拥雪，故人心眼。　　谁怜旅愁荏苒。谩长门夜悄，锦筝弹怨。想伴侣、犹宿芦花，也曾念春前，去程应转。暮雨相呼，怕蓦地、玉关重见。未羞他、双燕归来，画帘半卷。细切。

高阳台　西湖春感

　　接叶巢莺，平波卷絮，断桥斜日归船。能几番游，看花又是明年。东风且伴蔷薇住，到蔷薇、春已堪怜。更凄然。万绿西泠，一抹荒烟。　　当年燕子知何处，但苔深韦曲，草暗斜川。见说新愁，如今也到鸥边。无心再续笙歌梦，掩重门、浅醉闲眠。莫开帘。怕见飞花，怕听啼鹃。

渡江云

　　久客山阴，王菊存问予近作，书以寄之。[一]

　　山空天入海，倚楼望极，风急暮潮初。一帘鸠外雨，几处闲田，隔水动春锄。新烟禁柳，想如今、绿到西湖。犹记得、当年深隐，门掩两三株。　　愁余。荒洲古溆，断梗疏萍，更漂流何处。空自觉、围羞带减，影怯烟孤[二]。长疑即见桃花面[三]，甚近来、翻致无书[四]。书纵远、如何梦也都无。

【校记】

[一]《全宋词》作"山阴久客，一再逢春，回忆西杭，渺然愁思"。

[二]烟　《全宋词》作"灯"。

[三]长　《全宋词》作"常"。

[四]致　《全宋词》作"笑"。

绮罗香　红叶

万里飞霜，千林落木，寒艳不招春妒。枫冷吴江，独客又吟愁句。正船舣、流水孤村，似花绕、斜阳芳树[一]。甚荒沟、一片凄凉，载情不去载愁去。　　长安谁问倦旅。羞见衰颜借酒，飘零如许。谩倚新妆，不入洛阳花谱。为回风、起舞樽前，尽化作、断霞千缕。记阴阴、绿遍江南，夜窗听暗雨。

【校记】

[一]芳树　《全宋词》作"归路"。

甘州 饯沈秋江<small>玉田曾与曾心传、沈秋江，在元世祖时写西藏之经，用金写。与沈乃北方伴侣，今在南方遇见而饯之。</small>

记玉关踏雪事清游。寒气敝貂裘[一]。傍枯林古道，长河饮马，此意悠悠。短梦依然江表，老泪洒西州。一字无题处，落叶都愁。　载取白云归去，问谁留楚佩，弄影中洲。折芦花赠远，零落一身秋。向寻常、野桥流水，待招来、不是旧沙鸥。空怀感、有斜阳处，最怕登楼[二]。

【校记】

[一] 敝 《全宋词》作"脆"。

[二] 最 《全宋词》作"却"。

台城路 送周方山之吴<small>此调一名《如此江山》，即因此词而名。</small>

朗吟未了西湖酒，惊心又歌南浦。折柳官桥，呼船野渡，还听垂虹风雨。漂流最苦。况如此江山，恁时情绪[一]。怕有鸥夷，笑人何事载诗去。　荒台只今在否。再休登望远[二]，都是愁处。暗草埋沙，明波洗月，谁念天涯羁旅。荷阴未暑。快料理归程，再盟鸥鹭。只有空山[三]，近来无杜宇。

又

杭友抵越，适鉴曲渔舍会饮。

春风不暖垂杨树，吹却絮云多少。燕子人家，夕阳巷陌，行入野畦深窈。筹花斗草。记小艇寻芳[一]，断桥初晓。那日心情，几人同向近来老。　　消忧何处最好。夜游频秉烛，犹是迟了。南浦歌阑，东林社冷，赢得如今怀抱。吟惊暗恼。待醉也慵听，劝归啼鸟。怕搅离愁，乱红休去扫。

【校记】

[一] 艇 《全宋词》作"舫"。

又

庚寅会汪菊坡于蓟北，恍然如梦。回忆旧游，已十八年矣。

十年旧事翻疑梦[一]，重逢可怜俱老。水国春空，山城岁晚，无语相看一笑。荷衣换了。任京洛尘沙，冷凝风帽。见说吟情，近来不到谢池草。　　欢游曾步翠窈。乱红迷紫曲，芳意今少。舞扇招香，歌桡唤玉，犹忆钱塘苏小。无端暗恼。又几度留连，燕昏莺晓。回首妆楼，甚时重去好。

【校记】

[一] 旧 《全宋词》作"前"。

真珠帘　近雅轩即事

云深别有深庭宇。小帘栊、占取芳菲多处。花暗曲房春[一]，润几番酥雨。见说苏堤晴未稳，便好趁[二]、踏青人去。休去。且料理琴书，夷犹今古。　　谁见静里闲心，纵荷衣未茸，雪巢堪赋。醒醉一乾坤，任此情如许[三]。茂树石床同坐久，又却被、清风留住。欲住。奈帘影妆楼，剪灯人语。

【校记】

[一] 曲 《全宋词》作"水"。

[二] 好 《全宋词》作"懒"。

[三] 如 《全宋词》作"何"。

忆旧游

新朋故侣，醉酒迟留，吴山纵横，渺渺兮予怀也。

词题以此式为正宗，白石、草窗词题皆好，而梦窗之词题为最不好。

记开帘送酒[一]，隔水悬灯，款语梅边。未了清游兴，又飘然独去，何处山川。淡风暗收榆荚，吹下沈郎钱。叹客里光阴，消磨艳冶，都在尊前。　　留连。殢人处，是鉴曲窥莺[二]，兰皋围泉。醉拂珊瑚树，写百年幽恨，分付吟笺。故旧几回飞梦[三]，江雨夜凉船。纵忘却归期，千山未必无杜鹃。首二句应时。榆荚，榆钱也，其叶圆。

【校记】

[一]送 《全宋词》作"过"。

[二]鉴 《全宋词》作"镜"。

[三]旧 《全宋词》作"乡"。

琐窗寒

旅窗孤寂，雨竟垂垂，买舟西渡未能也。赋此为钱塘故人韩竹涧问[一]。

乱雨敲春，深烟带晚，水窗慵凭。空帘谩卷，数日更无花影。怕依然、旧时归燕[二]，定知未识江南冷[三]。最怜他、树底荫红，不语背人吹尽。　　清润。通幽径。谩移灯剪韭[四]，试温香鼎[五]。分明醉里，过了几番风信。想竹间、高阁半开，小车未来犹自等。傍新晴、隔柳呼船，待教潮信稳。

【校记】

[一]润 《全宋词》作"闲"。

[二]归燕 《全宋词》作"燕归"。

[三]知 《全宋词》作"应"。

[四]谩 《全宋词》作"待"。

[五]试温香鼎 《全宋词》作"试香温鼎"。

又 悼王碧山 碧山，又名中仙，越人也。能文工词，有《花外集》词。

断碧分山，空帘剩月，故人天外。香留酒殢。蝴蝶一生花里。想如今、醉魂未醒，夜台梦语秋声碎。自中仙去后，词笺赋笔，便无清致。 都是。凄凉意。怅玉筲埋云，锦衣归水[一]。形容憔悴。料应也、孤吟山鬼。那知人、弹折素弦，黄金铸出相思泪。但柳枝、门掩清阴[二]，候蛩愁暗苇。玉筲，山也。

【校记】

[一]衣 《全宋词》作"袍"。

[二]清 《全宋词》作"枯"。

长亭怨

庚寅岁，会菊泉于蓟北。逾八年，会于甬东。未几别去，将复之北，作此以饯。

记横笛、玉关高处。万里沙寒，雪深无路。敝却貂裘[一]，远游归后共谁语[二]。故人何许。浑忘了、江南旧雨。不拟与重逢[三]，应笑我、飘零如羽。　　同去。钓珊瑚海树。底事便成行旅[四]。烟迷断浦[五]。更几点、恋人飞絮。如今又、京国寻春[六]，定应被、薇花留住。且莫把孤愁，说与当时歌舞。庚寅岁、元大德二年。

【校记】

[一]敝 《全宋词》作"破"。

[二]共谁语 《全宋词》作"与谁谱"。

[三]不拟与重逢 《全宋词》作"不拟重逢"。

[四]便 《全宋词》作"又"。

[五]迷 《全宋词》作"篝"。

[六]国 《全宋词》作"洛"。

西子妆[一]

吴梦窗自制此曲，余喜其声调娴雅，久欲效而未能。甲午春，寓罗江，陈文卿间行江上，景况离离，因填此词。惜旧谱零落，不能倚声而歌也。

白浪摇天，清阴涨地，一片野情幽意[二]。杨花点点是春心，替风前、万花吹泪。遥岑寸碧。有谁识、朝来清气。自沉吟，甚流光轻掷，繁华如此。　　斜阳外。隐约孤村，隔坞闲门闭。渔舟何似莫归来，想桃源、路通人世。危栏静倚[三]。千年事、都消一醉。谩依依，愁落鹃声万里。

【校记】

[一]西子妆　《全宋词》作《西子妆慢》。
[二]情　《全宋词》作"怀"。
[三]栏　《全宋词》作"桥"。

周密有《草窗词》。

谒金门　次西麓韵

芳事晚。数点杏钿香浅。恻恻轻寒风剪剪。锦屏春梦远。　　稚柳拖烟娇软。花影暗藏深院。初试轻衫并画扇。牡丹红未展。

好事近　寄远

轻剪楚台云，玉影半分秋月。一晌凄凉无语，对残花幺蝶[一]。　　碧天愁雁不成书，郎意似秋叶。
间展鸳绡残谱，卷泪花双叠。

【校记】

[一]幺 《全宋词》作“么”。

清平乐　次笛云韵

　　吹梅声咽[一]。帘卷初弦月。一寸春霏消蕙雪。
愁染垂杨带结。　　画桥平接金沙。软红浅隔儿家。
燕子未归门掩，晚妆空对菱花。

【校记】

[一]咽 《全宋词》作“噎”。

少年游　宫词，拟梅溪

　　帘销宝篆卷宫罗[一]。蜂蝶扑飞梭。一样东风，
燕梁莺户，那处春多。　　晓妆日日随香辇，多在牡
丹坡。花深深处，柳阴阴处，一片笙歌。

【校记】

[一]销 《全宋词》作“消”。

柳梢青

夜鹤惊飞。香浮翠藓，玉点冰枝。古意高风，幽人空谷，静女深帏。　　芳心自有天知。任醉舞、花边帽欹。最爱孤山，雪初晴后，月未残时。

浪淘沙

新雨洗晴空。碧浅眉峰。翠楼西畔画桥东。柳线嫩黄才半染，眼眼东风。　　绣户掩芙蓉。帐减香筒。远烟轻霭弄春容。雁雁又归莺未到，谁寄愁红。

鹧鸪天　清明

相傍清明晴便悭。闭门空自惜花残。海棠半坼难禁雨，燕子初归不耐寒。　　金鸭冷，锦鸳闲[一]。银缸空照小屏山。翠罗袖薄东风悄[二]，独倚西楼第几阑。

【校记】

[一] 鸳　《全宋词》作"鸂"。

[二] 悄　《全宋词》作"峭"。

倚风娇近　填霞翁谱赋大花

　　云叶千重，麝尘轻染金缕。弄娇风软霞绡舞。花国选倾城，暖玉倚银屏，绰约娉婷，浅素宫黄争妍。　　生怕春知，金屋藏娇深处。蜂蝶寻芳无据。醉眼迷花映红雾。修花谱。翠毫夜湿天香露。

风入松　立春

　　柳梢烟暖已璁珑。娇眼试东风。晴丝又逐青丝乱[一]，剩寒轻、犹恋芳栊。笋玉新裁早燕，杏钿时引晴蜂。　　当时兰柱系花骢。人在小楼东。莺娇戏索迎春句，爱露笺、新染香红。未信闲情便懒，探花拚醉琼钟。

【校记】

[一]晴　《全宋词》作"情"。

祝英台近　后溪次韵日熙堂主人

　　殢余醒，寻旧雨，愁与病相半。绿意阴阴，丝竹静深院。绝怜事逐春移，泪随花落，似剪断、鲛房珠串。　　喜重见。为谁倦酒慵诗，筼屏掩双扇[一]。白发潘郎，羞见看花伴。可堪好梦残时，新愁生处，烟月冷、子规声断。

【校记】

[一]筼《全宋词》作"筿"。

玉京秋

长安独客，又见西风，素月丹枫，凄然其为秋也，因调夹钟羽一解。

烟水阔。高林弄残照，晚蜩凄切。画角吹寒，碧砧度韵，银床飘叶。衣湿桐阴露冷，采凉花、时赋秋雪。叹轻别。一襟幽事，砌蛩能说。　　客思吟商还怯。怨歌长、琼壶暗缺。翠扇恩疏，红衣香褪，翻成消歇。玉骨西风，恨最恨、闲却新凉时节。楚箫咽。谁倚西楼淡月。长安：杭州也。红衣：荷花也。玉骨：瘦骨也。古人用砧杵字，皆在深秋时，言有凄凉意也。

探芳信[一]　西泠春感西亭。

步晴昼。向水院维舟，津亭唤酒。叹刘郎重到，依依漫怀旧[二]。东风空结丁香怨，花与人俱瘦。甚凄凉、暗草沿池，冷苔侵甃。　　桥外晚风骤。正香雪随波，浅烟迷岫。废苑尘梁，如今燕来否。翠云零落空堤冷，往事休回首。最销魂[三]、一片斜阳恋柳。

冷苔：荒凉。桥：西泠桥。废苑尘梁：贾似道之苑已荒。

【校记】

[一]探芳信 《全宋词》作《探芳讯》。

[二]漫 《全宋词》作"谩"。

[三]销 《全宋词》作"消"。

法曲献仙音[一] 吊雪香亭梅 宋有法曲与大曲之分。

松雪飘寒，岭云吹冻，红破数椒春浅。衬舞台荒，
浣妆池冷[二]，凄凉市朝轻换。叹花与人凋谢，依依
岁华晚。　　共凄惋[三]。问东风、几番吹梦，应惯
识当年，翠屏金辇。一片古今愁，但废绿、平烟空远。
无语销魂[四]，对斜阳、衰草泪满。又西泠残笛，低
送数声春怨。椒春：花蕊。

【校记】

[一]法曲献仙音 《全宋词》作《献仙音》。

[二]浣 《全宋词》作"浣"。

[三]惋 《全宋词》作"黯"。

[四]销 《全宋词》作"消"。

玉漏迟　题吴梦窗霜花腴词集

　　老来欢意少。锦鲸仙去，紫箫声杳[一]。怕展金奁，
<small>金奁：温庭筠词集名。</small>依旧故人怀抱。犹想乌丝醉墨，惊醉
语[二]、香红围绕。闲自笑。与君共是，承平年少。　　雨
窗短梦难凭，是几调宫商[三]，几番吟啸。泪眼东风，
回首四桥烟草。载酒倦游甚处，已换却、花间啼鸟。
春恨悄。天涯暮云残照。

【校记】

[一] 箫　《全宋词》作"霞"。

[二] 醉　《全宋词》作"俊"。

[三] 调　《全宋词》作"番"。

一枝春　酒边闻歌，和寄闲韵

　　碧淡春姿，柳眠醒似怯，朝来酥雨。芳程乍数，
唤起探花情绪。东风尚浅，甚先有、翠娇红妩。应自
把、罗绮围春，占得画屏春聚。　　留连绣丛深处。
动歌云袅袅[一]，低随香缕。琼窗夜暖，试与细评新
谱。妆眉媚粉[二]，料无奈[三]、弄鬟伴妒。还怕是[四]、
帘外笼鹦[五]，笑人醉语。

【校记】

[一] 动　《全宋词》作"爱"。

长亭怨慢　怀旧

记千竹万荷深处。绿净池台，翠凉亭宇。醉墨题香，闲箫横玉昼吟趣[一]。胜流星聚。知几诵、燕台句。零落碧云空，叹转眼、岁华如许。　　凝伫。望涓涓一水，梦到隔花窗户。十年旧事，尽消得、庾郎愁赋。燕楼鹤表飘零，算惟有、盟鸥堪语。慢倚遍河桥[二]，一片凉云吹雨。

【校记】

[一]昼　《全宋词》作"尽"。

[二]慢　《全宋词》作"谩"。

绿盖舞风轻　白莲

玉立照新妆，翠盖亭亭，凌波步秋绮。真色生香，明珰摇淡月，舞袖斜倚。耿耿芳心，奈千缕、情丝萦系。恨开迟、不嫁东风，颦怨娇蕊。　　花底。漫卜

幽期[一]，素手采珠房，粉艳初洗[二]。雨湿银腮[三]，
碧云深、暗聚软绡清泪。访藕寻莲，楚江远、相思谁
寄。棹歌回，衣露满身花气。

玲珑四犯　戏调梦窗

波暖尘香，正嫩日轻阴，摇荡清昼。几日新晴，
初展绮屏纹绣[一]。年少恐负韶华[二]，尽占断、艳歌
芳酒。看翠帘、蝶舞蜂喧，催趁禁烟时候。　　杏腮
红破梅钿皱。燕归时[三]、海棠斯勾[四]。寻芳较晚东
风约，还在刘郎后。凭问柳陌旧莺，人比似、垂杨谁
瘦。倚画阑无语，春恨远，频回首。

【校记】

[一] 屏 《全宋词》作"枰"。

[二] 恐 《全宋词》作"忍"。

[三] 归时 《全宋词》作"将归"。

[四] 勾 《全宋词》作"句"。

采绿吟　游湖

采绿鸳鸯浦，放画舸[一]、水北云西。槐薰入扇，柳阴浮桨，花露侵许[二]。点尘飞不到，冰壶里、绀霞浅压玻璃。想明珰、凌波远，依依心事寄谁。　　移棹舣空明，蘋风度、琼丝霜管清脆。咫尺挹幽香，怅岸隔红衣。对沧洲、心与鸥闲，吟情渺、莲叶共分题。停杯久，凉月渐生，烟合翠微。

【校记】

[一] 放　《全宋词》无此字。

[二] 许　《全宋词》作"诗"。

声声慢　送王圣与次韵

琼壶歌月，白发簪花，十年一梦扬州。恨入琵琶，小怜重见湾头。尊前漫题金缕，奈芳情、已逐东流。还送远，甚长安乱叶，都是闲愁。　　次第重阳近也，看黄花绿酒，也合迟留。脆柳无情，不堪重系行舟。百年正消几别，对西风、休赋登楼。怎去得，怕凄凉时节，团扇悲秋。小怜，冯姓，北齐妃名。

念奴娇　中秋 [一]

衮霏净洗，唤素娥睡起，平分秋色。雁背风高媚兔冷，露脚侵衣香湿。银浦流云，珠房迎晓，鬓影霜争白。玉樽良夜，与谁同醉瑶席。　　忍记倚桂分题，簪花筹酒，处处成陈迹。十二楼空环佩杳，惟有孤云知得。如此江山，依然风月，月底人非昔。知音何许，泪痕空沁愁碧。

【校记】

[一]《全宋词》作《醉江月·中秋对月》。

夜合花　茉莉

月地无尘，珠宫不夜，翠笼谁炼铅霜。南州路杳，仙子误入唐昌。零露滴，湿微妆。逗清芬、蝶梦空忙。梨花云暖，梅花雪冷，应妒秋芳。　　虚庭夜气偏凉。曾记幽丛采玉，素手相将。青蕤嫩萼，指痕犹映瑶房。风透幕，月侵床。记梦回、粉艳争香。枕屏金络，钗梁绛缕，都是思量。

珍珠帘　琉璃帘

宝阶斜转春宵翳^[一]，云屏敞、雾卷东风新霁。光动万星寒，曳冷云垂地。暗忆连昌游冶事^[二]，照炫转、荧煌珠翠。难比。是鲛人织就，冰绡渍泪。　独记梦入瑶台，正玲珑透月，琼扉十二^[三]。金缕逗浓香，接翠蓬云气。缟夜梨花生暖白，浸潋滟、一池春水。沉醉。归时人在，明河影里。

【校记】

[一] 翳　《全宋词》作"永"。

[二] 忆　《全宋词》作"省"。

[三] 扉　《全宋词》作"钩"。

解语花　春晴羽调。

晴丝罥蝶，暖蜜酣蜂，重帘卷春寂寂。雨萼烟梢，压阑干、花雨染衣红湿。金鞍误约，空极目、天涯草色。阆苑玉箫人去后，惟有莺知得。　余寒犹掩翠户，梁燕乍归，芳信未端的。浅薄东风，莫因循、轻把杏钿狼藉。尘侵锦瑟。残日绿窗春梦窄。睡起折花无意绪，斜倚秋千立。

霓裳中序第一 <small>霓裳全套分散序、中序、入破、总遍、出破。次筼房韵，应叶入声韵。</small>

湘屏展翠叠。恨入宫沟流怨叶。钮冷金花暗结。又雁影带霜，蛩音凄月。珠宽腕雪。叹锦笺、芳字盈箧。人何在，玉箫旧约，忍对素娥说。　　愁绝[一]。夜砧幽咽。任帐底、沉烟渐灭。红兰谁采赠别。洛汜分绡，汉浦遗珏。舞鸾光半缺。最怕听、离弦乍阕。凭阑久，一庭香露，桂影弄栖蝶。

【校记】

[一]绝　《全宋词》作"切"。

绣鸾凤花犯 <small>水仙花用清真词格式，即花犯也。此恐宋本书中上一首，词之末为"绣鸾凤"三字，而下即接花犯调名，其实即花犯，而不知者误为本调云云。</small>

楚江湄，湘娥乍见，无言洒清泪。淡然春意。空独倚东风，缄恨谁寄[一]。凌波露冷秋无际[二]。香云随步起。漫记得[三]、汉宫仙掌，亭亭明月底。　　冰弦写怨更多情，骚人句[四]，枉赋芳兰幽芷。愁思远[五]，谁叹赏、国香风味。相将共、岁寒伴侣，小窗净、沉烟熏翠袂。清梦觉[六]、搔头碎玉[七]，一枝灯影里。

水龙吟　春恨

舞红轻带愁飞，宝鞲暗忆章台路。吟香醉雨，吹箫门巷，飘梭院宇。立尽残阳，眼迷晴树，梦随风絮。叹江潭冷落，依依旧恨，人空老、柳如许。　　锦瑟华年暗度。赋行云、空题短句。情思系燕，幺弦弹凤[一]，文君更苦。烟水流红，暮山凝紫，是春归处。怅江南望远，蘋花自采，寄将愁与。

【校记】

[一] 幺 《全宋词》作"么"。

又　白莲

素鸾飞下青冥，舞衣半惹凉云碎。蓝田种玉，绿房迎晓,一衾秋意。擎露盘深,忆君清夜^[一],暗倾铅水。想鸳鸯正结,梨云好梦,西风冷、还惊起。　　应是飞琼仙会。倚凉飙、碧簪斜坠。轻妆斗白,明珰照影,红衣羞避。霁月三更,粉云千点,静香十里。听湘弦奏彻,冰绡偷剪,聚相思泪。

【校记】

[一] 清　《全宋词》作"凉"。

宴清都　云川图

　　老去闲情懒。东风外、霏霏花絮零乱^[一]。轻鸥涨绿,啼鹃暗碧,一春过半。寻芳已是来迟,怕迤逦、年华暗换。应怅恨、白雪歌空,秋霜鬓冷谁管。　　凭阑自笑清狂,事随花谢,愁与春远。持杯顾曲,登楼赋笔,杜郎才浅^[二]。前欢已隔残照,但耿耿、临高望眼。溯流红、一棹归时,半蟾弄晚。

【校记】

[一] 霏霏　《全宋词》作"菲菲"。
[二] 浅　《全宋词》作"减"。

齐天乐　梅

宫檐融暖晨妆懒。轻霞未匀酥脸。倚竹娇颦，临流瘦影，几度樽前曾念[一]。盈盈笑靥。映珠络玲珑，翠绡轻澹[二]。梦入罗浮，满衣清露暗香染。　　东风千树易老，怕红颜渐褪[三]，芳意凄黯[四]。赠远天寒，吟香夜永，多少江南新怨。琼疏静掩。任剪雪裁云，竞夸轻艳。画角黄昏，又随春暗减[五]。

【校记】

[一] 曾念　《全宋词》作"重见"。

[二] 轻澹　《全宋词》作"葱茜"。

[三] 渐褪　《全宋词》作"旋减"。

[四] 凄黯　《全宋词》作"偷变"。

[五] 又随春暗减　《全宋词》作"梦随春共远"。

忆旧游　有怀东园

记花阴映烛，柳影飞梭，庭户东风。彩笔争春艳，任香迷舞袖，醉拥歌丛。画帘静掩芳昼，云剪玉玲珑[一]。奈恨绝冰弦，尘侵翠谱[二]，别凤离鸿。　　莺笼。怨春远，但翠冷闲阶，坠粉飘红。事逐华年换，叹水流花谢，燕去楼空。绣鸳暗老薇径，残梦绕雕栊。怅宝瑟无声，愁痕沁碧江上峰[三]。

瑶华[一] 琼华

珠钿宝玦[二]。天上飞琼,比人间春别。江南江北,曾未见、漫拟梨云梅雪[三]。淮山春晚,问谁识、芳心高洁。消几番、花落花开,老了玉关豪杰。　　金壶剪送琼枝,看一骑红尘,香度瑶阙。韶华正好,应自喜、初识长安蜂蝶。杜郎老矣,想旧事、花须能说。记少年、一梦扬州,二十四桥明月。

探春慢 修门度岁

彩胜宜春,翠盘消夜,客里暗惊时候。剪燕心情,呼卢笑语，景物总成怀旧。愁鬓妒垂杨，怪稚眼、渐浓如豆。尽教宽尽春衫，毕竟为谁消瘦。　　梅浪半空如绣。便管领芳菲，忍辜诗酒^[一]。映烛占花，临窗卜镜，还念嫩寒宫袖。箫鼓动春城，竞点缀、玉梅金柳。厮勾元宵^[二]，灯前共谁携手。

【校记】

[一] 辜　《全宋词》作"孤"。

[二] 勾　《全宋词》作"句"。

曲游春　西湖

　　禁苑东风外，飐暖丝晴絮，春思如织。燕约莺期，恼芳情偏在，翠深红隙。漠漠香尘隔。沸十里、乱丝丛笛^[一]。看画船，尽入西泠，闲却半湖春色。　　柳陌。新烟凝碧。映帘底宫眉，堤上游勒。轻暝笼寒，怕梨云梦冷，杏香愁幂。歌管酬寒食。奈蝶怨、良宵岑寂。正满湖、碎月摇花，怎生去得。

【校记】

[一] 丝　《全宋词》作"弦"。

秋霁 秋日游西湖须押入声韵。

重到西泠，记芳园载酒，画船横笛。水曲芙蓉，渚边鸥鹭，依依似曾相识。年芳易失。段桥几换垂杨色。漫自惜^[一]。愁损庾郎，霜点鬓华白。　　残蛩露草，怨蝶寒花，转眼西风，又成陈迹。叹如今、才消量减，樽前孤负醉吟笔。欲寄远情秋水隔。旧游空在，凭高望极斜阳，乱山浮紫，暮云凝碧。段桥：段家桥。

【校记】

[一] 漫　《全宋词》作"谩"。

一萼红 登蓬莱阁有感古之所谓楼阁，大概官绅应酬之所，玩物及歌馆均有。蓬莱阁有二，一在绍兴，有名；一在孤山，无名。宋王逵守绍兴时曾修理一次。

步深幽。正云黄天淡，雪意未全休。鉴曲寒沙，茂林烟草，俯仰千古悠悠。岁华晚、漂零渐远，谁念我、同载五湖舟。碜古松斜，厓阴苔老，一片清愁。　　回首天涯归梦，几魂飞西浦，泪洒东州。自注：阁在绍兴，西浦东州皆其地。故国山川，故园心眼，还似王粲登楼。最负他^[一]、秦鬟妆镜，好江山、何事此时游。为唤狂吟老监，共赋销忧。鉴：鉴湖也。秦鬟：月亮。

[一] 负 《全宋词》作"怜"。

大圣乐　东园饯春

娇绿迷云，倦红颦晓，嫩晴芳树。渐午阴、檐影移香[一]，燕语梦回，千点碧桃吹雨。冷落锦宫人归后，记前度、兰桡停翠浦。凭阑久，漫凝想凤翘[二]，慵听金缕。　　留春问谁最苦。奈花自无言莺自语。对画楼残照，东风吹远，天涯何许。怕折露条愁轻别，更烟暝、长亭啼杜宇。垂杨晚，但罗袖、暗沾飞絮。

【校记】

[一] 檐 《全宋词》作"帘"。

[二] 漫 《全宋词》作"谩"。

过秦楼　避暑，和寄闲韵

绀玉波宽，碧云亭小，苒苒水花香细[一]。鱼牵翠带，燕掠红衣，雨急万荷喧睡。临槛自采瑶房，铅粉沾襟，雪丝萦指。喜嘶蝉树远，盟鸥乡近，镜奁光里。　　帘户悄、竹色侵棋，槐阴移漏，昼永篝花铺水。清眠乍足，晚浴初慵，瘦约楚裙尺二。曲砌虚庭

夜深，月透龟纱，凉生蝉翅。看银潢泻露，金井啼鸦渐起。<small>翠带，萍。红衣，荷。喧睡，鱼花。</small>

【校记】

[一]花 《全宋词》作"枫"。

大酺 春阴怀旧

又子归啼，荼蘼谢，寂寂春阴池阁。罗窗人病酒，奈牡丹初放，晚风还恶。燕燕归迟，莺莺声懒，闲胃秋千红索。三分春过二，向剩寒犹凝^[一]，翠衣香薄。傍鸳径鹦笼，一池萍碎，半檐花落。　　最怜春梦弱。楚台远、空负雨期云约^[二]。漫念想^[三]、清歌锦瑟，翠管瑶樽，几回沉醉东园酌。燕麦兔葵^[四]，倩谁访、画阑红药。况多病、腰如削。相如老去，赋笔吟笺闲却。此情怕人问着。<small>上半首春阴，下半首怀旧。</small>

【校记】

[一]向 《全宋词》作"尚"。
[二]期 《全宋词》作"朝"。
[三]漫 《全宋词》作"谩"。
[四]燕麦兔葵 《全宋词》作"燕麦兔葵恨"。

朱敦儒

雨中花　岭南旧作

　　故国当年得意，射麇上苑，走马长楸。对葱葱佳气，赤县神州。好景何曾虚过，胜友是处相留。向伊川雪夜，洛浦花朝，占断狂游。　　胡尘卷地，南走炎荒，曳裾强学应刘。空谩说[一]、蟠蟠龙卧，谁取封侯。塞雁年年北去，蛮江日日西流。此生老矣，除非春梦，重到东周。

【校记】

[一]谩　《全宋词》作"漫"。

水调歌头　淮阴作

　　当年五陵下，结客占春游。红缨翠带，谈笑跋马水西头。落日经过桃叶，不管插花归去，小袖挽人留。换酒春壶碧，脱帽醉青楼。　　楚云惊，陇水散，两漂流。如今憔悴，天涯何处可消忧[一]。长揖飞鸿旧月，不知今夕烟水，都照几人愁。有泪看芳草，无路认西州。

【校记】

[一]消　《全宋词》作"销"。

又　和海盐尉范行之

平生看明月，西北有高楼。如今羁旅，常叹茅屋暗悲秋。闻说吴淞江上，有个垂虹亭好，结友漾轻舟。记得蓬莱路，端是旧曾游。　　趁黄鹄，湖影乱，海光浮。绝尘胜处，合是不数白蘋洲。何物陶朱张翰，劝汝橙齑鲈脍，交错献还酬。寄语梅仙道，来岁肯同不。

桂枝香　南都病起

春寒未定。是欲近清明，雨斜风横。深闭朱门，尽日柳摇金井。年光自趁飞花紧。奈幽人、雪添双鬓。谢山携妓，黄垆赁酒，旧愁慵整。　　念壮节、漂零未稳。负九江风笛，五湖烟艇。起舞悲歌，泪眼自看清影。新莺又向愁时听。把人间、如梦深省。旧溪鹤在，寻云弄水，是事休问。

水龙吟

放船千里凌波去。略为吴山留顾。云屯水府，涛随神女，九江东注。北客苍颜[一]，壮心偏感，年华将暮。念伊嵩旧隐，巢由故友，南柯梦、遽如许。　　回首妖氛未扫，问人间、英雄何处。奇谋报国，可怜无用，尘昏白羽。铁锁横江，锦帆冲浪，孙郎良苦。但愁敲桂棹，悲吟梁父，泪流如雨。

【校记】

[一] 苍颜 《全宋词》作"翩然"。

念奴娇

　　见梅惊笑，问经年何处，收香藏白。似语如愁却问我，何苦红尘久客。观里栽桃，仙家种杏，到处成疏隔。千林无伴，澹然独傲霜雪。　　且与管领春回，孤标争肯接，雄蜂雌蝶。岂是无情知受了，多少凄凉风月。寄驿程遥，和羹心在，忍使芳尘歇。溪边寂寞[一]，可人谁为攀折[二]。

【校记】

[一] 溪边 《全宋词》作"东风"。
[二] 可人 《全宋词》作"可怜"。

又　月

　　插天翠柳，被何人推上，一轮明月。照我藤床凉似水，飞入瑶台琼阙。雾冷笙箫，风轻环佩，玉锁无人掣。闲云收尽，海光天影相接。　谁信有药长生，素娥新炼就，飞霜凝雪。打碎珊瑚争似看，仙桂扶疏横绝。洗尽凡心，满身清露，冷浸萧萧发。明朝尘世，记取休向人说。

又

晚凉可爱，是黄昏人静，风生蘋叶。谁作秋声穿细柳[一]，初听寒蝉凄切。旋采芙蓉，重熏沉水，暗里香交彻。拂开冰簟，小床独卧明月。　老来应免多情，还因风景好，愁肠重结。可惜良宵人不见，角枕兰衾虚设。宛转无眠，起来闲步，露草时明灭。银河西去，画楼残角呜咽。

【校记】

[一] 作 《全宋词》作"做"。

又　垂虹亭

放船纵棹，趁吴江风露，平分秋色。帆卷垂虹波面冷，初落萧萧枫叶。万顷琉璃，一轮金鉴，与我成三客。碧空寥廓，瑞星银汉争白。　深夜悄悄鱼龙，灵旗收暮霭，天光相接。莹澈乾坤，全放出、叠玉层冰宫阙。洗尽凡心，相忘尘世，梦想都销歇。胸中云海，浩然犹浸明月。

苏武慢

枕海山横，陵江湖去[一]，雉蝶秋风残照[二]。闲寻桂子，试听菱歌，湖上晚来凉好。几处兰舟，采莲游女，归去隔花相恼。奈长安不见，刘郎已老，暗伤怀抱。　　谁信得、旧日风流，如今憔悴，换却五陵年少。逢花倒躲，遇酒坚辞，常是懒歌慵笑。除奉天威，扫平狂虏，整顿乾坤都了。共赤松携手，重期明月[三]，再游蓬岛。

【校记】

[一] 湖 《全宋词》作"潮"。

[二] 蝶 《全宋词》作"蜨"。

[三] 期 《全宋词》作"骑"。

木兰花慢

折芙蓉弄水，动玉佩、起秋风。正柳外闲云，溪头澹月，映带疏钟。人间厌谪堕久，恨霓旌未返碧楼空。且与时人度日，自怜怀抱谁同。　　当时种玉五

云东。露冷夜耕龙。念瑞草成畦，琼蔬未采，人照衰
容[一]。谁知素心未已，望清都绛阙有无中。寂寞归
来隐几，梦听长乐晨钟[二]。

【校记】

[一] 人照 《全宋词》作"尘染"。

[二] 长乐晨钟 《全宋词》作"帝乐冲融"。

满江红　大热卧疾，浸石菖蒲[一]，强作凉想

　　竹翠阴森，寒泉浸、几峰奇石。销畏日、溪蒲呈秀，
水蕉供碧。筼簹平铺光欲动，纱裯高挂空无色。似月
明、蘋叶起秋风，潇湘白。　　　不敢笑，红尘客。争
肯羡，神仙宅。且披襟脱帽，自适其适。靖节窗风犹
有待，本初朔饮非长策。怎似我、心闲便清凉，无南北。

【校记】

[一] 菖 《全宋词》作"种"。

风流子

　　吴越东风起，江南路、芳草绿争春。倚危楼纵目，
绣帘初卷，扇边寒减，竹外花明。看西湖、画船轻泛水，
茵幄稳临津。嬉游伴侣，两两携手，醉回别浦，歌遏

南云。　　有客愁如海，江山异、举目暗觉伤神。空想故园池阁，卷地烟尘。但且恁、痛饮狂歌，欲把恨怀开解，转更销魂。只是皱眉弹指，冷过黄昏。

鹧鸪天

草草园林作洛川。碧宫红塔借风烟。虽无金谷花能笑，也有铜驼柳解眠。　　春似旧，酒依前。何妨倚杖雪垂肩。五陵侠少今谁健，似我亲逢建武年。

又　岁暮

检尽历头冬又残。爱他风雪耐他寒。拖条筇杖家家酒[一]，上个篮舆处处山。添老大，合痴顽[二]。谢天叫我老来闲[三]。道人还了鸳鸯债，纸帐梅花醉梦间。

【校记】

[一] 筇　《全宋词》作"竹"。

[二] 合　《全宋词》作"转"。

[三] 叫　《全宋词》作"教"。

暮山溪

邻家相唤，酒熟闲相过。竹径引篮舆，会乡老、吾曹几个。沈家姊妹，也是可怜人，回巧笑，发清歌，相间花闲坐。　　高谈阔论，无可无不可。幸遇太平年，好时节、清明初破。浮生春梦，难得是欢娱，休要劝，不须辞，醉便花间卧。

又

琼蔬玉蕊，久寄清虚里。春到碧溪东，下白云、寻桃问李。弹簧吹叶，懒傍少年场，遗楚佩，觅秦箫，踏破青鞋底。　　河桥酒熟，谁解留侬醉。两袖拂飞花，空一春、凄凉憔悴。东风误我，满帽洛阳尘，唤飞鸿，遮落月[一]，归去烟霞外。

【校记】

[一] 月 《全宋词》作“日”。

又

东风不住，几阵黄梅雨。风外晓莺声，怨飘零、花残春暮。鸳鸯散后，供了十年愁，怀旧事，想前欢，忍记丁宁语。　　尘昏青镜，休照孤鸾舞。烟锁凤楼空，问吹箫、人今何处。小窗惊梦，携手似平生，阳台路，行云去，目断山无数。

渔家傲

谁转琵琶弹侧调。征尘万里伤怀抱。客散黄昏庭院悄。灯相照。春寒燕子归来早。　　可惜韶光虚过了。多情人已非年少。只恐莺啼春又老。知音少。人间何处寻芳草。

又　石夷仲一姬去，念之，止小妓燕燕

鉴水稽山尘不染。归来贺老身强健。有客跨鲸游汗漫。留羽扇。玉船取酒青鸾劝。　　莫恨飞花容易散。仙家风味何曾减。春色一壶丹九转。堪为伴。雕梁幸有轻盈燕。

减字木兰花

挼花弄扇。碧斗遥山眉黛晚。白玉阑干。倚遍春风翠袖寒。　　难寻可见。何似一双青翅燕。人瘦春残。芳草连云日下山。

忆秦娥　若无置酒朝元亭，师厚同饮作

西江碧。江亭夜燕天涯客。天涯客。一杯相属，

今夕何夕。　　月沉波冷歌声急^[一]。秦关汉苑无消息。无消息。戍楼吹角，故人难得。

【校记】

[一]月沉波冷　《全宋词》作"烛残花冷"。

元好问著《遗山乐府》，经崔立之乱，国亡不在，故为金人顾侠君《元诗选》首列遗山，实误。学东坡者，古来元好问一人而已。惟东坡词多豪放，遗山词多亡国之感。

摸鱼儿　游龙母潭

笑青山、不解留客，林邱夜半掀举。萧萧暮景千山雪，银箭忽传飞雨。还记否。又恐似、龙潭垂钓风雷怒。山人良苦。料只为三年，长安道上，来与浣尘土。　　清阴渡。渺渺风烟杖屦。名山元有佳处。山僧乞我溪南地，十里瘦藤高树。私自语。更须问、洼尊此日谁宾主。朝来暮去。要山鸟山花，前歌后舞，从我醉乡路。

又　赋雁邱　有人在大名府，捕雁二，死其一，其一不幸悲鸣而死。

恨人间、情是何物，直教生死相许。天南地北双飞客，老翅几回寒暑。欢乐趣。离别苦。是中更有痴儿女。君应有语。渺万里层云，千山暮景，只影为谁去。　　横汾路。寂寞当年箫鼓。荒烟依旧平楚。招魂楚些何嗟及，山鬼自啼风雨。天也妒。未信与。莺儿燕子俱黄土。千秋万古。为留待骚人，狂歌痛饮，来访雁丘处。

木兰花慢　孟津官舍，寄钦若、钦用昆仲并长安故人

　　流年春梦过，记书剑、入西州。对得意江山，十千沽酒，着处欢游。兴亡事，天也老，尽消沉、不尽古今愁。落日霸陵原上，野烟凝碧池头。　　风声习气想风流。终拟觅菟裘。待射虎南山，短衣匹马，腾踏清秋。黄尘道，何时了，料故人、应也怪迟留。只问寒沙过雁，几番王粲登楼。

又　游三台二首

　　拥岩岩双阙，龙虎气、郁峥嵘。想暮雨珠帘，秋香桂树，指顾台城。台城。为谁西望，但哀弦、凄断似平生。只道江山如画，争教天地无情。　　风云奔走十年兵。惨淡入经营。问对酒当歌，曹侯墓上，何

用虚名。青青。故都乔木，怅西陵、遗恨几时平。安得参军健笔，为君重赋芜城。

渺漳流东下，流不尽、古今情。记海上三山，云中双阙，当日南城。黄星。几年飞去，澹春阴、平野草青青。冰井犹残石甃，露盘已失金茎。　风流千古短歌行。慷慨缺壶声。想酾酒临江，赋诗鞍马，词气纵横。飘零。旧家王粲，似南飞、乌鹊月三更。笑杀西园赋客，壮怀无复平生。

水龙吟 中秋。

旧家八月池台，露华凉冷金波涨。宁王玉笛，霓裳仙谱，凉州新酿。一枕开元，梦恍犹记，华清天上。对昆明火冷，蓬莱水浅，新亭泪、空相向。　烂漫东原此夕，夜如何、高秋空旷。一杯径醉，凭君莫问，今来古往。万里孤光，五湖高兴，百年清赏。倩何人唤取，飞琼佐酒，作穿云唱。

又

素丸何处飞来，照人只是承平旧。兵尘万里，家书三月，无言搔首。几许光阴，几回欢聚，长教分手。料婆娑桂树，多应笑我，憔悴似、金城柳。　　不爱竹西歌吹，爱空山、玉壶清昼。寻常梦里，膏车盘谷，挐舟方口。不负人生，古来惟有，中秋重九。愿年年此夕，团栾儿女，醉山中酒。

沁园春　除夕二首

腐朽神奇，梦幻吞侵，朝昏变迁。怅残灯旧岁，鸡声竞早，春风归兴，雁影相先。南渡崩奔，东屯留滞，世事悠悠白发边。虚名误，遍人间浪走，恰到求田。　　青红花柳争妍。意醉眼、天公也放颠。更云雷怒卷，颓波一注，冰霜冷看，老桧千年。园令家居，陶潜官罢，无酒令人意缺然。从教去，付青山枕上，明月尊前。

再见新正，去岁逐贫，今年逐穷。算公田二顷，谁如元亮，吴牛十角，未比龟蒙。面目堪憎，语言无味，五鬼行来此病同。齑盐里，似扬雄寂寞，韩愈龙钟。　　何人炮凤烹龙。且莫笑、先生饭瓯空。便看来朝镜，都无勋业，拈将诗笔，犹有神通。花柳横陈，江山呈露，尽入经营惨淡中。闲身在，看薄批明月，细切清风。

玉漏迟　壬辰围城中，有怀淅江别业

淅江归路杳。西南仰羡，投林高鸟。升斗微官，世累苦相萦绕。不入麒麟画里，又不与、巢由同调。时自笑。虚名负我，平生吟啸。　　扰扰。马足车尘，被岁月无情，暗消年少。钟鼎山林，一事几时曾了。四壁秋虫夜语，更一点、残灯斜照。青镜晓。白发又添多少。

满江红

一枕余醒[一]，厌厌共、相思无力。人语定、小窗风雨，暮寒岑寂。绣被留欢香未减，锦书封泪红犹湿。问寸肠、能着几多愁，朝还夕。　　春草远，春江碧。云暗澹，花狼藉。更柳丝闲飏[二]，柳丝谁织。入梦终疑神女赋，写情除有文星笔。恨伯劳、东去燕西归，空相忆。

【校记】

[一] 醒　《全金元词》作"醒"。
[二] 丝　《全金元词》作"棉"。

石州慢

　　赴召史馆，与德新丈别于岳祠西新店，明日以此寄之。

　　击筑行歌，鞍马赋诗，年少豪举。从渠里社浮沉，枉笑人间儿女。生平王粲，而今憔悴登楼，江山信美非吾土。天地一飞鸿，渺翩翩何许。　　羁旅。山中父老相逢，应念此行良苦。几许虚名，误却东家鸡黍。漫漫长路，萧萧两鬓黄尘，骑驴漫与行人语。诗句欲成时，满西山风雨。

江城子　梦德新丈因及钦叔旧游

　　河山亭上酒如川。玉堂仙。重留连。犹恨春风、桃李负芳年。长记莺啼花落处[一]，歌扇后，舞衫前。　　旧游风月梦相牵。路三千。去无缘。灭没飞鸿、一线入秋烟。白发故人今健否，西北望，一潸然。

【校记】

[一]长　《全金元词》作"常"。

青玉案

　　落红吹满沙头路。似总为、春将去。花落花开春

几度。多情惟有，画梁双燕，知道春归处。　　镜中
冉冉韶华暮。欲写幽怀恨无句。九十花期能几许。一
厄芳酒，一襟清泪，寂寞西窗雨。

又　代赠钦叔所亲乐府郓生
　　苎萝坊里青骢驻。爱鹦鹉、垂帘语。一捻娇春能
几许。寒梅欲动，小桃初放，恰是关心处。　　西城
流水东城雨。绿叶成阴惯相误。只恐韶华容易去。一
声金缕，一厄芳酒，且为花枝住。

鹧鸪天　隆德故宫，同希颜、钦叔、知几诸人赋
　　临锦堂前春水波。兰皋亭下落梅多。三山宫阙空
瀛海，万里风埃暗绮罗。　　云子酒，雪儿歌。留连
风月共婆娑。人间更有伤心处，奈得刘伶醉后何。

又　中秋夜饮倪文仲家莲花白，醉中赋此
　　月窟秋清桂叶丹。仙家酿熟水芝残。香来宝地
三千界，露入金茎十二盘。　　天澹澹，夜漫漫。五

湖豪客酒肠宽。醉来独跨苍鸾去，太华峰高玉井寒。

莲为水芝，见崔豹《古今注》。

又　宫体八首选一

候馆灯昏雨送凉。小楼人静月侵床。多情却被无
情恼，今夜还如昨夜长。　　金屋暖，玉炉香。春风
都属富家郎。西园何限相思树，辛苦梅花候海棠。

又

华表归来老令威。头皮留在姓名非。旧时逆旅黄
粱饭，今日田家白板扉。　　沽酒市，钓鱼矶。爱闲
直与世相违[一]。墓头不要征西字，元是中原一布衣。

【校记】

[一] 直　《全金元词》作"真"。

又

百啭娇莺出画笼。一双蝴蝶殢芳丛[一]。葱茏花
透纤纤月，暗澹香摇细细风。　　情不尽，梦还空。
欢缘心事泪痕中。长安西望肠堪断，雾阁云窗又几重。

南柯子

画扇香微远，宫螺意自浓。杏园憔悴五更风。不道六朝琼树、卷春空。　　蝶近花疑笑，犀灵月易通。襄王云雨梦魂中。曾见芙蓉裙衩、几多红。

又

粉澹梨花瘦，香寒桂叶颦。画帘双燕旧家春。曾是玉箫声里、断肠人。　　澹澹催诗雨，迟迟入梦云。武陵流水隔红尘。只怕翠鸾消息、未全真。

白朴与元遗山通家之侄，有《天籁集》，前卷诗，后卷词，末后有曲。

夺锦标　赋青溪怨

霜水明秋，霞天送晚，画出江南江北。满目山围故国，三阁余香，六朝陈迹。有庭花遗谱，□哀音、令人嗟惜。想当时、天子无愁，自古佳人难得。　　惆怅龙沉宫井，石上啼痕，犹点胭脂红湿。去去天荒地老，流水无情，落花狼藉。恨青溪留在，渺重城、烟波空碧。对西风、谁与招魂，梦里行云消息。

水调歌头 咏月

银蟾吸清露，白兔捣玄霜。青天万古明月，中有物苍苍。想是临风丹桂，费尽斫云玉斧，秋蕊自芬芳。印透一轮影，吹下九天香。　　怪霜娥，才二八，减容光。蛾眉几画新样，晚镜为谁妆。见说开元天子，曾到清虚仙府，一曲听霓裳。何事便归去，空断舞鸾肠。

又 初至金陵，诸公会饮，因用北州集咸阳怀古韵

苍烟拥乔木，粉雉倚寒空。行人日暮回首，指点旧离宫。好在龙蟠虎踞，试问石城钟阜，形势为谁雄。慷慨一尊酒，南北几衰翁。　　赋朝云，歌夜月，醉春风。新亭何苦流涕，兴废古今同。朱雀桥边野草，白鹭洲边江水，遗恨几时终。唤起六朝梦，山色有无中。

又　感南唐故宫，就檃括后主词

　　南郊旧坛在，北渡昔人空。残阳澹澹无语，零落故王宫。前日雕阑玉砌，今日遗台老树^[一]，尚想霸图雄。谁谓埋金地，都属卖柴翁。　　慨悲歌，怀故国，又东风。不堪往事多少，回首梦魂同。借问春花秋月，几换朱颜绿鬓，荏苒岁华终。莫上小楼上，愁满月明中。

【校记】

[一] 遺 《全金元词》作“遗”。

又

　　予儿时在遗山家，阿姊尝教诵先叔《放言》古，今忽白首，感念之余，赋此词云。

　　韩非死孤愤，虞叟坐穷愁。怀沙千古遗恨，郊岛两诗囚。堪笑井蛙裈虱，不道人生能几，肝肺自相雠。政有一朝乐，不抵百年忧。　　叹悠悠，江上水，自东流。红颜不暇一惜，白发忽盈头。我欲拂衣远引^[一]，直上崧山绝顶，把酒劝浮丘。借此两黄鹄，浩荡看齐州。

【校记】

[一] 引 《全金元词》作“行”。

水龙吟

丙午秋到维扬，途中值雨，甚快然。

短亭休唱阳关，柳丝惹尽行人怨。鸳鸯只影，荷枯苇淡，沙寒水浅。红绶双衔，玉簪中断，苦难留恋。更黄花细雨，征鞍催上，青衫泪、一时溅。　　回首孤城不见，黯秋空、去鸿一线。情缘未了，谁教重赋，春风人面。斗草闲庭，采香幽径，旧曾行遍。谩今宵酒醒，无言有恨，恨天涯远。

又

么前三字用仄者，见田不伐《洋讴集》，《水龙吟》二首皆如此。田妙于音，盖仄无疑，或用平字，恐不堪协。云和署乐工宋奴伯妇王氏，以洞箫合曲，宛然有承平之意，乞词于予，故作以赠。会好事者为王氏写真，末章及之。

彩云萧史台空，洞天谁是骖鸾伴。伤心记得，开元游幸，连昌别馆。力士传呼，念奴供唱，阿郎吹管。怅无情一枕，繁华梦觉，流年又、暗中换。　　邂逅京都儿女，欢游遍、画楼东畔。樽前一曲，余音袅袅，骊珠相贯。日落邯郸，月明燕市，尽堪肠断。倩丹青细染，风流图画，写崔徽半。

又

登岳阳楼,感郑生龙女事,谱大曲薄媚。

洞庭春水如天,岳阳楼上谁开宴。飘零郑子,危栏倚遍,山长恨远。何处兰舟,彩霞浮漾,笙箫一片。有蛾眉起舞[一],含嚬凝睇,分明是、旧仙媛。 风起鱼龙浪卷,望行云、飘然不见。人生几许,悲欢离聚,情钟难遣。闻道当时,汜人能诵,招魂九辩。又何如乞我,轻绡数尺,写湘中怨。

【校记】

[一]蛾 《全金元词》作"娥"。

又

遗山先生有醉乡一词,仆饮量素悭,不知其趣,独闲居嗜睡有味,因为赋此。

醉乡千古人行,看来直到亡何地。如何物外,华胥境界,升平梦寐。鸾驭翩翩,蝶魂栩栩,俯观群蚁。恨周公不见,庄生一去,谁真解、黑甜味。 闻道希夷高卧,占三峰、华山重翠。寻常羡杀,清风岭上,白云堆里。不负平生,算来惟有,日高春睡。有林间剥啄,忘机幽鸟;唤先生起。"

念奴娇　题镇江多景楼，用坡仙韵

江山信美，快平生一览，南州风物。落日金焦浮绀宇，铁瓮独残城壁。云拥潮来，水随天去，几点沙鸥雪。消磨不尽，古今天宝人杰。　　遥望石冢巉然，参军此葬，万劫谁能发。桑梓龙荒，惊叹后、几度生灵埋灭。往事休论，酒杯才近，照见星星发。一声长啸，海门飞上明月。

满江红　题吕仙祠飞吟亭壁，用冯经历韵

云外孤亭，空怅望、烟霞仙客。还试问、飞吟诗句，为谁留别。三入岳阳人不识，浮生扰扰苍蝇血。道老精、知向树阴中，曾来歇。　　松稚在，虬枝结。皮溜雨，根盘月。恨还丹不到，后来豪杰。尘世千年翻甲子，秋空一剑横霜雪。待他时、携酒赤城游，相逢说。

又　用前韵留别巴陵诸公

行遍江南，算只有、青山留客。亲友间、中年哀乐，几回离别。棋罢不知人换世，兵余犹见川留血。叹昔时、歌舞岳阳楼，繁华歇。　　寒日短，愁云结。幽故垒，空残月。听闾阎谈笑[一]，果谁雄杰。破枕才移孤馆雨，

扁舟又泛长江雪。要烟花、三月到扬州，逢人说。

【校记】

[一] 阎 《全金元词》作"阁"。

又 庚戌春别燕城

云鬟犀梳，谁似得、钱塘人物。还又喜、小窗虚幌，伴人幽独。荐枕恰疑巫峡梦，举杯忽听阳关曲。问泪痕、几度浥罗巾，长相续。　　南浦远，归心促。春草碧，春波绿。黯销魂无际，后欢难卜。试手窗前机织锦，断肠石上簪磨玉。恨马头、斜月减清光，何时复。

沁园春 金陵凤凰台眺望

独上遗台，目断清秋，风兮不还。怅吴宫幽径，埋深花草，晋时高冢，销尽衣冠[一]。横吹声沉，骑鲸人去，月满空江雁影寒。登临处，且摩挲石刻，徙倚阑干。　　青天半落三山。更白鹭洲横二水间。问谁能心比[二]，秋来水静，渐教身似，岭上云闲。扰扰人生，纷纷世事，□□何常不强颜[三]。重回首，怕浮云蔽日，不见长安。

[一] 销 《全金元词》作"锁"。

[二] 比 《全金元词》作"叱"。

[三] □□ 《全金元词》作"就里",校云:"原无此二字,兹从丁钞本补。"

又

我望山形，虎踞龙盘，壮哉建康。忆黄旗紫盖，中兴东晋，雕阑玉砌，下逮南唐。步步金莲，朝朝琼树，宫殿吴时花草香。今何日，尚寺留萧姓，人做梅妆。　　长江不管兴亡。谩流尽、英雄泪万行。问乌衣旧宅，谁家作主，白头老子，今日还乡。吊古愁浓，题诗人去，寂寞高楼无凤凰。斜阳外，正渔舟唱晚，一片鸣榔。

摸鱼儿[一]　七夕，用严柔济韵

问双星、有情几许。消磨不尽今古。年年此夕风流会，香暖月窗云户。听笑语。知几处。彩楼瓜果祈牛女。蛛丝暗度。似抛掷金梭，萦回锦字，织就旧时句。　　愁云暮。漠漠苍烟挂树。人间心更谁诉。擘钗分钿蓬山远，一样绛河银浦。乌鹊渡。离别苦。啼妆酒尽新秋雨[二]。云屏且驻。算犹胜姮娥，仓皇奔月，只有去时路。

【校记】

[一]摸鱼儿 《全金元词》作《摸鱼子》。

[二]酒 《全金元词》作"洒"。

张翥 元人,有《蜕岩词》。

瑞龙吟

鳌溪路。潇洒翠壁丹崖,古藤高树。林间猿鸟欣然,故人隐在,溪山胜处。　久延伫。浑似种桃源里,白云窗户。灯前素瑟清樽,开怀正好,连床夜语。　应是山灵留客,雪飞风起,长松掀舞。谁道倦途相逢,倾盖如故。阳春一曲,总是关心句。何妨共、几头把钓[一],梅边徐步。只恐匆匆去。故园梦里,长牵别绪。寂寞闲针缕。还念我、飘零江湖烟雨。断肠岁晚,客衣谁絮。

【校记】

[一]几 《全金元词》作"矶"。

多丽 *西湖泛舟*

　　晚山青。一川云树冥冥。正参差、烟凝紫翠，斜阳画出南屏。馆娃归、吴台游鹿，铜仙去、汉苑飞萤。怀古情多，凭高望极，且将尊酒慰飘零。自湖上、爱梅仙远，鹤梦几时醒。空留得[一]，六桥疏柳，孤屿危亭。　　待苏堤、歌声散尽，更须携妓西泠。藕花深、雨凉翡翠，菰蒲软、风弄蜻蜓。澄碧生秋，闹红驻景，采菱新唱最堪听。见一片[二]、水天无际，渔火两三星。多情月，为人留照，未过前汀。

【校记】

[一]得　《全金元词》作"在"。

[二]见　《全金元词》作"□"。

摸鱼儿 *春日西湖泛舟*

　　涨西湖、半篙新雨，曲尘波外风软。兰舟同上鸳鸯浦，天气嫩寒轻暖。帘半卷。度一缕、歌云不碍桃花扇。莺娇燕婉。任狂客无肠，王孙有恨，莫放酒杯浅。　　垂杨岸。何处红亭翠馆。如今游兴全懒。山容水态依然好，惟有绮罗云散。君不见。歌舞地、青芜满目成秋苑。斜阳又晚。正落絮飞花，将春欲去，目送水天远。

疏影 王元章墨梅

　　山阴赋客。怪几番睡起，窗影生白。缥缈仙姝，飞下瑶台，淡伫东风颜色。微霜却护朦胧月[一]，更漠漠、暝烟低隔。恨翠禽、啼处惊残，一夜梦云无迹。　　惟有龙煤解染，数枝入画里，如印溪碧。老树枯苔，玉晕冰围[二]，满幅寒香狼藉。墨池雪岭春长好，悄不管、小楼横笛。怕有人、误认寒花[三]，欲点晓来妆额。

【校记】

[一]却　《全金元词》作"恰"。

[二]围　《全金元词》作"圈"。

[三]寒　《全金元词》作"真"。

解连环 留别临川诸友

　　夜来风色。叹青灯素被，早寒欺客。想寂寞、人在帘栊，望塞雁欲来[一]，又催刀尺。秋满关河，更谁倚、夕阳横笛。记题花赋月，此地与君，几度游历。　　江头楚枫渐赤。对愁樽饮泪，难问消息。趁一舸、千里东归，渺天末乱山[二]，水边孤驿。晼晚年华，怅回首、雨南云北。算今古、此情此恨，甚时尽得。

[一] 塞 《全金元词》作"鸿"。

[二] 渺 《全金元词》作"眇"。

绮罗香　雨中舟次洹上

　　燕子梁深，秋千院冷，半湿垂杨烟缕。怯试春衫，长恨踏青期阻。梅子后、余润留寒，藕花外、嫩凉销暑[一]。渐惊他、秋老梧桐，萧萧金井断蛩暮。　　薰篝须待被暖，催雪新词未稳，重寻笙谱。水阁云窗，总是惯曾经处[二]。曾信有、客里关河，又怎禁、夜深风雨。一声声、滴在疏篷，做成情味苦。

【校记】

[一] 销 《全金元词》作"消"。

[二] 经 《全金元词》作"听"。

齐天乐

　　红霜一树凄凉叶[一]，惊鸟夜深啼落。客里相逢，尊前细数，几度雨飘风泊[二]。微吟缓酌。渐月影斜敧，画阑东角。只怕梅花，无人看管瘦如削。　　江湖容易岁晚，想多情念我，归信曾约。尘土狂踪，山林旧隐，梦寄草堂猿鹤。离怀最恶。是酒醒香残，烛寒花薄。一段销凝，觉来无处着。

【校记】

[一] 红 《全金元词》作"江"。

[二] 飘 《全金元词》作"漂"。

八声甘州

　　向芙蓉湖上驻兰舟，凄凉胜游稀。但西泠桥外，北山堤畔，残柳依依。追忆莺花旧梦，回首冷烟霏。惟有盟鸥好，时傍人飞。　　听取红颜象板[一]，尽歌回彩扇，舞换仙衣。正白蘋风急，吹雨暗斜晖。空惆怅、离怀未展，更酒边、忍又送将归。江南客、此生心事，只在渔几[二]。

【校记】

[一] 颜 《全金元词》作"筵"。

[二] 几 《全金元词》作"矶"。

邵亨贞 有《蚁术词选》，学刘过，寿至九十余岁，颇有清真气息。

扫花游

柳花巷陌，悄不见铜驼，采香芳侣。画楼在否。几东风怨笛，凭栏日暮[一]。一片闲情，尚绕斜阳锦树。黯无语。记花外马嘶，曾送人去。　　风景长暗度。奈好梦微茫，艳怀清苦。后期已误。剪烛花未卜，故人来处。水驿相逢，待说当年恨赋。寄愁与。凤城东、旧时行旅。

【校记】

[一]栏　《全金元词》作"阑"。

沁园春　美人眉

巧斗弯环，纤凝妩媚，明妆未收。似江亭晓望[一]，遥山拂翠，宫帘暮卷，新月横钩。扫黛嫌浓，涂铅讶浅，能画张郎不自由。伤春倦，为皱多无力，翻作娇羞。　　填来不满横秋。料着得、人间多少愁。记鱼笺缄启，背人偷敛，雁钿交并，运指轻柔。有喜先占，长颦难效，柳叶轻黄今在不[二]。双尖锁，试临弯一展，依旧风流。

又 目

漆点填眸，凤梢侵鬓，天然俊生。记隔花瞥见，疏星炯炯，倚栏凝注[一]，止水盈盈。端正窥帘，謷腾并枕[二]，睥睨檀郎长是青。端相久[三]，待嫣然一顾，密意将成。 困酣曾被莺惊[四]。强临镜、捼挱犹未醒[五]。忆帐中亲见[六]，似嫌罗密，尊前相顾[七]，翻怕灯明。醉后看承，歌阑斗弄[八]，几度孜孜频送情。难忘处，是鲛绡揾透[九]，别泪双零。

兰陵王　岁晚忆王彦强

暮天碧。长是登临望极。松江上、云冷雁稀，立尽斜阳耿相忆。凭栏起叹息[一]。人隔吴王故国。年华晚，烟水正深，难折梅花寄寒驿。　　东风旧游历。记草暗书帘，苔满吟屐。无情征旆催离席。嗟月堕寒影，夜移清漏，依稀曾向梦里识。恍疑见颜色。　　空惜。鬓毛白。恨莫趁金鞍，犹误尘迹。何时弭棹苏台侧。共漉酒纱帽，放歌瑶瑟。春来双燕，定到否，旧巷陌。

【校记】

[一]栏　《全金元词》作"阑"。

齐天乐　甲戌清明雨中感春

离歌一曲江南暮，依稀灞桥回首。立马东风，送人南浦，认得当年杨柳。梨花过后。悄不见邻墙，弄梅纤手。绮陌东头，个人还似旧时否。　　相如近来病久。纵腰围暗减，犹未全瘦。宿酒昏灯，重门夜雨，寒食清明依旧。新愁谩有。第一是伤心，粉销红溜。待约明朝，问舟官渡口。

摸鱼子　吴门客中九日，次魏彦文韵

雁来时、晚寒初劲，青灯摇动窗户。商声暗起邻墙树，触景乱愁还聚。秋又暮。奈合造凄凉，无处无笳鼓。狂吟醉舞。记满帽簪花，分筹藉草，骑马忘归路。　　怀人远，有恨凭谁寄语。虚名长是相误。天涯节序浑非旧，留得满城风雨。心万缕。谩自喜孤高，不惹沾泥絮。羁怀倦诉。好分付儿曹，耘锄三径，早晚赋归去。